致青春

暗戀奶油味 下

高寶書版集團

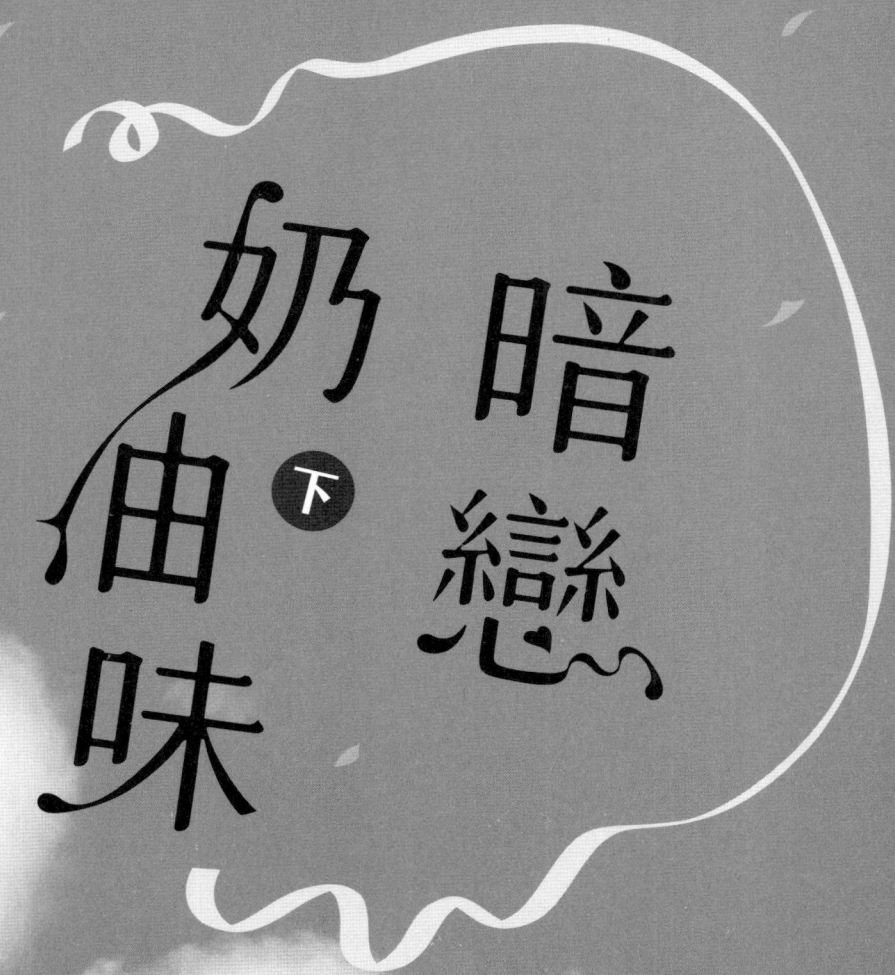

目錄
CONTENTS

第十一章 非她不可

林兮遲愧疚的話都說不出來了。

因為室內有暖氣，林兮遲還穿著短袖短褲。此時被外頭的冷風一吹，她忍不住打了個哆嗦。

她彎下腰，想把他扯起來。

許放像是在跟她較勁，林兮遲第一下沒扯動，抿著唇又用了力。

這下許放倒是順從地站了起來，懶懶散散地半靠在身後的牆上。

林兮遲連忙把他往屋子裡推。

裡頭的溫度跟室外差了十萬八千里。

一進門，許放感覺自己周身的僵冷舒緩了不少，他活動了下關節，往沙發的位置走。

林兮遲一言不發地往熱水壺裡裝水，燒開，然後從房間裡翻出暖水袋，拿到客廳充電。

許放就坐在位子上看著她來來回回地忙碌。

燒水和加熱暖水袋都需要時間，林兮遲又回到房間裡，拿了一條被子往他身上裹。

許放靜靜的，沒有任何動作。

林兮遲赤腳蹲在他面前，露出兩節瑩白細嫩的小腿，雙手捂著他的手，垂著眼，像是個做錯事情的小孩，不敢看他，「對不起……」

恰好暖水袋加熱好了，林兮遲下意識鬆開他的手，走過去把暖水袋拿了過來，獻寶似地往他懷裡塞。

許放面無表情地把暖水袋丟開。

此時，熱水也滾了。

林兮遲遲疑地看了他一眼，走過去，把開水往她的杯子裡倒，又摻了點冷水，小心翼翼地捧到他面前。

許放沒接。

林兮遲舔了下嘴角，把杯子放在茶几上。

他一言不發的，明明是坐著，卻給她一種居高臨下的感覺。

林兮遲站在他面前，想到剛剛已經道歉了，便決定跟他講講道理：「我今天七點就起床了，然後我中午在看電視，沒有午睡，我很睏。」

「……」

「但我是設了鬧鐘的，不過好像沒響。」

客廳只有魚缸上亮著燈，附帶潺潺水聲。

深夜是一天之中最安靜的時刻，林兮遲久久得不到他的回應，甚至有種自己在做夢的感覺。

許放半張臉陷在黑暗之中，身上的被子自然地向下掉落，又露出裡面那個黑色的外套，像是冒著寒氣。

這樣沉默的氣氛，讓林兮遲的心虛又冒起來，小聲地問：「你怎麼不敲門啊。」

聞言，許放終於開了口：「敲到手都斷了。」

「……」

外公家的門有兩扇，外面一道防盜門，裡面是一扇大鐵門，一關上，就完全聽不到外邊的聲響。

林兮遲反應過來，改口道：「門鈴，你怎麼不按門鈴。」

許放平靜地看她：「按到手都斷了。」

「不會吧……」林兮遲這次不太相信了，指了指自己的房間，「就算我起不來，耿耿肯定也起得來啊，她睡眠很淺的。」

說著林兮遲往門鈴的方向望去，發現那上面的小紅點沒有亮——門鈴沒電了。

她立刻噤了聲。

許放微哂，垂眸拿起旁邊那杯溫水，洩憤般地一口氣喝完，隨後把杯子放回桌上。玻璃和玻璃撞擊發出輕輕的聲響，「呀嗟」一聲。

林兮遲的注意力挪到那上面。

下一刻，許放猛地握住她的手腕，往自己的方向扯。

林兮遲沒防備，沒站穩，整個人往他身上撲。她的另一隻手撐在沙發上，想往後退的時候，背部又被他用手抵著，往前推。

這樣的姿勢，林兮遲比許放還要高半個頭。

隨後，他盯著她的眼睛看，微微仰頭，吻住她的唇。

林兮遲的眼睛一眨，沒再後退，低下頭回應，單手扶著他的後頸。

他用舌尖抵開她的牙關，捲著她的舌頭親吻，那片濕軟還殘留著剛剛那杯水的溫度，比以往任何一次都要滾燙。

良久，許放鬆開她的唇，喉結輕滾，眸色比剛才還要深上幾分，唇上也多了水色。他的聲音依然帶著啞意，低而沉：「今天是妳生日。」

──是值得慶祝而感謝的一天。

他用指腹撫了撫她的唇，又貼了上去，含糊不清地說：「所以我不生氣。」

「生日快樂。」

時間不早了，林兮遲不想讓他一來一回在外面受涼。兩人明天還要出去玩，所以她乾脆讓許放在這睡一晚。

林兮遲回房間，把自己的枕頭抱出來給他，還想說什麼的時候，就被他趕回房間睡覺。

兩人這麼拉拉扯扯的動靜，早就把林兮耿吵醒了。

等林兮遲小心翼翼地躺到床上，一直在裝死的她才冒出了聲，說：「你們剛剛在外面幹嘛？」

被她嚇了一跳，發現她醒著，林兮遲才往她的方向蹭，笑嘻嘻地說：「妳說能幹嘛。」

「……」

回想著剛剛的事情，林兮遲心情大好，勉強冷靜下來：「睡吧。」

兩人躺了一下，林兮耿冷不防道：「林兮遲，我明早就要回學校了。」

「知道，不過妳也快放假了吧？」林兮遲認真地說：「妳明天回去就別再蹺課了，老師總打電話給爸媽也不好……」

「後天放假。」

「嗯，回頭給我看看妳的成績……」

林兮耿憋不住了，突然打斷她的話：「明天爸媽應該不會過來幫妳過生日。」

聞言，林兮遲愣了下，很快便道：「沒事。」

半晌。

「林兮遲。」林兮耿的眼睛張了張，很小聲地說：「我打了林玎。」

林兮遲沒聽清楚她的話，愣愣的：「啊？」

她的聲音帶著點沙啞，慢慢地說：「她在家裡總是很大力地扯我的頭髮，每次扯完就很驚恐地跟我道歉。我覺得很煩，就把頭髮剪了。」

林兮遲的腦子空白：「她打妳？」

「嗯，我房間離她的房間近。她太吵了，我就去妳房間寫作業了。」林兮耿低著嗓子說：「然後她突然進來，拿起旁邊的東西往我身上砸。」

沒等林兮遲想到說什麼，就聽林兮耿接著剛剛的話繼續道：「——喊著妳的名字。」

說完這句話之後，林兮耿的眼淚不受控地落下，混亂地說：「她、她把我認成妳了……」

林兮遲抿了下唇，說不出話了。

「她以前扯我的頭髮，沒事就打我，我以為她是生病控制不了情緒，」似是在替她委屈，林兮耿語氣帶著惱意，「可她只是把我認成妳了。」

林兮遲眼眶也變得酸澀，慢慢地跟她解釋著：「都過去了，而且我不可能乖乖地站著給她打，其實也沒多……」

「我也打了她。我還說，我一點都不希望有她這樣一個姐姐。」林兮耿越說越氣，硬邦邦道：「會過分嗎？可相比她對妳說的那些話，我覺得輕太多了。」

「……」

「我不知道她現在是什麼情況，反正爸媽之前每天都打電話給我，讓我回去跟林玎道歉。」林兮耿哽咽著說：「我不會道歉的，在她跟妳道歉之前。」

「林兮耿。」林兮遲嘆了口氣，扯過衛生紙往她臉上蓋，「別哭了。」

「我就是要跟妳說，」林兮耿擦掉眼淚，把話說完，「他們現在打算去別的地方住了，爸媽已經準備把房子賣了，帶林玎去B市住。」

「那不正好嗎？」林兮遲頓了下，不太在意，「順便去治治病。」

「他們讓我升學考完選B大，我不會的。」林兮耿抱著她的手臂，很認真地說：「我一定要上S大。」

「B大比S大好考多了。」林兮遲故作輕鬆地轉了話題，「不過妳之前不是說能考到前二十嗎？那應該隨便哪所都能上吧。」

說到這，林兮耿的表情一垮，原本止住的眼淚又掉了出來：「嗚嗚嗚我靠，我最近掉出前五十了……我明天真的不回來了，要好好讀書。」

說完她哼唧了聲：「反正有許放哥陪妳。」

林兮遲笑了一聲，沒說話。

半晌後，旁邊的林兮耿說著說著就睡著了，林兮遲睜著眼，原本的睡意蕩然無存。她拉開窗簾一小道縫隙，沉默地看著外頭的天色一點點變亮。

天氣並不好，沒有陽光，映入眼中的是，是灰蒙一片。

清晨。

因為想早點去學校，林兮耿很早就起床了，輕手輕腳地爬下床，然後又回來，小聲地在她旁邊說了句「生日快樂」，這才出了房間。

林兮遲睜開了眼，聽到外面傳來外公和林兮耿的說話聲，偶爾還能聽到許放說了幾句話，但聽得不太真切。

等聽到林兮耿出門的聲音，林兮遲才慢悠悠地起了床，換了身衣服往外走。

此時外公和許放正坐在沙發上，下著棋。見她出來了，外公指了指桌面，說著：「把早餐吃了。」

林兮遲乖乖「哦」了一聲，看著桌面上的長壽麵，彎著唇走了過去。

坐在客廳裡的兩個人下棋的時候，都是不說話的類型。房子裡很安靜，只剩下魚缸裡的流水聲。

等林兮遲把麵吃完了，他們也結束了一盤棋局。她抽了張衛生紙擦嘴，走到沙發旁邊，把衛生紙扔進垃圾桶。

「臭丫頭。」外公抬眼看向林兮遲，「過來。」

林兮遲眨著眼走了過去，看著外公像往年一樣，從口袋裡拿出一個紅豔豔的紅包，遞給她。

「十九歲了。」外公感嘆著，「是個大姑娘了。」

接過那個紅包，林兮遲蹲在他面前，彎著眼說：「我還小。」

外公伸手摸了摸她的頭，笑了：「哪來那麼不要臉的丫頭。」

林兮遲得意洋洋地起身，把許放拉開，坐在他的位子上。跟外公下了盤棋，但沒怎麼認真下，一直跟他說自己在學校發生的事情。

又一局結束，跟外公道別後，兩人才套上外套出了門。

被他扯著一路往前走，林兮遲心不在焉的，隨口問道：「我們去哪？」

「妳不是說想去海生館。」許放瞥她一眼，「現在去坐車。」

許放覺得林兮遲今天格外不正常。

儘管她一直嬉皮笑臉的，儘管她的話依然像平時一樣多，儘管她還是心血來潮就嗆他幾聲，但許放心裡還是覺得怪怪的。

許放旁敲側擊地問了幾句，但她都是一臉正常的樣子，很自然地說「沒事啊」。問的次數多了，林兮遲反倒疑惑地問他今天是不是不開心，許放乾脆作罷。

比起平時，她今天的精神好像更高漲些。

兩人出海生館恰好是午飯時間，吃過午飯之後，林兮遲興致勃勃地對許放說想去ＫＴＶ唱歌。

許放聽她鬼哭狼嚎了一下午，而後兩人又在外頭吃了晚飯。

再接下來，林兮遲還是沒有想回家的意向。

往年這一天，林兮遲都是約了自己所有朋友，在外面熱鬧完，準時晚飯時間回家。

因為林父和林母會在這個時間提著蛋糕和禮物幫她慶祝生日。

除非在學校待著，否則林兮遲一定會在晚上七點準時回家。

所以此時，許放內心的異樣感越發清晰明顯。

林兮遲又扯著他去附近玩密室逃脫。玩了一局之後，還一副不盡興的樣子，又玩了局別的故事背景的。

兩人出來的時候，已經到了晚上十點了。

許放想著，這次應該要回家了吧。

結果林兮遲又纏著他說想去酒吧玩玩。

這次許放一點都不想任由她肆意妄為，他冷著臉拒絕了她的想法，然後就看她垂頭喪氣地說：「那好吧，我以後自己去。」

他只好咬著牙帶她去了附近的酒吧。

但林兮遲進去之後覺得很無聊，酒都沒點，就直接出去了。她牽著許放，走在前面，進了附近一家麥當勞。

這個時間點，麥當勞裡不像白日那般擠滿了人，只有幾桌零散地坐著人。

許放到前檯隨便點了個套餐，拿回來。

他是點給林兮遲吃的，但她好像沒什麼胃口，一直沒碰，只是興致很好地跟他說著話：「最近出了幾科成績了，屁屁你的出了嗎？」

許放抬頭看她一眼，漫不經心道：「沒看。」

「那我幫你看看！」林兮遲掏出手機，打開網站，熟練地輸入他的學號和密碼，「唔，出了三科……」

除了跟林兮遲一起上的那節大學英語，其他兩科都是低空飄過。

她盯著那兩科，皺著眉問：「屁屁，你平時不讀書嗎？」

許放不出聲。

跟普通的大學生不一樣，國防生畢業後的去向已經定下來了。他們跟學校簽了協議，畢業之後要去部隊待八年。

之後是轉業，還是繼續在待在部隊，由他們自行決定。

所以大部分的國防生，在讀書上面，沒有普通大學生那麼在意而盡力。

「你要努力呀。」林兮遲很嚴肅地說：「我們要一起努力，你不讀書的話大學四年不是浪費了嗎？」

許放被她訓著，身子往後靠，明顯不想再聽。

時間飛快地流逝，林兮遲設的十二點的鬧鐘在此刻響起。也許是因為時間太晚了，周圍的人陸陸續續離開。

林兮遲的目光一頓，飛速地關上了鬧鐘，訥訥地把話說完，「我說真的，我們要一起努力……」

這句話，她說得很慢，一字一頓的。說到最後，她的情緒終於外泄，尾音顫抖，像是在強忍著嗚咽。

這出其不意的轉變，讓許放猛地抬頭，不知所措地看向她，一臉反應不過來。隨後他僵硬地抬起手，扯住她的手腕：「知道了，我下學期一定好好念書，好嗎？」

林兮遲垂著頭，睜著眼睛，仍有淚水往下掉。她沒看他，悶悶地說了句：「我想吃蛋糕。」

他大概能猜出林兮遲今天為什麼心情不好，卻不知道該說什麼話來安慰她。

那能怎樣，只能滿足她所有要求。

十二點後，大大小小的店鋪都關上了門。

商業街不再熱鬧，門前捲著冷清的風。就算路燈大亮著，也依然覺得這裡陰冷又幽暗。

許放牽著林兮遲，邊拿著手機在網路上查這附近的蛋糕店，一家一家地打電話。最後在其中一家的評論下，看到有家店十二點還營業。

在那家店買了最後一個蛋糕，許放帶著林兮遲到附近一家二十四小時便利商店，在裡面找了個空位坐下。

林兮遲的眼睛和鼻尖都是紅的，自己動手打開了蛋糕盒。

許放去找店員買了個打火機，想回來幫她點蠟燭的時候，就發現她已經拿起叉子挖著蛋糕，往自己嘴裡塞。

「……」

沒吃幾口，林兮遲停了下來，問他：「屁屁，你記不記得我以前養了條狗。」

「記得。」許放拿衛生紙幫她擦了擦她手上沾到的奶油，「妳爸媽覺得沒時間養，就把牠送給朋友了。妳還每天都扯著我去那家人樓下蹲。」

林兮遲點了點頭。

許放又問：「後悔了？」

「不，我那時候能同意讓我爸媽把牠送走，真是太好了。」林兮遲咬著蛋糕，輕輕地說：「不然說不定我以後還會後悔，後悔養了牠。」

「……」

「我爸那個朋友對牠可好了。」林兮遲的睫毛顫抖，嘴裡含著蛋糕嗚咽著，「牠在那裡住才好……」

儘管之前一直不敢相信——

就算她從高二開始都住在外公家，但逢年過節，林父和林母都一定會打電話給她，會抽時間來見她，會對她說節日快樂。

但他們今天沒有。

此刻，林兮遲還是不得不認命。

她的養父養母，她一直以來都認為是自己親生父母的人，後悔領養她了。

或許他們真的認為，只要當初沒有領養她，林玎的精神狀態就不會像現在這麼差。

如果不是因為領養了她，現在的生活一定是很美好的。

不然，他們怎麼會，從幾個月前就計畫要搬到另一個城市了，卻沒有跟她說。

他們會囑咐林兮耿，記得大學要報考B大，跟他們待在同一個城市。

就算不打算帶她一起過去，他們卻一句都沒有告知她，他們要離開這個地方了。

林兮遲咽下嘴裡的東西，吸著鼻子說：「我想許願。」

許放斂著眼睫，沒有說話，伸手在沒被她挖到的那一塊蛋糕上插了一支蠟燭，用打火機點燃。

「希望外公長命百歲，耿耿能考上喜歡的大學，希望他們兩個每天都開開心心的。」林兮遲帶著鼻音，視線從蛋糕挪到他身上，很認真地說：「希望我和許放能快點，快點再長大一些。」

她停頓了下，聲音變得低不可聞，卻帶著無比深刻的期盼。

「——然後，希望我能有一個家。」

是真正屬於她，需要她，非她不可的。

獨一無二的家。

「行。」許放的喉結滑動著，嘴角輕扯，揉了揉她的腦袋，「會跟妳一起實現的。」

二〇一二年的除夕比往年來得都要早。

林兮遲的生日過去還沒一個星期，就迎來了春節。

溪城的第一場雪來臨，整座城市被白茫茫覆蓋，掉光了葉子的梧桐樹如同失去了生命力，偶爾還能看到幾隻不知名的鳥兒飛過。

林兮耿的假期加起來不到半個月，年初七就要返校。就算到了除夕，她沒花時間跟林兮遲鬧，一早就爬起來，坐在書桌前寫題目。

被她勤奮的模樣影響，林兮遲突然覺得自己過去幾天格外頹廢。

她也跟著林兮耿起床，占著床，背靠床頭，戴上眼鏡，拿著一本動物醫學相關的書籍翻閱著。

不知不覺就度過了一個下午。

把這一部分看完，林兮遲放鬆了下眼睛，側身拉開床頭櫃，翻出一個木製的小盒子。盒子的開口處被扣上一把鎖，無法打開。

她低頭瞅著，翻來覆去把玩。

林兮耿被她的動靜打擾到，轉頭：「妳幹嘛？」

「妳說。」林兮遲突然坐直起來，問她，「許放是不是有病。」

「……」林兮耿默了下，摸著一旁的手機，「我不知道，要不然我幫妳問問他。」

沒在意她的話，林兮遲晃了晃手裡的盒子。

裡面不知道放了什麼東西，沒發出任何聲音。體積不算大，只比她的手掌大一些，也輕。

她又用力晃了晃，只有鎖頭發出清脆的啰噠聲：「這個是許放送給我的生日禮物。」

「啊？這個盒子嗎？」

「不是。」林兮遲搖頭，腮幫子鼓了下，「是裡面的東西。」

「……」

「他自己留著鑰匙。」說到這，林兮遲用力揪了揪那個鎖頭，「他說送我這個，然後把盒子鎖起來，自己留著鑰匙。而且他說找時間會把鑰匙給我，結果我跟他天天見面他都沒給我——」

「這正常嗎？」

自顧自地說完一堆話，林兮遲抬眼才發現，林兮耿並沒有在聽她說話。此時，她垂著腦袋，手指在手機螢幕上敲打著，像是在跟人傳訊息。

聯想起林兮耿剛說的話，林兮遲湊過去看：「妳還真的跟許放……」

她的話還沒說完，就注意到林兮耿沒幫對方設備註，只顯示著一串陌生的手機號碼。

林兮遲眨眨眼：「這誰啊？」

「我也不知道。」林兮耿關閉螢幕，一臉茫然，「之前除了爸媽之外，總有另一個號碼打給我，號碼歸屬地是源港市的。我還以為是妳拿別人的電話打給我的，我就接了。」

「然後呢。」

「那邊一直不說話，我以為是打錯了，就掛掉了。」林兮耿說：「然後沒幾天又打過來，一直不說話，我覺得很煩，就把他拉黑了。」

聽起來詭異又神祕，林兮遲來了興致：「那現在打來的這個是誰。」

「我感覺是同一個人吧……」林兮耿的表情有點難以形容，略帶煩躁，「反正我拉黑一個就來一個新的號碼，每次都不說話。最近打來的號碼歸屬地變溪城這邊，我昨天寫試卷的時候又接到了。我很生氣，沒有掛掉。又問了一次是誰，那邊還是不說話，我就把他罵了一頓。」

說到這，林兮耿補充了句：「很狗血淋頭的那種。」

「……」

「然後他就說話了。」

沒想到會發展成這樣，林兮遲好奇道：「說——」

還沒問出口，就被林兮耿的手機鈴聲打斷。

本以為還是那個騷擾者打過來的，林兮耿的眉頭一皺，正想直接掛掉的時候，突然瞥見來電顯示不是一串陌生的號碼，而是——爸爸。

林兮耿表情更煩了，糾結了一陣，把手機丟到旁邊，沒有接。

沒響幾聲，那邊便掛斷了。

林兮耿倏地鬆了口氣，卻又覺得自己這個做法不太好，想裝作沒事發生，縮回桌前繼續寫題。

沒多久，客廳的電話鈴聲響了。

外公此時正在廚房做年夜飯，沒時間聽電話。

林兮遲跳下床，蹦躂著跑到客廳，接了起來：「您好，哪位呀？」

那頭一頓，成熟低沉的男聲傳來，略帶疲憊：『遲遲嗎？妳讓耿耿接一下電話。』

林兮遲嘴角的笑意一僵，不知道回什麼，很快便「哦」了一下，起了身。

聽到動靜，外公從廚房裡出來。他用圍裙擦著手，問著：「誰的電話。」

「就。」林兮遲往房間走的腳步停了下來，看向外公，神色有些侷促，「爸爸的，他讓耿耿接電話，我去喊……」

「不用。」外公打斷她的話，直截了當地走過去接起電話。

林兮遲頓在原地須臾，沒聽他們的通話內容，轉身回了房間。

此刻，林兮耿也沒了繼續念書的心情，坐在位子上發呆。見她回來了，便回過神，低頭拿起筆，在本子上亂塗亂畫。

林兮遲坐回床上，慢騰騰地拿起書本，盯著其中一個字一直看。

房間裡變得很安靜，兩個人都沒有說話。

不知過了多久，門外傳來外公朝這邊走的腳步聲。他敲了敲門，頓了幾秒後推門而入。

外公的表情比剛剛難看了些，眉頭皺成川字，對著林兮耿說：「耿耿，妳收拾一下東西，等妳爸過來接妳。」

林兮耿的嘴巴微張，訥訥道：「但我想待在這……」

「他們年後去B市，新年妳過去吃個飯。」外公的聲音緩和下來，「妳爸說了，明天就把妳送回來。」

林兮耿抿了抿唇，點頭。外公這才出去了。

林兮遲盤腿坐在床上，看著她，冷不防問道：「爸媽知道林玎會打妳嗎？」

「我沒說過。」林兮耿低著眼把桌上的課本往書包裡塞，「應該不知道。」

「那他們有幫林玎請心理醫生嗎？」

「十月份就有說要帶林玎去B市看醫生，但奶奶不准，說會讓人說閒話。」提到這個，林兮耿低嘲了聲，「說別人會說林玎是神經病，說多了爸媽聽進去了，也不讓她出門，就讓她待在家裡。而且，現在他們覺得林玎已經慢慢好起來了，什麼事情都沒有。換個環境肯定會更好。」

「……」

「反正平時是挺正常的。」林兮耿想了想，「其實林玎打我的次數不多，她大部分時間都待在房間裡，也不說話，偶爾會突然哭與尖叫。」

半晌後，林兮遲突然僵硬地扯了扯嘴角：「我跟爸媽說過。」

林兮耿停住手中的動作：「什麼？」

林兮遲深吐了口氣，緩緩道：「林玎打我這件事情，我跟他們說過。我以為他們會帶她去看醫生，但過了一段時間，他們就讓我來外公家住。」

林兮耿愣了。

「其實沒什麼所謂，反正我在那裡住的也不是很開心。」林兮遲語氣很認真，「這裡，外公對我很好，許放還是會像以前一樣過來找我一起上學，妳也會打電話給我……」

林兮耿喉嚨哽住，悶悶地應了一聲。

「我一直以為，按他們的想法，正常的發展是，我住在外公家，少去林玎面前刺激她，爸媽也一直堅持帶她去看醫生。時間久了，她病好了，我又可以回家了，然後我們像之前那樣住在一起。」

「……」

「但好像不是的。」林兮遲眼角微紅，聲音很輕，「可能同時養三個孩子，實在太辛苦了吧。」

林兮耿不知道該說什麼，手足無措地看著她。

「妳回去之後再跟他們說說，帶林玎去看醫生吧。」林兮遲笑得有些勉強，「她生病了。要去看醫生，要吃藥，這樣才會好。」

「誰都會生病的，這不是一件可恥的事情。」

林兮耿離開後，林兮遲快速調整好情緒，便到廚房幫外公的忙。

祖孫倆有一搭沒一搭地扯著話，多是林兮遲在說。偶爾外公會將視線從鍋裡挪到她身上，樂呵著罵她幾句臭丫頭。

只有兩個人的年夜飯，一點都不顯得冷清。

把所有的菜端到餐桌上，林兮遲到廚房裡盛了兩碗飯出來。

外公坐在主位上，接過她手裡的飯：「吃吧。」

林兮遲乖巧地應了一聲，坐到他旁邊，幫他夾菜。

良久後，外公才像講故事似地開口：「遲遲，外公跟妳說個事。」

林兮遲抬眸：「嗯？」

彷彿憋在心裡許久，練習了數百遍，外公情緒波動稍大，語速卻平常，也不結巴。

「一直沒跟妳說過，妳爸領養妳這事情，當時因為手續太多，有些條件滿足不了，他到處請人幫忙。後來手續辦完了，把妳帶回家之後，妳媽媽說不要養，讓他把孩子送回去。」

林兮遲的筷子一頓。

「我和妳外婆聽了，說孩子又不是寵物，怎麼能說要養就養，說不要就不要了。」外公聲音沉穩又慢，「我和妳外婆就把妳抱過來了。」

林兮遲訥訥道：「然後呢。」

「後來不知道妳爸跟妳媽說了什麼，他們又要把妳帶回去。我們帶了好幾個月，捨不得，但妳媽一直哭，就讓他們把妳帶走了。現在妳住這了，反倒好，算是完璧歸趙了。」

氣氛安靜了很久。

「真的嗎？」林兮遲的眼眶紅了，捏著筷子的力道加重了些。在誰面前都沒說過的話，在此刻，終於忍不住吐露出來，「……他們不要我，你們也會帶我回家嗎？」

外公點點頭，摸了摸她的腦袋：「真的。」

林兮遲不知道他說的是不是真的。

但她此刻，真的太想，也太需要這個回答了。

「妳看耿耿那麼好……」林兮遲的眼淚啪嗒啪嗒往下掉，像個孩子一樣用雙手抹著淚，「林玎如果，如果沒發生那樣的事情，她一定也會成為那麼好的人……」

外公輕拍著她的背，往日神色嚴厲的面容，此時帶著滿滿的慈愛：「妳也是個好孩子。」

「我都不敢……不敢指責他們……」

「外公知道。」

聽著外公的安慰，林兮遲抽噎著，把這些年來的委屈全部與他訴說。

也將這些年竭力忍耐的眼淚全部釋放。

一直以來的戰戰兢兢和小心翼翼，在這一刻，似乎隨著這些淚水，一滴又一滴地消散掉。

林兮耿沒有如外公所說的那般，在大年初一就回來，而是直接待到開學那日。

之後，林父林母帶著林玎和奶奶去了B市。

林兮遲的假期沒剩多少，每天留在家裡陪外公，偶爾有空便騎著單車去嵐北找許放玩。

大一下學期開學後。

新的一學期，林兮遲的課比上個學期多，加上體育部的事情，過得比之前忙碌不少。

林兮遲勉強找了個相同的時間段，跟許放選了同樣的選修課。

除此之外，兩人除了吃飯，最常去的地方就是圖書館。

而許放這個學期過的日子，跟他的朋友們有很大的差別。

他的朋友還睡得昏天暗地的時候，在林兮遲的催促下，他背著一大堆書往圖書館走。

他的朋友在宿舍裡打遊戲的時候，在林兮遲的催促下，他背著一大堆書往圖書館走。

他的朋友打完籃球，準備去外面喝酒撩妹的時候，在林兮遲的催促下，他回宿舍裝了一大堆書往圖書館走。

許放覺得自己現在過得比高三還艱難。

似乎是察覺到他的情緒不太好，林兮遲還哄過他，嬉皮笑臉地說：「你不覺得這樣的生活很充實嗎？每天安排得滿滿的，一點時間也沒浪費。」

許放根本不想理她。

儘管許放總會為林兮遲喊他去圖書館這件事情，不給她好臉色看。可不論林兮遲哪次催他，十分鐘之內他一定會出現在圖書館門口。從沒晚過一分鐘。

兩人一起選的那節選修課是一節爽課。林兮遲專門上學校論壇看了，說這個老師的課格外好過，才決定選的。

這天，林兮遲午覺晚起了些，到教室的時候比許放晚。

原本以為許放會選後三排的位子，結果她在後排找了半天，眼一瞟，終於在第一排發現了他。寬闊到能容納一百人的教室裡，大多數學生都擠在後幾排。

唯有許放一人坐在最前排，十分醒目。

鐘聲已經響了，此時拉著他換位不太合適。

林兮遲想拋棄他去別的位子坐又覺得良心不安，只能磨磨蹭蹭地走過去坐在他旁邊，低聲問：「你怎麼坐第一排。」

許放瞥她一眼，語氣不太好：「不是妳叫我好好讀書？」

「……」可她沒說過包括爽課啊。

不想打擊他積極向上的心態，林兮遲扯出笑容，點了點頭。她從書包裡拿出課本，又翻了翻，拿出一份英語檢定的試卷來寫。

許放沒管她，聽著老師講課，在課本上記著筆記。

林兮遲的注意力忍不住被他吸引了過去。

往常兩人一起上這節課的時候，她要麼倒頭就睡，要麼就幹別的事情，很少觀察他的動靜。

現在這麼一看，林兮遲發現他前面也做了不少筆記。

清雋俐落的字跡，整齊又密。

按照他這狀態，林兮遲能聯想到他上別的課的時候，是什麼樣子。

林兮遲放下手中的筆，忽地抓住他的左手。像是在逗他玩一樣，把玩著他的手指。

許放眼也沒抬，下意識回握住，抓住她的手指，用力固定著。

兩人的力氣差距太大。

林兮遲完全動彈不得，便伸出另外一隻手一根一根掰開他的手指，等她把第五指掰開，許放又重新握住。

反反覆覆，周而復始。

林兮遲的耐心格外好，連掰了四五次，興致仍舊很高的樣子。正準備等許放再握住，讓她掰第六次的時候，他突然沒動靜了。

她抬頭，就見許放一雙眼漆黑又沉靜，唇線繃直。看起來像是被她影響到了，模樣不太高興，「別鬧了。」

林兮遲眨眨眼，有些疑惑。

許放的眉眼舒展開來，語氣吊兒郎當的又帶著點報復性，「比起妳，我對上課更感興趣。」

差點被他的話打擊到，林兮遲睜大眼睛，正想指責他。

老師注意到兩人的小動作，用眼神示意：「這邊這個女生，起來回答一下問題。」

話音落下，林兮遲回過神，看向老師，跟他的目光撞上。她閉了閉眼，認命地站了起來，一臉茫然。

同時，許放漫不經心地把他的書推到她面前，他用其他顏色的筆標出答案，指尖還在上面點了點，十分清晰了然。

林兮遲飛速瞥了一眼，瞬間有了底氣，按照課本上的字跡，回答了問題。

老師也沒刁難她，只說了句「上課不要說話」，便讓她坐下。

因為這事情，接下來的時間，林兮遲非常安靜。

她沒了動靜，反而影響了許放繼續聽課的心情。他側頭看向她，視線定定的。

林兮遲注意到，也轉了過來。

兩人對視兩秒，她像被教務主任附身，變臉變得極快，訓斥道：「好好聽課。」

「……」

鐘聲響後，林兮遲收拾東西，這才提起了剛剛的事情：「你剛剛那句話……」

許放站起身，垂眼看她。

林兮遲又變回平時的模樣，笑咪咪地說：「挺好的。」

許放揚眉：「嗯？」

「我發現如果你好好念書了，很多時候，還能幫到我。」林兮遲眼睛亮亮的，有點高興，「我第一次回答問題要你幫忙欸。」

「……」

「我好感動啊。」

許放：「……」

一開始，許放還以為她只是因為賭氣才說的話。但時間久了，他發現並不是那樣。

林兮遲確實認為——比起她，他更重視讀書，是一件很好的事情。

就像是沒發生過，林兮遲完全不跟他計較，之後再也沒有提起過這件事情。

許放卻又開始覺得渾身不自在。

也是從這天起，許放有了飛躍般的變化。

不再需要林兮遲主動去請，除了平時去晚操還有籃球隊的訓練，其餘所有時間，他都泡在圖書館裡。

兩人以前還會提早一些走，在宿舍樓下找個小角落說說話，聊聊今天發生的事情。

但主要目的還是——沒多久許放就扯過她，按在懷裡親。

現在，這件每天用來培養、升溫感情的環節，卻被林兮遲稱為「浪費時間」。

她一副教導與勸說的模樣，說得有理有據的，彷若完全對他沒有任何興趣，想把這場戀愛變成柏拉圖式愛情。

許放被她氣樂了。

這樣的情況一連發生了一個星期後。

某日，許放在體育館訓練完，坐在看臺處喝水。他垂眼看著林兮遲傳給他的訊息，突然就來氣了，臭著臉回：『我不過去。』

林兮遲沒察覺到他的情緒，問道：『啊？你有事情嗎？』

許放沒回，煩躁地捏扁手中的礦泉水瓶，扔進垃圾桶裡。他拒絕了隊友叫他一起到校外吃宵夜的邀請，直接回了宿舍，打算睡了一覺。

沒睡幾分鐘，許放又爬了起來，看向手機。

那頭沒再找他，像是無聲地表達著自己很善解人意的意思。

許放坐在床上，深吸口氣，重新套上鞋子便出了門。

進了圖書館，許放在平時的位子找到林兮遲。他走過去，站在她旁邊。

注意到他的身影，林兮遲看了過來。看到他的時候她很高興，彎著眼，壓低聲音問：「你沒事了嗎？」

下一刻，許放冷著臉，將她扯了起來，往外面走。

出了圖書館的自習室，林兮遲才問出聲：「要去哪裡？我的東西都還裡面呀，你等我拿東西才……」

許放沒理她，拉著她走出圖書館。

找了個沒什麼人的地方，他停下了腳步，回頭看她。

林兮遲被他盯得有些心虛了，訥訥地問：「你要幹嘛。」

他面無表情地明說：「吵架。」

「……」林兮遲傻眼，半晌才小心翼翼地說：「你要我讓著你嗎？」

本來以為她會問為什麼要吵架的許放：「……」

林兮遲很正經地說：「不然你吵不過我呀。」

許放直接忽略她這句話，直入主題：「林兮遲，妳自己反省一下，妳最近有多少事情做的不對。」

林兮遲本以為他是在開玩笑，但看他這麼嚴肅，她也緊張了起來，凝神思考著，很快就想到一件事情。她掙扎著，半晌後才道：「好像沒有。」

見他表情變得更難看了，林兮遲神經一繃，只能坦白，「我前幾天用你的手機支付買了一箱零食。」

林兮遲不敢看他的表情，硬著頭皮解釋：「但我不是只幫自己買吃的！我打算過幾天分你一半……而且你身為我的男朋友，幫我買箱零食怎麼了，居然還讓我分給你。」

「……」他一句話都沒說。

許放還是不說話，林兮遲猶豫著，從口袋裡拿出一顆糖，討好似地往他手裡塞，「我今天帶了一點，別的被我吃完了。」

她的骨架很小，所以手也很小。手指纖細又白皙，指尖微涼，觸到他的掌心，像是帶著輕微的電流。

許放扯了扯唇角，被她折騰的一點脾氣都沒了，沒接也沒出聲。

「你還不高興！」林兮遲皺眉，但因為心虛，發不出脾氣，「那我現在回宿舍拿給你——」

話還沒說完，許放就剝開了那層包裝，把糖塞進她的嘴裡。他有些洩氣，語氣硬邦邦的：「算了。」

林兮遲含著糖，嘴唇飽滿紅潤，帶著豔麗的色澤。

她舔了舔唇，眨著眼看他：「……你不生氣了？」

許放的視線一頓，突然低罵了句髒話。

隨後他伸手扣住她的下顎，打開她的唇，重重地吻了上去。舌尖探了進去，吮著她的舌頭，力道粗野霸道。

感覺到她有向後退的傾向，許放按住她的後腦勺，輕咬了下她的舌尖，像是在洩憤，這才捲著那顆糖，退了出來。

林兮遲看著他，嘴裡殘留著他的氣息，還有糖的甜味。

她的腦子暈暈的，不知道為什麼被他從圖書館裡扯了出來，莫名其妙開始交代自己做的錯事，然後又被他按著親了一次。

還把餵給自己的糖又拿了回去。

——良久。

「啊，」許放用大拇指揉了揉她的嘴唇，眼裡有暗火閃過。聲音喑啞，拖腔帶調的，帶著很濃的欲念，「餵錯方向了。」

「……」

「我是想自己吃的。」

呆愣了幾秒，林兮遲「哦」了一下。像是嘗到了甜頭，低頭翻了翻自己的口袋，又摸出一堆糖。

她的表情略帶期待，誠實地說：「其實我還有這麼多。」

「……」

兩人的柏拉圖戀愛式只維持了短短的一個星期，林兮遲便受不住美色，自動繳械投降。

美色在前，她也軟下心，不像先前那樣每天催許放讀書了。

全憑他自願。

期末考在不知不覺間到來。

許放的考試時間依然被安排得很晚，林兮遲還是像上個學期那樣，每天去圖書館陪他複習。

考試結束後，兩人回了溪城。

林兮耿已經升學考完一個多月，成績早就出來了。她超常發揮，比以往任何一次考得都好。

在她填志願的那段時間，林兮遲還特地回了趟家，幫她一起選科系。

升學考填報志願是一件大事，所以林兮耿還是跟父母說了一聲。知道她考得好，他們也沒逼迫她把志願改成B大。

最後林兮耿的第一志願選了S大的心理學。

升學考完的長假期總共三個月，林兮耿在高中同學的介紹下，去一個補習班兼職，大多時間都不在家。

國防生的每個暑假，都有一個月的集訓時間。許放才回家幾天，連床都還沒躺踏實，就要動身過去了。

林兮遲也不想閒著，她在網路上看到一個流浪動物救助站的義工招募通知，再三確認了不是假消息後，便把自己的資料寄了過去。

總算找到事情幹了，林兮遲格外高興，準備出門找許放分享這個消息。

雖然許母已經幫許放準備了很多行李，但林兮遲還是想親力親為幫他準備一些東西，讓他在那邊的時候能想起她。

一下樓，林兮遲就看到了許放。

她小跑著跑到他面前，把手塞進他的手心裡，活蹦亂跳地說：「走，我們去買東西。」

「買什麼。」許放握著她的手，另一隻手拿著手機看，「吃的就別買了，我家那很多，妳要就全拿去。」

「我也不知道，我們去看看呀！」

見她心情很好的模樣，許放放下手機，皺著眉說：「妳這麼高興？」

「嗯。」林兮遲用力點點頭，「因為我——」

許放表情一下沉了下來，打斷她的話，「林兮遲，明天我就要去部隊了，我要去一個月。」

她愣了下，但完全沒有依依不捨的情緒，只是低下頭，掰著手指算：「那你回來了之後，我們還有一個月一起玩。」

許放扯了扯嘴角，低哼了聲，語氣仍不太滿：「妳說得對。」

林兮遲瞇著眼笑：「我會想你的呀。」

兩人進了超市。

讓許放推推車，林兮遲想往零食區跑，被他拎著衣領扯了回來：「妳要吃什麼，我那堆全給妳，別買了。」

林兮遲把自己的衣領揪了回去，問道：「阿姨買給你的嗎？」

「嗯。」

「那我也要買給你一點，讓你吃到就想起我。」

許放直截了當地說：「不能帶。」

林兮遲沒被這話消磨了熱情，表情很理直氣壯：「我問過余同了，他說可以偷偷帶。」

「……」許放被她弄得有些無奈，沒再攔著她。

林兮遲走在前面，許放在後面推車。

她看到什麼都想吃，拚命往購物車裡扔。

許放看著她扔的東西，覺得不衛生和熱量高的就拿起來放回貨架上。

這麼一來一回，購物車裡只裝了三分之一。

而後又往生活用品區跑，但她拿起一樣，許放就在後面說：「有了。」

林兮遲拿起洗髮精。

許放：「有了。」

沐浴乳。

「有了。」

牙膏。

「有了。」

到後來，許放看都沒看，每隔十秒就說一句「有了」。

過了半晌，林兮遲突然沒了動靜，也不朝前面走了，定定地站在原地。

許放懶洋洋地打了個哈欠，下意識抬頭看，就見她手裡拿著一包衛生棉，帶著猶疑的眼神。

「……」許放的額角一抽，扯著她往別的區域走：「這個沒有，但我不需要。」

「這個。」林兮遲還拿著，小跑著追他，「可以當鞋墊呀，我們之前軍訓不就是這樣的……」

「我沒有用。」許放頭都沒回，打斷她的話，「妳給我放回去。」

「……」

在超市裡折騰半天，最後兩人只買了一開始林兮遲選的那點零食。

付完錢後，許放拎著購物袋，牽著林兮遲出了超市。他們沒繼續在外面閒逛，上了輛公車，回了許放的家。

許放還住在嵐北別墅區，他家對面的房子是林兮遲先前的家，現在已經賣出去了，搬進了新的人家。

林兮遲快速瞥了一眼，抿了抿唇，便跟著許放進了門。

許父和許母都在，此時正在客廳看電視。

林兮遲從小就經常過來，來這裡像是來自己的另外一個家，完全沒有侷促的感覺。跟他們打了聲招呼便上了樓，進了許放的房間。

許放房間的裝潢風格很簡潔。

白色的牆面，木地板，標準的單人床，床的樣式很奇特，有四顆很大的輪子。正上方裝了兩個架子，架子上擺放著各種書籍。

再旁邊是書桌，床前的地上鋪著一層圓形地毯。前面裝了一臺電視機，兩張懶人沙發，還放著兩個遊戲機的搖桿。

而且可能是當了國防生的緣故，許放的房間完全不像以前那麼亂。被子會下意識折成豆腐狀，桌上的物品有序整齊地擺放。

看起來十分舒服。

他的行李才收拾到一半，此時正攤開來放在地上，裡面只裝了一些衣服。一旁是散亂一地的生活用品和零食。

林兮遲走過去坐在他的行李箱旁。

把手裡的袋子放下，許放走到電視旁邊，拿了張懶人沙發過來，扔到她身後，漫不經心地說：「坐這。」

「哦。」林兮遲動了動，坐了上去。

她低下頭，把袋子裡的東西全部倒進行李箱裡，然後又被許放一個一個拿了出來。

像是對物品的擺放位置有強迫症，許放全部都要按照大小顏色來擺放。

林兮遲就坐著看他收拾行李。

看久了有些無聊，林兮遲按捺不住想騷擾他的心情，湊過去戳他的腰。

但許放不怕癢，一點回應都沒給她，不為所動地繼續收拾。

林兮遲又改成揪他的頭髮，他依然不為所動。

她把手挪了下來，掐了掐他的臉。

許放只想趕緊收拾完，完全不理她。

林兮遲鬧人的時候什麼辦法都能使出來，她腦子一轉，單手撐在地上，腿上稍稍使了力，從下往上。而後她仰起頭，對準他的嘴唇親了上去。

可惜方向沒對準，只親到了唇角。

這次，許放總算有了回應，動作停了下來，靜靜地看著她。

林兮遲的腦袋擋住了他看向行李箱的視線。

她露出狡黠的笑，用空著的另一隻手把他剛剛收拾好的東西弄亂，隨後向後一退，想起身逃跑。

是典型的幹了壞事就想跑的樣子。

可她還沒起身，許放立刻握住她的腳踝，喊了句：「回來。」

他一雙眼點漆似墨，將她往他的方向拽。

林兮遲抬眸。也許是做賊心虛，此時，在她的眼裡，許放這副毫無情緒的模樣看起來顯得異常凶神惡煞，像是要把她打一頓。

林兮遲掙扎著，格外識時務，立刻開口求饒：「屁屁別生氣，我幫你收拾……」

許放沒說話，鬆開她的腳踝，另一隻手拉住她的手腕，把原本要賴著躺到地上的林兮遲半拉了起來，落入自己懷裡。

手掌挪到她的背後，重重抵著。

畫面停止了幾秒。

林兮遲咽了咽口水，正想著解救辦法的時候。

許放忽地把臉湊了過來，聲音低沉，還殘存點凶惡的感覺，「——剛剛沒親到。」

第十二章　52.零

聽到這話，林兮遲停止了掙扎，睜著大眼看他。她的眸色很淺，在燈光的照射下顯得清澈明亮，一望能見底。

她安安靜靜地坐著，像是在等待他的動靜。

然而許放沒再繼續下去，指尖在她的手腕上摩挲著，瞳色略沉，暗示的意味很明顯。

兩人的距離極近。

林兮遲的鼻尖幾乎要擦到他的鼻子，能清晰地感受到他的氣息，溫熱而帶著熟悉的薄荷味，散發著男性荷爾蒙。

半晌，被這樣的距離和等待弄得有些焦慮，林兮遲受了蠱惑，忍不住仰起頭，想貼上他的唇。

許放反應很快，把頭仰得更高。

林兮遲的眼睛眨了下，沒反應過來他是在躲，單手撐著他的腿又繼續往上。

這次許放乾脆單手抵著她的頭頂，不讓她動彈。

見狀，林兮遲納悶地縮回去，指責他：「你剛剛還說沒親到，現在又一副死活要保護貞操的樣子，你是不是——」

他打斷她的話，聲音微啞，眼中那團墨半點沒散，越聚越濃，「還搗亂嗎？」

林兮遲也鬧夠了，但想了想，還是決定先問清楚比較好：「還搗亂會怎樣？」

許放的目光停了幾秒，一把把她扯了過來，低聲說：「沒怎樣。」

他咬住她的下唇，用舌尖描繪著她的唇線，力道不算重，像是在一點一點帶動著她，帶著繾綣和濃厚的愛意。

許放呼吸漸漸急促，許久後，才稍稍把她鬆開，含糊不清道：「能怎樣。命都想給妳了。」

之後林兮遲沒再煩他，抱膝坐在他旁邊，檢查他有沒有什麼漏帶的東西。閒著沒事時，她偷偷摸摸地塞了幾個東西進去，很快就被許放發現，又拿了出來。

就這麼磨蹭來磨蹭去，這行李整理了將近一小時。

看著他把行李箱的拉鍊拉上，林兮遲才放下心，起身到他的床上，用腳尖勾起被子，把他折的那個豆腐狀被子弄亂，然後趴在床上，晃著兩個腳丫子玩手機。

許放從廁所出來，瞬間就注意到被她弄得一團糟的床。他沒去管，站在她旁邊說：「起來，送妳回去。」

林兮遲沒動，雙腳繼續晃著：「我今天不回去呀，我跟外公說了。」

許放疑惑：「妳不回去？」

「我明天要送你去機場，你早上的飛機，一來一回跑一趟好麻煩。」說到這，林兮遲回頭看他，像是在嫌棄他的大驚小怪，「而且我們又不是沒一起睡過。」

「……」

許放覺得他現在說一句她能頂幾百句。

他沒說什麼，瞥了她幾眼便拉開門出去，半天都沒回來。

林兮遲玩了一下手機便覺得無聊，躺在床上等他，卻一直不見人影。她疑惑地爬了起來，走了出去。

許放家的格局跟林兮遲之前家的那個房子差不多，二樓都是四個房間，其中一個是主臥，再除開許放的房間，剩下的兩間分別是書房和客房。

此時客房的門開著，許放正在裡面鋪著床，他的動作不算熟稔，所以做起來有點慢，現在還在裝枕頭套。

林兮遲走過去蹲在他旁邊，雙手半握拳捧臉，小聲道：「我睡這？」

許放低著眼說：「我睡。」

「那我睡你房間嗎？」

「嗯。」

林兮遲沒說話了，蹲在他旁邊看他幹活。

許放用眼尾看她一眼。

他真的覺得，自從在一起了，每天他都在伺候這個祖宗。以前他從來沒做過這些事情，現在倒是越做越得心應手。

把被芯塞進被套裡，許放站起來，用力甩著被子，想把被芯弄得均勻點，卻怎麼都不太對勁。他的眉頭皺起，直接平鋪在床上，想看看哪裡出了錯。

與此同時，林兮遲捶了捶蹲麻的腿，提醒他：「你剛剛裝錯了，這被子是長方形的，你沒有對好，你把長的弄到短的那頭去了。」

許放看著被子，頓了幾秒後，看她：「妳剛剛怎麼不說。」

林兮遲站起身，笑嘻嘻地說：「我想看你再裝一次。」

「……」

之後許放便黑著一張臉到浴室洗澡。

林兮遲下了樓，到客廳去找許父和許母聊天，順便跟他們說一下自己今晚在這睡的事情。

聽到這話，許母立刻扯著許父站了起來，擺出一副要去幫她收拾房間，讓她今晚能睡的舒服一點的架勢。

林兮遲連忙攔著，告訴他們許放已經收拾好了。

聽到這話，許母更不放心了，扯著許父風風火火地上樓，沒走幾步又折了回來，捎上林兮遲。

許放的父母跟她父母不一樣，性格不同，對孩子的教育方式也不同。

林父和林母對孩子的要求相對嚴格一些，會幫她們規劃每天的時間表，會要求她們考試要考到多少分，排名要排到多少。

而許父和許母對許放完全沒有這樣的要求，比起他的成績，他們更在意他的興趣愛好，他在學校裡過得開不開心，跟他的相處方式像是對待朋友那樣。

從小林兮遲就很喜歡他們。

以前她沒多羨慕，現在突然有一點點羨慕了。

林兮遲站在門旁，看著二老在客房裡翻來覆去，像是想找出許放沒收拾好的地方，不免覺得有些好玩。

好半晌，許父終於在床沿抹到一層灰，鬆了口氣，搖著頭嘆息，「唉，這小子還是不行啊。」

許放恰好回來，看著他們擠在房間裡，眉頭隆起：「你們幹嘛？」

二老沒繼續在這裡待著，只是囑咐林兮遲今晚去許放的房間睡，把這個髒房間留給許放。

等他們走後，許放又問了一遍：「你們剛剛在說什麼？」

林兮遲很誠實地說：「說你不行。」

「……」

他剛洗完澡，沒有用吹風機吹乾頭髮的習慣，髮梢的水珠順著臉頰和脖頸向下流。眼珠子墨黑染著水汽，唇色都紅豔了些。

但臉色又黑了一度。

許放冷著臉，似乎想反駁什麼，但卻什麼也沒說，自顧自地走進了客房。

林兮遲也不在意，走回許放房間，從自己的包裡拿出帶過來的換洗衣物，進了房間裡的浴室。

洗完之後，林兮遲用毛巾把自己的頭髮擦乾了些，從浴室的櫃子裡翻出吹風機，出了房門，往客房的方向走。

許放的頭髮已經乾了大半，此時正躺在床上玩手機。

林兮遲走過去把他的手機拿了過來，替換成吹風機，爬上床，盤腿坐在他面前。

他的眼皮抬了抬，淡聲道：「不吹了，快乾了。」

聞言，林兮遲頓了頓，慢吞吞地說：「我是叫你幫我吹。」

許放：「……」

他深吸口氣，在原地掙扎半秒後，一把抓過她往身前按，把插頭插在旁邊的插座上，似是氣笑了，「我他媽真是上輩子欠了妳的。」

林兮遲下意識地轉頭看他：「那你還了嗎？」

還沒等許放說話，她又道：「沒還的話就這輩子還吧，你上輩子欠了我十個億。」

「……」

「按照通貨膨脹，幫你打個折，你現在要還我一百個億。」

「……」

在客房磨著許放說了半天的話，直到十一點林兮遲才回去睡覺。她雖然不認床，但不知道為什麼，今天格外有精神。

她翻來覆去，最後還是拿起放在床頭櫃的手機，深思熟慮後傳訊息給許放：『深夜聊騷嗎？』

許放回得很快：『……』

林兮遲歪著頭開始自誇：『我，漂亮，年輕，身材好，蘿莉音，有興趣嗎？』

許放：『沒有。』

「……」

林兮遲皺著眉，反著說：『我，醜陋，蒼老，飛機場，大叔音，有興趣嗎？』

許放：『有。』

許放：『我女朋友就這樣。』

林兮遲：「……」

許放訂的航班是上午九點。

因為要提前一個小時去，所以兩人六點多就起來了。

許父和許母九點鐘才上班，雖然許放沒讓他們送，但他們還是早早起來做好早餐，之後又提心吊膽地問著許放有沒有漏帶東西。

原本安靜的早上顯得熱鬧了不少。

兩人七點半左右出了門，攔了輛計程車，上了車。

很稀有的，許放似乎也格外不放心的樣子，話比往常多了些，不斷囑咐她各種事情，「就一個月，妳別到處亂跑，晚上記得不要一個人在外面。」

林兮遲告訴他：「我要去流浪動物救助站當義工。」

「那妳自己小心點，不要受傷，如果回家太晚的話妳就叫蔣正旭來接妳。」許放撓了撓頭，沒反對她去做自己想做的事情，語氣是很少有的溫和耐心，「我已經跟他說過了，妳有事打電話給他就行。」

林兮遲覺得哪裡怪怪的，但又找不出來，只能點頭。

想了想，許放又問：「妳爸媽最近有沒有找妳？」

「沒有。」林兮遲沒瞞著他，「就上次打了電話，跟我說他們在B市太忙了，等安頓好了再打電話給我。」

「妳如果覺得不開心。」許放的表情看起來很煩，嘖了一聲，「反正妳別自己一個像之前一樣喝酒，叫妳妹一起。」

車子剛好到機場。

兩人下了車，許放到後行李廂拿出自己的行李箱。

林兮遲終於覺得哪裡不對勁了，訥訥道：「你幹嘛，怎麼弄得我這一個月都聯絡不到你一樣。」

「差不多，過去要交手機。」許放走過去牽著她，又補充了句，「每週應該能打一次電話給妳，還沒確定。」

林兮遲「啊」了聲，張了張嘴，呆在原地。

許放拉著她往機場裡走，沒走幾步路，後面的林兮遲突然停下腳步，不動了。

許放回頭看，就見林兮遲此時正低著頭，掰著手指，不知道在算什麼，過了半分鐘才抬起頭，不敢相信地問：「所以你去一個月，只能打四次電話給我？」

還不等許放應下聲來，林兮遲整個人往他懷裡撲。像是章魚一樣黏在他身上。

一瞬間，機場的入口對於她來說像是地獄之門一樣，林兮遲憋著氣，將他往來的方向拖，

「那你去個屁！」

此時還不到八點，人流量很大。機場門口人來人往的，旁邊是馬路，有些車靠邊停著，能聽到幾聲喇叭。

完全不在意別人的目光，林兮遲雙手纏著許放的腰，死活不讓他往機場裡走。

她的本意是想直接攔輛車，把許放塞上去，行李都不要了，趕緊離開這個地方。但她費了好一番力，還是扯不動他。

如果她有棍子就好了，林兮遲想。

那她現在可能會直接把他打暈，綁走。

許放站在原地，紋絲不動，垂著眼看她。

良久，林兮遲也不動了，突然覺得有些委屈，鼻子一酸，把臉埋在他的胸膛前。

許放覺得不太對勁，單手扶著她的後腦勺往後抬。

兩人的視線撞上。

看到她的表情後，許放的心情瞬間變得更糟糕了。

跟剛剛笑得沒心沒肺的模樣完全不一樣，林兮遲的表情垮了下來。

她嘴唇輕抿，嘴角微微向下垂，鼻翼小幅度的抽著，眼眶裡慢慢浮起一層水汽。

像是要哭了。

許放僵住，板著臉，語氣格外生硬：「敢哭？」

頓了頓，林兮遲吸了吸鼻子，眼睛一眨，像是跟他作對一樣，豆大的眼淚一顆又一顆往下掉。

「……」許放忙手忙腳地幫她擦掉眼淚，「為這點破事哭，我就去一個月，八月份我就回來了。」

林兮遲不出聲。

「不是妳說的嗎？」許放想了想，提起她昨天說的話，「還有一個月一起玩。」

聞言，林兮遲垂著頭，聲音低低的，還帶著哭腔，「那不一樣。」

「哪裡不一樣。」

她不看他，語氣是難得的任性：「反正我不想讓你去了。」

許放完全沒想過她的反應會這麼大。

先前林兮遲一副完全沒關係的樣子，他雖然內心有點彆扭，但也因她的反應，他還算是放得下心。

此時她這副模樣，許放忽然不知道該怎麼辦了。

他想狠下心提醒她。

這一個月，比起他往後要在部隊的那八年，只能算是滄海一粟。

以後他們分開的時間，不會變少，只會成倍增加。

那她以後該怎麼辦。

可許放說不出口，只能耐著性子跟她講道理：「這個是必須去的。我不去的話，我這一年大學就白讀了。」

聽到這話，林兮遲沉默了幾秒，很快便「哦」了一聲，也不哭了，自己拿著衛生紙擦眼淚。

隨後主動牽著他的手，悶悶地說：「那走吧。」

許放側頭看她，不知所措地抓了抓腦袋。

兩人走進機場裡。

林兮遲被他牽著，走在他後面，依然一副情緒很低落的樣子。她的眼睫下垂，腮幫子稍稍鼓起，許放看不出她現在到底在想什麼。

許放用舌尖舔了舔唇角，還在想著怎麼哄她的時候。

林兮遲突然開口喊他：「屁屁。」

「嗯？」

「你——」林兮遲語調稍揚，聽起來有點凶，但又突然停住，有種急剎車的感覺，話鋒突然轉到了別的上面，「你長得好看，過去那邊不要拈花惹草。」

許放：「……」

那邊應該全部都是男人。

林兮遲的聲音還帶著淺淺的鼻音，又軟又黏。面上卻板著，秀氣的眉毛蹙了起來，不像是在開玩笑的樣子。

許放把嘴裡的話咽了回去，應道：「知道了。」

辦理完托運後，林兮遲跟著許放一起到了安檢口。

許放微不可察地嘆了口氣，吻了吻她的額頭。

「等我回來。」

林兮遲回了家。

外公此時正在客廳看電視，跟他打了聲招呼後，林兮遲便跑回房間，窩進被子裡。

悶在裡頭半分鐘後，又開始掉眼淚。

等被子裡的空氣變得稀薄了，林兮遲才露出臉，邊哽咽著邊說：「氣死我了。」

猛地把被子蹬開，林兮遲爬了起來，走到書桌前，從左側的櫃子翻出一個本子。她的眼裡還含著淚，止住了哭聲，把本子翻到最新一頁。

以前每一頁，林兮遲都是認認真真，一筆一劃，整整齊齊地寫下今天跟許放發生的事情。

但今天不一樣。

從她的字跡裡不再能看出少女的戀愛情懷，只剩下滿腔怒火。

字的大小不再小巧娟秀，而是拉到最大，力道不輕，幾乎要把紙張刮破。

像是鬼畫符一樣地寫——許放是狗。

寫完後，林兮遲盯著那四個字看了半晌，又覺得罵的力度不夠，補充了兩個字上去——許放是臭狗屎

林兮遲想起許放之前在別人面前說的那句「吃屎的遲」，倏地更想哭了，抽著鼻子在一旁加字——我才不吃。

2012年7月13日，在一起的第262天。

今天許放去集訓了，下個月10號才回來。

雖然我從放假開始就知道他要去集訓，但我不知道那邊會這麼嚴格，連手機都不能用。重點是他沒有跟我提過，完全沒有。

要是他早跟我提，我上個星期就會少睡點覺，多花時間找他玩，甚至昨天晚上，我肯定會偷偷爬到他的床上去找他聊天的。

我才不會把時間浪費在睡覺這上面。

剛剛在機場時，我是想罵他的，但我忍著。

我反而誇他長得好看了。

我真是寬宏大量。

畢竟接下來我跟他要分開一個月。這一個月裡，他只能碰四次手機。我不能花這個工夫來跟他吵架，這太浪費時間了——我決定等他回來了再吵。

下了飛機，許放傳訊息給父母和林兮遲，告知他們自己已經安全到達。之後按照學校給的資訊，到附近上了輛巴士。

位置很偏僻，坐過去還要好幾個小時，一路上磕磕絆絆的，車子搖得很厲害。

窗外的黃沙飛塵鋪天蓋地，天空像是蒙了一層霧，迷迷濛濛的。巴士有些悶熱，格外安靜，乘客多是在睡覺和玩手機。

想到臨走前，林兮遲獨自一人站在原地，身陷人海之中，所有的熱鬧好像跟她沒有任何關係。而且，往後可能會頻繁有這樣的時候。

許放低著眼，聲音輕的像是在嘆息：「怎麼辦啊……」

還沒等他深想，手機鈴聲響起。

林兮遲打電話給他。

許放回過神，插上耳機，接了起來。

林兮遲的聲音順著電流傳來，似乎已經恢復正常了，說話時的尾音會像平時那樣稍稍揚起。話很多，每句話都像是帶著笑意，讓人聽了心情十分愉快。

『屁屁，你現在在哪呀。』

「車上。」

『啊——』林兮遲的聲音壓低下來，『那旁邊是不是有人在睡覺？』

「嗯，我戴了耳機。」

『那你就別說話了！聽我說就好了。』林兮遲笑嘻嘻的，『我跟你說，我收到那個救助站的訊息了，讓我明天下午過去。』

「嗯。」

『我明天去看看！』她的聲音很興奮，『然後回來我打電話給你，噢不對，我傳訊息給你，你有時間就能看到了，我就不用擠在同一天跟你說所有的事情。』

許放的嘴角扯起弧度：「好。」

『這個救助站在西區那邊，有點偏僻，我明天早點出門好了。』林兮遲說著瑣碎的小事情，嘴巴不間斷，像是沒人打斷就永遠停不下來，『對了，屁屁。我剛剛上網查了，好像說部隊生活很艱苦的……』

呼吸滯了滯，許放啞聲說：「嗯？應該還好。」

林兮遲那頭一頓，小心翼翼地給了他一個建議：『要不然，我現在去接你回來？』

「做夢呢。」許放輕笑了聲，語氣又恢復平常，帶著慣有的吊兒郎當，「就等著我回去伺候妳。」

等許放下了車，林兮遲才磨磨蹭蹭地把電話掛了。沒過多久他便傳了個訊息過來，告訴她自己交手機了。

林兮遲在螢幕這邊「哦」了一聲，沒有回覆。

此時林兮耿已經回家了，坐在旁邊看她。

見她一臉憂鬱，林兮耿突然良心發現，想安慰她幾句的時候，林兮遲猛地放下手機，揚起頭說：「好，我也有自己的事情要做。」

「啊？」

「我明天去救助站當義工，閒置時間我要用來讀書或者陪外公。」林兮遲抿了抿唇，正經地說：「我才沒那個閒工夫去想許放。」

「……嗯。」

「我說真的。」林兮遲站起身，開始翻衣櫃，選明天出門要穿的衣服，邊強調著，「在我這，許放算個屁。」

林兮耿：「……」

希望她能撐過三天。

之後林兮耿沒再管她，拿了套換洗衣物便去洗澡了。

洗完後，回到房間。

燈已經被關上了，只開著床頭的燈，昏黃色的光線顯得室內溫馨又靜謐。林兮遲坐在床邊，手裡抱著不知道什麼東西。

林兮耿瞥她一眼，也沒多好奇。她把頭髮擦得半乾，順手從櫃子裡拿出一瓶新的洗面乳，回到浴室裡吹頭髮。

等她再回來的時候，就看到林兮遲正在撕著紙張。

林兮耿愣了下，被吸引了注意力，湊過去看，「妳在幹嘛？」

發現林兮遲抱著的東西是一個日曆本，一天一頁那種。

此時她已經撕到了八月九號。

聽到她的聲音，林兮遲的動作頓了頓，注意到眼前的日期，沒再撕下去。隨後，她轉頭，笑咪咪地跟看向林兮耿：「許放明天要回來了。」

「……」

不說兩人現在已經在一起快一年了，就算是以前，他們還沒有這層關係的時候，林兮遲和許放從來沒有分開過這麼長的時間。

林兮遲早已習慣了每天發生了什麼事情，都第一個跟許放說；或者有事沒事就去他面前找存在感，等他生氣了再開始哄。

在她的心裡，許放整個人都在不能缺少的那個區域。

他被收了手機，就像是有道屏障將兩人完完全全分開來，讓林兮遲的心情有些空落落的。

看她還在撕日曆本上沒撕乾淨的紙屑，林兮耿火上澆油，「要我再買三十本日曆給妳嗎？」

林兮遲眼沒抬，慢吞吞地把剛剛撕掉的紙整理好，夾回日曆本裡。她拍了拍臉，試圖將剛剛那副魔怔的樣子拍正常：「二十七本就夠了。」

「不就去一個月嗎。」林兮耿表情帶著嫌棄，翻出旁邊整理的教案來看，「真不懂你們這些談戀愛的人。」

房間安靜下來。

幾分鐘後，林兮遲突然喊她：「林兮耿。」

她的聲音低落下來：「我有點難過。」

聞言，林兮耿看了過去，鬱悶道：「就一個月，妳大學去源港那邊，幾個月見不到我也不見妳這麼沮喪。」

「可我可以打電話給妳。」林兮遲揉了揉眼睛，神情呆滯地說：「許放今天跟我說，如果他不去的話，這一年大學就白讀了。」

「是啊，哪能說不去就不去的啊。」

似乎覺得這話不太好，林兮遲猶豫了下，還是小小聲地說了出來：「我都想讓他直接別讀了，以後我養他。」

「……」

林兮遲的語氣更低了，很誠實：「可我養不起。」

「……」

「所以他還是繼續去吧嗚嗚嗚。」

「……」

另一邊。

許放扛著行李箱走進安排好的宿舍裡。

八人一間，上下鋪。沒有空調，只有兩個三葉扇掛在天花板上，此時都開著，偶爾發出「咯吱咯吱」的響聲。

人已經來齊了，擠在這狹小的室內，十分悶熱。

全是許放認識的人。有些坐在床上，有些在地上收拾行李，雜亂無章的，一群人大大咧咧地說這話。

許放蹲在地上，隨著「滋啦」一聲，把行李箱打開。

幾套衣服，一些生活用品，半箱的零食像是散發著金燦燦的光。

原本吵鬧的室內瞬間安靜了下來。

一秒，兩秒。

突然有個男生開口道：「我靠，許放你帶這麼多吃的。」

這話像是號召一樣，其他人猛地撲向他的行李箱，如同餓了幾天的狼，隨手拿了幾包就走，不到半分鐘就將行李箱一掃而光。

「……」

許放的額角一抽，低罵了幾聲，也沒什麼動靜。他對零食沒多大興趣，因為林兮遲想讓他帶才帶的。

房間頓時又多了吃東西的「哢嚓」聲，伴隨著余同的聲音：「唉，要過一個月的原始生活啊，我感覺我女朋友要跟我分手了。」

「你對自己有什麼誤解。」另一個男生搶過他手中的零食，「要跟你分是因為你長得太醜了好嗎？」

「滾！你他媽還單身呢！」

他們的動靜太大，還灑了幾片洋芋片出來，掉到許放的行李箱裡。

許放側頭，表情陰沉地盯著他們兩個。

余同拿還沾著洋芋片碎屑的手推了把他的臉，嗔怪道：「放哥，你這麼小氣幹什麼，不就幾片洋芋片嗎？」

另一個蹲到地上，把那幾片掉落的洋芋片往嘴裡塞：「這他媽不是吃了就好了嗎？」

許放：「……」

才剛來，他就想回去了。

林兮遲要去的那個流浪動物救助中心在溪城的西區，位置很偏僻，公車不能直達，下了車之後還要再走半個小時。

按照導航走，林兮遲擦了擦汗，覺得整個人都要冒煙的時候，終於找到了救助中心的基地。面積不算小，U字型的平房，中間有塊很大的空地，兩側都是牢籠，裡面關著很多不同品種的狗。

這裡裝潢簡陋，看起來很舊。房子的外層掉漆，牆面也掉皮。因為有上百隻動物的關係，味道很重，十分難聞。

此時已經來了十幾個人，正圍在一起說著話。

他們面前站在一個女人，留著一頭短髮，看起來像是這裡的負責人。她手中拿著一個本子，不知道在跟他們說什麼。

餘光注意到林兮遲，女人望了過來，隨後往本子上一看，不太確定地問：「林兮遲嗎？」

林兮遲點頭。

女人露出笑容，膚色偏黃，看起來很年輕又有精神：「都到齊了。我先自我介紹一下，我叫于霓，是這家救助站的站長。」

接下來幾個老義工也跟著自我介紹。

「那我們現在開始了啊，先分工一下。」于霓指了指旁邊的牢籠和平房的方向，「我們的日常主要就是，把別人捐贈的狗飼料和日常用品搬進基地裡，清理一下狗舍和貓舍，還有餵食。」

之後于霓便按義工的體型和意願分配了任務。

林兮遲和另一批人被分到外面這一塊，清理狗舍。

于霓從房子裡出來，發手套和圍裙給他們，邊囑咐著話。

狗舍裡的衛生不太好，因為空間不大，裡面狗的數量又多，一地都是排泄物，氣味很嗆鼻。

林兮遲穿上圍裙，拿著工具進去清理。

救助站裡的動物普遍對人有防備心，也怕人，看到她過來，原本趴得好好的狗就往另一處跑。

只有一隻狗，一直站在原地。

牠的體型偏瘦，毛色是黑的，杏色的瞳亮而清澈，但瞎了一隻眼。另一隻眼睛是凹陷下去的，看起來不像是天生缺陷。

從林兮遲進狗舍開始，這隻狗就很可憐地不斷嗚嗚叫著，頭也一直低著，不敢看她。

林兮遲彎下腰，不敢離牠太近，軟下聲音，隔著一公尺的距離哄牠：「你不要怕我，我下次來帶吃的給你好不好呀。」

小黑狗嗚咽著，沒動彈。

林兮遲又跟牠說了幾句話，有些不知所措。

于霓拿著工具，過來幫她的忙。

似乎是聞到了于霓的氣味，小黑狗的尾巴開始搖了起來，表示友好，但仍舊低著頭，渾身發顫。

「這隻狗叫黑寶。」于霓笑了笑，蹲下來摸了摸牠的腦袋，「之前被虐待過，所以有點怕人。」

林兮遲明白過來，遲疑著問她：「妳是說牠的眼睛嗎？」

「嗯。」于霓嘆息了聲，聲音低了下來，「也不知道是什麼樣的人，能做出這樣的事情。」

看著黑寶，林兮遲的心情突然沉重了起來。她默不作聲地站了起來，沒再主動靠近牠，迅速收拾完便走了出去，收拾下一間。

林兮遲發現，不僅僅是黑寶，還有不少的狗身上都是有缺陷的。

多是因為有缺陷，才被主人拋棄。

收拾好後，林兮遲拿著飼料去狗舍裡給牠們吃。多數狗都是一湧而上，圍在一起吃著碗裡的東西。

只有黑寶蜷縮在角落，趴在地面上沒動。

林兮遲抿了抿唇，又拿了個小碗裝了一些飼料放在牠附近。

牠還是沒動。

等林兮遲走出狗舍，往回看的時候，才發現牠起了身，慢吞吞地走向那個碗。

林兮遲覺得自己今天去當義工，做了好事，卻沒有預想中的那麼開心。她背上包，往車站的方向走，下意識撥了許放的電話。

等那頭傳來了機械的女聲，告訴她對方已關機的時候，她才忽然反應過來。

許放去部隊裡了。

林兮遲走到車站，上了車，重新拿出手機，傳訊息給許放。

林兮遲：『我今天去救助站了，那裡環境好差。站長是個很年輕的女生，人很開朗的樣子，很好相處。』

林兮遲：『裡面有隻狗以前被虐待了，眼珠子被人挖了一顆，所以很怕人。我餵吃的給牠，牠還要等我走了才去吃……』

林兮遲：『唔。』

林兮遲：『時間過得好快！』

林兮遲：『已經！一天！了！』

接下來的一個星期，林兮遲每天都會去救助站幫忙，也跟于霓熟悉了起來。

雖然看不出來，但于霓今年已經三十多歲了。以前在一家寵物醫院工作，後來過來這裡當工作人員，時間久了便成為負責人了。

林兮遲跟她差了十多歲，但相處起來很自然融洽。

接到許放電話那天，林兮遲正在狗舍裡餵食狗狗們。她把狗盆放在地上，蹲在牠們面前看著牠們吃東西的樣子，心情異常的好。

沒多久，林兮遲注意到一旁的黑寶，突然想起自己好像漏掉了牠。

林兮遲站了起來，拉過旁邊一個小碗，把飼料倒了進去。

蹲在黑寶一公尺遠，林兮遲把碗放在自己面前，逗著牠：「過來吃呀。」

等了半分鐘，看牠沒有動靜，林兮遲才鬱悶地說：「還怕我啊，我都來一個星期了。」

「小沒良心的。」說著她就想站起來。

但林兮遲還沒起身，黑寶站了起來，動作小心翼翼，步履緩慢地走到她面前，低頭吃著她面前的飼料。

林兮遲愣住了，遲疑地抬手，摸了摸牠的腦袋。

黑寶吃著東西，尾巴卻朝她搖了起來。對她表示友好和喜歡。

林兮遲的心頓時軟得一塌糊塗。

下一刻，許放的電話就過來了。

怕自己錯過他的電話，林兮遲先前特地換了個很吵的鈴聲，此刻把她和面前的黑寶嚇了一跳。

林兮遲連忙接了起來，走出狗舍。

恰好看到于霓走了過來，懷裡抱著一隻黑耳朵的蝴蝶犬。

林兮遲跟她打了個招呼，因為接到許放的電話，她的聲音比平時高揚和興奮了不少，「屁屁！」

電話那頭的許放頓了下，隨後輕輕『嗯』了一聲。

聽到他的聲音，林兮遲才把注意力轉了回來，笑咪咪道：「哦，我剛剛沒喊你，我們這有隻狗叫屁屁。」

『……』

「我現在喊你的才算。」

『……』

「屁屁。」

那頭沒應。

林兮遲眨了眨眼，以為他聽不清，音量提高了些：「屁屁！」

還是沒應。

林兮遲皺了眉，深吸口氣，憋足後大聲吼：「屁屁！」

話音剛落，那頭便輕飄飄地傳來許放的聲音。

『別喊了，我不想應。』像是很不爽，他語氣不善，『我就走了一週，妳還認識了一條跟我同名的狗？』

「對啊！這裡好多貓和狗，我還沒記全牠們的名字。」找了個沒人的小角落，林兮遲高興地跟他說話，「那天站長跟我說有隻狗叫屁屁，我就記住了。」

想了想，林兮遲又道：「所以我每次想你的時候，就會去找牠玩。」

『……』許放頓了下，像是氣得笑出了聲，『那替我謝謝牠。』

「謝什麼？我幫你轉告。」

『謝牠幫忙照顧我家的狗。』

林兮遲：「……」

許放扳回一局，心情頓時好了不少。他扯了扯嘴角，低聲問：『最近每天都去那個救助站？感覺怎麼樣。』

提起這個，林兮遲立刻打開了話匣子，把這段時間發生的事情全部告訴他，儘管先前已經傳訊息跟他說過一次了。

過了好半晌，林兮遲突然想起件事情，喊他：「屁屁。」

『嗯？』

林兮遲抿了抿唇，語氣帶了點忐忑不安和失落：「你能打多久電話，是不是十分鐘就要掛了？」

『十分鐘？』許放輕笑出聲，話裡帶著點玩味，『妳當我在監獄嗎？』

林兮遲沒反應過來：「啊？」

許放的聲音懶洋洋的：『我今天休息。』

他的周圍極為吵鬧，是男生們的喧囂聲。在這片熱鬧的背景音下，林兮遲聽到他說：『手機能用到傍晚。』

許放這句話，就像是原本已經跟她說好了，每個月給她一百塊生活費，然後到發錢的那一天，突然告訴她，生活費提高到一百萬了。

林兮遲此時激動得連話都說不出來，過了好幾秒才跟他確認：「傍晚才交手機嗎？傍晚嗎？傍晚！傍晚是幾點……」

許放：『五點。』

聞言，林兮遲把放在耳邊的手機拿下，看了下時間。

此時才剛過早上九點。

這麼算的話，還有八個小時。

林兮遲連忙跟那頭的許放說了句「你等我打回去給你」，說完她便掛了電話，回到狗舍裡跟狗狗們道了別。

而後跟于霓說了一聲，收拾好東西就往外走。

時間尚早，林兮遲往回走的腳步卻比平時都要快。

許放傳訊息問她在幹什麼。

林兮遲一路往前走，邊低頭回他：『我現在回家。』

林兮遲：『等我到家了再打回去給你。』

像長了天眼一樣，過了一下，許放傳過來的話看起來刻板又硬，隔著幾千公里的距離教育她。

許放：『走路別玩手機。』

儘管他這麼說，林兮遲依然堅持不懈著走五步路傳一則語音給他。

她自顧自地說一大堆話。

到車站後，林兮遲打開書包，拿出水瓶喝了口水。見許放還沒回覆她，便納悶道：『你怎麼不理我。』

恰好車也到了。

林兮遲上了車，直走到最後一排的空位旁坐下。

與此同時，手機震動了兩聲，許放傳了一張圖和一句話給她。

許放：『沒聽完。』

圖片上是兩人的聊天室，一排全是林兮遲傳過去的語音，一大串後面，還冒著小紅點。

沒有聽過的語音就會有個小紅點。

見狀，林兮遲翻了翻前面的記錄，這才發現自己已經傳了五十多則語音過去了，照許放傳的那個截圖，他才聽了一半。

林兮遲百無聊賴地等他聽完，想了想，提了個要求：『我的每則語音你都要回覆。』

說著，她數了數語音的個數：『我傳了五十二則給你，你也要傳五十二則給我。』

許放：『……』

傳了一串刪節號之後，那邊一直沒說話。

以為他是覺得自己這個要求太無理取鬧了，林兮遲也不在意，正要把話題扯到別的上面的時候，許放傳了訊息：『1.好。』

她眨眨眼，有點沒反應過來。

許放：『2.在宿舍，室友在聊天。』

許放：『3.剛發手機，跟爸媽說了一聲，看完妳傳的東西就打過去給妳了……』

許放：『51.哪來那麼多話。』

從許放傳第二則開始，林兮遲就明白過來，他是應了她的要求。

她單手撐著腦袋，不想打斷他，等著他把第五十二則傳完。

但過了好半晌，都沒等到最後一則。

林兮遲疑惑地拉到上面，點開自己最後一則語音，聽了聽內容：『我到車站了，現在等車。我要拿點零錢，車卡好像沒錢了……』

這則很正常啊。

他怎麼一副不知道怎麼回覆的樣子。

下一秒，許放就傳來了最後一則：『52.零。』

林兮遲的眉心動了動，不懂他這則回覆是什麼意思。

不過終於可以說話了，林兮遲感動得想哭：『你最後一則回覆什麼啊，我不是跟你說的我車卡沒錢嗎？』

許放：『沒錢不就是零？』

林兮遲一愣。

這麼說好像有點道理。

但林兮遲又覺得哪裡不太對勁，猶豫了下，拉回去又看了一眼。

她琢磨了下，零，加上前面的數字，連起來念就是。

——520。

聯想到這個，林兮遲手心莫名有些燙。她舔了舔唇，小心翼翼地問了句：『除了這個有別的含義嗎？』

隔了半分鐘，許放破天荒地傳了則語音過來，語氣聽起來不太自然，『有個屁。』

此時家裡沒人，林兮遲脫了鞋子，快速回到房間。她剛剛傳給許放的第一則語音就是，等她回家之後，她想跟他視訊。

許放回了好。

林兮遲到鏡子前整理下自己的頭髮，補了個口紅，再三確認沒哪裡不妥後，才按了視訊通話。

許放接得很快。

那頭的光線不太好。

畫面裡的許放，皮膚又黑了些，看起來硬朗了不少。

他旁邊坐著幾個人，此時都湊了過來，鏡頭裡頓時多了四個人頭。林兮遲聽到他罵了句髒話，畫面一晃，像是他從下鋪翻到了上鋪。

隨後在一片糊狀中，林兮遲聽到他說：『都給老子滾。』

畫面繼續晃蕩。

幾秒後，林兮遲才重新看到許放的模樣。

他的頭髮被剪成平頭，露出光潔的額頭和耳側。五官深邃立體，褪去幾分少年氣，多了點成熟的氣息。

林兮遲目不轉睛地看著他。

許放的喉結滾了滾，過了一陣子才說：『妳等一下。』說完他又探出頭，不知朝誰喊：『把耳機扔給我。』

又是碰撞和木板吱呀的大動靜。

等他插上耳機了，林兮遲才開口問他：「屁屁，你在那邊每天都幹什麼呀。」

『訓練。』

「還有呢？」

『吃飯，洗澡，睡覺。』

「……」林兮遲覺得他這個人真是無趣。

林兮遲鬱悶道：「你就不能說的仔細一點。」

『學了射擊，匍匐，每天要站軍姿，還有跑步。』許放的聲音懶懶散散的，明顯覺得這些事情沒什麼好說，但她想知道便一個一個告訴她，『哦，偶爾種菜挑糞養豬吧。』

林兮遲驚：「部隊裡還養豬的嗎？」

時間真是很神奇的東西。

許放不在的時候，林兮遲每天去救助站一趟，回來陪外公做飯買菜下棋，跟林兮耿說說今天的事情，再看看書，一天就過去了。

她覺得時間過得也不慢。

但一和他待在一起，好像才說了幾句話，什麼事情都沒做，幾個小時就這樣過去了。就像是只想睡個半小時的午覺，一起來，卻發現天都黑了。

時間很快從早上九點到了傍晚五點。

不過林兮遲的心情已經沒有上一週送許放那天那麼糟糕了，這次還能嬉皮笑臉地囑咐他挑屎的時候不要沾到了。

許放被她氣到不行。

掛電話之前，大概是因為快沒時間了，許放嘴唇動了動，終於把憋了一天的話說了出來。

『林兮遲。』

「啊？」

『妳就不能幫那隻狗改個名？』

「……」

每週日是許放的休息日，長官早上會把他們的手機發下來，一直到傍晚才收回。有了這一天，林兮遲也像是有了個盼頭。

等待這件事情，比原本所想的要輕鬆了些。

林兮遲依然每天準時早上七點半出門去救助站。

除了週日，其餘的時間，不論風吹日曬，她都雷打不動過去。

她在救助站的任務也不像剛來時那樣，只有清潔和餵食，現在多了幫貓狗們洗澡和剪毛的工作。

林兮遲認識了很多新朋友，裡面的動物開始對她親近了起來。

她很喜歡這個地方。

某天，林兮遲收拾好東西，從房子裡出來，突然注意到于霓站在旁邊打電話。聲音很大，聽起來在哭。

林兮遲的腳步一頓，覺得自己如果直接過去好像有些尷尬。

她正想回到房子裡頭，于霓就掛了電話，蹲在地上，肩膀一抽一抽的，看起來很無力。

林兮遲猶豫片刻，還是走了過去，小聲地問：「霓姐，妳沒事吧？」

于霓抬頭，眼睛紅著，低聲說：「沒事。」

畢竟是她的私事，林兮遲沒打算再問，從包裡拿了包衛生紙遞給她。

林兮遲不會安慰人，此時也不知道該說什麼，覺得自己這麼走開也不好，就傻傻地在她旁邊站著。

于霓擦乾眼淚後，拍了拍她的肩膀，示意她快回家，之後便走進廁所裡頭。

林兮遲在原地站了一下，沒多久便轉身走出了基地。

另一邊。

剛吃完晚飯，許放被班長喊到屋後餵豬。

余同跟在他後頭，嘴裡叼著根牙籤，一副吊兒郎當的模樣。

豬棚由石磚砌起，頂棚由木板搭建，很簡陋。

許放走進豬棚，嘴唇抿成寡淡的線，把飼料倒進碗裡。

余同雙手擺出拍照的姿勢，十分欠揍地說：「我們放哥，天生就是餵豬的料！帥斃了！」

許放瞥他一眼，沒心情跟他計較，低聲問：「今天幾號。」

「六號啊，怎麼？」余同單手搭在旁邊的石磚上，輕輕拍了拍，「對哦，十號回去了。這麼一想，還有幾天就解脫了啊。我可以回去找我的可哥姐，你也可以回去找你的遲遲妹了。」

許放沒說話。

「幹嘛。」余同伸直手，拍他的肩膀，「這才幾天，你都等不了？」

許放破天荒地「嗯」了一聲，聲音略沉，低嘲著：「等不了。」

余同嘆了口氣：「其實我也很想見我的可哥姐。」

許放望過來，神情隱晦不明，像是想在他身上找到同樣的情緒。

下一刻，余同話鋒一轉：「但你能不能不要站在豬棚裡，看著豬，然後擺出一副你很想念你女朋友的樣子？」

「……」

「這樣我會有點心疼遲妹啊。」

許放：「……」

因為在救助站待久的關係，身上常常會沾上一堆毛，也會有味道。回家後，林兮遲習慣性地先洗了澡，順帶把衣服洗乾淨，才回到房間。

此時林兮耿正待在裡頭，坐在地上。旁邊放著一個攤開的行李箱，她正一樣一樣往裡面放著東西。

林兮耿的錄取通知書在上個星期寄過來了，毫無意外的被S大的心理系錄取。還附帶著一張入學通知，八月十五號之前報到。

因為要軍訓，大一的報到時間比其他年級早半個月。

父母都不在溪城，無法送她過去，而且林兮耿一個女生，林兮遲不放心讓她自己一個人出遠門。

林兮遲之前就做好了打算。

等許放回來，讓他跟她一起送林兮耿去學校。

林兮遲用毛巾吸著髮梢的水，坐在床上看她。

「六號，妳十四號才要過去，這麼著急著收拾幹嘛。」

「我先把我不用的，但是要帶過去的東西放進去。」林兮耿很嚴謹，邊抬眼看她邊擺放著東西，「不然會漏帶的——妳不要用這種眼神看著我，之前要不是我幫妳收拾行李，妳至少一半的東西都沒帶。」

「……」

林兮遲往行李箱裡一瞅。

林兮耿過得比她精緻多了，粉嫩嫩的行李箱，放著慣用的洗髮精和沐浴乳，都是找人代購回來的。三個化妝袋、身體乳，香水、還有各種零零散散的東西。

二十四吋的行李箱，大半箱都是衣服，就連床上用品她也要帶一套過去，再加上還放在桌上的電腦。整理起來，林兮耿至少要用兩個行李箱才能帶得過去。

林兮遲大一報到也差不多是在這個時段。

當時林父和林母的全部精力都放在林玎身上，想著許家那個男孩也考到了S大，兩人可以作伴，就完全沒提過要送她過去。

按常理來說，許父和許母是絕對會親自開車把許放送過去的。

但不知怎的，許放死活不願意讓他們送，說都多大了還像個小孩一樣，去個學校都要家長送過去，丟不丟人。

所以結果就是他們兩個人一起過去。

從溪城到源港，坐高鐵大概一個半小時的時間，也不算遠。中途再轉一趟地鐵，之後便能直接到達S大。

林兮遲帶了一個行李箱過去。

許放懶得收拾也懶得拿一路，想著帶了錢就足夠了。只背了個包，裝了幾套換洗衣物，剩餘的再讓家裡人寄過來。

結果帶著林兮遲這傢伙，她那個行李箱，全程都是許放在提。

到校門口，會有學長學姐過來帶他們到指定的位置報到。不同科系不同地方，報到完便可以去分配好的宿舍放行李。

許放報到完過來找她。

因為學校太大的關係，怕他們找不到路，有個學長親自把他們送了過去。

把林兮遲送到宿舍，學長還很熱情地問了句，要不要帶許放到他的宿舍。

許放還沒打算走，感謝一聲後，便拒絕了。

等學長走了之後，許放坐在林兮遲的椅子上，兩隻腳撐在地上，往後靠著椅背，像個大爺一樣，懶懶散散地指揮著她把東西收拾好。

看著她把帶來的東西一點一點放好，許放斂眉掃了一圈，站起來往外走。

許放離開的時間不算長。

大概十分鐘左右，林兮遲就看到他重新回來了。

手上提著大包小包，應該都是在校內超市買的。一套床上用品，一個桶一個盆，桶裡放著洗衣精，還有牙刷毛巾等等。

不算私密的日用品，他都幫她買齊了。

這次確認她沒缺什麼東西後，許放才真的離開。

林兮遲還帶著一個行李箱過來，而許放幾乎什麼都沒帶，卻先幫她把所有需要的都買好，才回去收拾自己的東西。

以前不覺得，這麼一想起來，林兮遲覺得許放有時候對待她的模式——像是在養女兒。

許放回來那天，飛機到達時間是晚上七點。

林兮遲還是照常去救助站，打算時間到了直接從這邊過去。在清理貓舍的時候，她聽到幾個義工在討論一件事情。

說于霓跟她那個論及婚嫁的男朋友分手了。

聽到這事情，林兮遲有些不敢相信。

林兮遲有加于霓的好友，經常看到她動態上提起她的男朋友。就連頭貼都是兩人的合照，看起來很恩愛。

先前于霓還跟林兮遲提過，她跟她的男朋友是在之前工作的寵物醫院認識的，到如今差不多有七年的時間。

那個男人在一家國營企業工作，長相斯文，性格成熟溫和，一切都是于霓喜歡的模樣。前些天，于霓還上傳一則帶圖貼文，圖片上是一捧鮮花和一枚戒指，意味著他們就要結束七年的戀愛長跑，走向婚姻的殿堂了。

還沒幾天，怎麼就分了……

其中一個在這裡待了很久的義工嘆息了聲，也算知道一星半點：「聽說站長那個男朋友，一直讓她不要繼續待在這個機構。」

「啊？為什麼啊？」

「這種民營機構，政府是不會撥款的。我們平常的支出什麼的，都是靠有心人的捐贈，還有義賣，或者是有償領養，但基本是入不敷出。」

「然後呢……」

「站長的薪水也都花在這上面。」義工說：「她的男朋友好像希望她像以前一樣，在寵物醫院工作。這樣收入穩定，而且不會像現在這麼辛苦。」

「站長不願意嗎？」

「對啊，可兩個人要結婚嘛。結婚要錢，婚房也要錢，以後生了孩子，什麼都要錢，但她現在每個月的薪水很低，除了吃住，別的都花在基地上，所以基本算是沒有任何收入。」

「……」

「不過在結婚之前說清楚，算是比較好的結果吧。不然等之後再離，更加難受。」

去機場的路上，林兮遲一直在想這事情。

她突然感覺特別沉重。

覺得感情這種東西，比天氣還要變化莫測。

在一起七年的情侶，感情一直不錯，前幾天男方才求婚成功，今天就能翻臉不認人，頭也不回地提分手。

這讓她想到自己跟許放，而且他們在一起不到一年。

不過雖說是這樣，可他們從小一起長大，算起來已經認識十九年了，這肯定比七年的感情要穩固很多吧……

林兮遲胡思亂想了一路，走進了機場裡。

時間還沒到，林兮遲在出站口等了一下，思緒漸漸放空。直到看到許放的身影，她才回過神，興奮地朝他揮了揮手。

許放跟視訊裡的樣子沒差多少，平頭，清冷淡漠的眼，稜角分明的五官，小麥色的膚色為他平添了幾分英氣。

他拖著行李箱走過來，身上穿著軍綠色的短袖，站在她面前。

很神奇的，本來這個月，林兮遲還因為等待有些委屈。

但他一站在自己的面前，那些情緒瞬間就消散了，像是從未存在過。

許放垂眸看著她，幾秒後，鬆開行李箱的拉桿，環住她的腰把她抱了起來。像秤斤掂兩一樣，晃了幾下。

他的動作很突然，林兮遲雙腳懸空，失重的感覺格外沒安全感，下意識揪住他的袖子。

她正想問他幹嘛。

下一刻，許放皺眉，神色不悅地開了口。

「還真輕了。」

第十三章　還沒補回來

林兮遲早上才量了體重，確實是比先前輕了一些，但也沒差多少。主要是她以前總宅在家裡，最近天天往外跑，每天走那麼多路，瘦了也正常。

她自認為這個變化跟他去部隊一個月沒什麼關係的。

林兮遲一頭霧水地看著他像是秤豬肉一樣，把她抱了又放下，然後又抱了一遍，最後沉下一張臉，牽著她到附近一家烤肉店吃晚飯。

許放看起來沒什麼胃口，烤完的肉自己一塊都沒吃，全部放進她的碗裡。

像餵豬一樣。

等她吃飽了才把剩下的吃完。

吃完飯差不多八點半了。

兩人攔了輛車，直接回許放家。

此時許父許母剛換好衣服，似乎要出去一趟。打開門，看到許放和林兮遲，他們瞬間瞪大了眼，突然反應過來：「哦，兒子今天回家啊。」

語氣平靜得像是在說：哦，今天晚飯好像少做了一道菜。

簡單打了聲招呼，他們便爽快地出了門。

林兮遲站在旁邊，默默地看著門關了，才小聲問：「你現在不受寵了嗎？」

許放瞥她一眼，沒說話。

兩人上了樓。

林兮遲走在前面，許放提著行李箱跟在她後面。

進了房間，林兮遲習慣性地坐在電視旁的懶人沙發上，打開電視，擺弄著面前的遊戲搖桿。

許放把行李箱放在門旁，也不急著收拾。

隨後，林兮遲聽到關門的「喀噠」響，伴隨著「叮」的一聲，是鎖門的聲音。

聽到動靜，她回頭：「你幹嘛鎖門？」

許放走過去坐她旁邊，面不改色道：「我平時在家就鎖門。」

「沒吧。」林兮遲想起之前一件事情，「我以前來找你的時候，有一次還看到你光著身子，只穿著一件短褲睡覺。」

「……」

「你當時很生氣，但後來還是沒有鎖門。」

「……」

許放不想聽她說這些，目光沉沉地看她。內勾外翹的眼形顯得格外薄情，不帶任何情緒的時候，看起來難接近又可怕。

他沒耐心了，腦袋一偏，湊了過去。

還沒等他親到，林兮遲突然站了起來，小跑到他的書桌前，低頭看著手機。

「我手機沒電了。」

「……」

林兮遲找到他的充電線，插上，看到林兮耿傳來的訊息時，突然想起件事：「對了，屁屁。耿耿十四號要去學校，我們一起送她過去好不好？」

許放沉默著，沒回答。

林兮遲納悶地回頭，就看到他沉著眼，一副若有所思的樣子。

她有點奇怪：「怎麼了？」

許放站了起來，撓了撓頭，像是剛想起來：「我報名了新生軍訓的副連長。」

林兮遲「啊」了一聲，沒反應過來。

「就是。」許放走到她面前，單手撐在書桌旁邊，「我也要十四號過去，帶新生軍訓。」

房間沉默下來。

一秒、兩秒。

林兮遲猛地推開他。

許放沒防備，下意識向後退了兩步，隨後她繞到他背後，整個人撲到他的身上。嘴唇貼近他的耳朵，一副極為不高興的模樣，用盡全力吼，「你怎麼！每天！這麼多！事！啊——！」

「……」許放覺得自己要聾了。

林兮遲的雙手勾著他的脖子，又像是章魚上身，纏在他身上：「我不管！這次你不能去了！我不管！」

怕她摔了，許放托著她的腿，忍受著她的吼叫。

「妳自己想清楚。」許放咬牙切齒地說：「這是不是妳叫我報名的，妳自己想。」

又沉默下來，一秒、兩秒。

像是回想起來了，林兮遲聲音瞬間低了不少，但依然往他身上撒火，裝作沒聽見他的話：「你為什麼要叫屁屁，你不要叫這個名字了，你改名吧。」

不知道她為什麼扯到這上面，許放也火大：「老子不叫這東西。」

「我要幫你改名。」林兮遲在他背後動來動去，完全沒有下來的念頭，還指示他，「你把我手機拿過來，我要幫你改名。」

「……」許放額角一抽，站在原地不動。

許放正對著書桌，距離大概兩公尺左右。

林兮遲掛在他身上，單手按著他的肩膀，全身的力氣都壓在上面，自己伸手往那頭搆。

這距離，她根本別想碰到。

看著林兮遲堅持不懈地伸了一分鐘的手，許放深吸口氣，滿肚子火，妥協著走了過去，還彎下腰讓她能輕鬆拿到。

林兮遲拿上手機，飛快地解了鎖，毫不避諱，當著他的面操作。

許放看到她點開了聊天軟體，在置頂處點開了跟他的聊天室，然後點進他的資料，開始改對他的備註。

原本是：屁屁。

她的動作一停，像是在考慮，很快刪掉了一個屁字。

然後加了三個字：事真多。

許放盯著看，突然有些不認識這個字了，頓了頓，在心裡連起來讀了一遍。

——屁事真多。

「……」

經他這麼提醒，林兮遲的記憶立刻浮現起來了。

當新生軍訓副連長這事情，好像確實是她讓許放報名的。不僅如此，甚至連申請表都是她幫他填的。

按正常情況來說，大學的生活會比高中時豐富多彩幾百倍，但大多數時候，如果不是自己主動參與，可能會過得比高三還要枯燥乏味。

所以除了玩鬧，在其他方面，林兮遲一直跟許放強調，一定要積極。

積極！懶惰只會使人頹廢。

但她此時實在不想承認，只覺得委屈到了極致，只覺得天底下所有人都在想盡辦法拆散他們兩個。

很煩躁。

許放還因為備註和剛剛的事情跟她冷臉，硬邦邦地說：「給我下去。」

「不行。」林兮遲瞬間勾緊他的脖子，一副胡攪蠻纏的樣子，「我才孤苦伶仃地熬過了一個月，你又要走半個月。」

頓了頓，她學他剛剛的語氣，像家長教育小孩一樣：「你自己想清楚，你這人是不是沒完沒了。」

「……」

「你叫別人替你去吧。」林兮遲思考了下，提議著，「你可以叫個沒女朋友的，你看當副連多帥啊，肯定能泡到很多妹子，這職位很吃香的。」

許放完全沒得商量：「不能替。」

林兮遲一噎，自己沒有理就開始賴皮，把罪名怪到他頭上，「我知道了，你是不是想泡妹子。」

「……」許放真想把她扔下去。

不再聽她瞎扯，許放腳步動了起來，走到床邊，背靠著軟墊，淡聲說：「十四號那天一起過去。」

林兮遲沒反應過來：「什麼？」

「妳也提前過去。」

聽到這話，林兮遲眨眼，慢吞吞地鬆開他的脖子，從他背上下來，恰好落到床上，表情若有所思的。

似乎對這個提議十分滿意，林兮遲「哦」了一聲，隨後又很刻意的，如同要為自己挽回些面子那般道：「既然你這麼想讓我過去陪你，那我就勉強過去吧。」

「……」

「我其實不是很想過去的。」

她坐在他的床上，小臉白淨，嵌著一雙黑珍珠一般的眼，紅潤的唇一張一合。像是幅靜態畫，場面卻又生動無比。

許放定定地看她，幾秒後才啞聲道：「說完了沒有。」

林兮遲笑咪咪地：「你相信我的話，那我就說完了呀。」

「嗯。」他彎下腰，單膝跪在床沿，手撐著一側，另一隻手抵著她的後腦勺，溫熱的氣息撲面而來，「我信了。」

下一刻，林兮遲唇上覆上一片柔軟，她的眼睛張大了些，神智被他的漆瞳吸引。感受著他舌尖探入，捲著她的舌頭纏繞，像是要將她一寸寸吞進肚內。

許放的動作格外粗野，索取她每一個角落，沒有克制力氣。聽到她疼得悶哼出聲才放緩動作，繾綣地舔舐著。

良久後，林兮遲睜著雙迷蒙的眼，嘴唇燙而發澀，傳來點點刺疼。她回過神，看著他的眼神帶著譴責。

許放輕笑了聲，指腹輕輕刮著她的唇，眼神隱晦不明，很快又吻了上去。

「還沒補回來。」

因為這事，在接下來的時間裡，許放一靠近林兮遲，她就會立刻警惕地跑開，眼神像是在看一個禽獸不如的傢伙。

許放心情很好，並沒有計較她的行為。

時間不早了，許放換了身衣服，打算送林兮遲回去。

一路上，他聽著林兮遲一直責備他。

從他的房間，再到樓下，再到別墅區外——

「屁屁，你知道嗎？我流血了。」

「你剛剛是用牙齒親我嗎？我覺得我嘴裡全是血腥味。」

「你幹嘛這樣看著我，我不是不想讓你親，但是你知道嗎？你這個親法就好像是……」

「哦，我想到了。就好像是一隻餓了半輩子的狗，面前突然掉落了一塊剛烤好的豬肉，牠狼吞虎嚥地啃。」

「……」

許放要過去牽她，林兮遲不讓，縮著手放在背後，很認真地說：「你不要讓我牽著，我不喜歡遛巨型犬。」

「……」

後來許放不耐煩了，捏住她的手腕，皮笑肉不笑道：「妳這形容沒什麼錯，我就是餓了半輩子了。」

他的狠話還沒放出來。

林兮遲突然收住聲，表情欲言又止，沒多久便出聲提醒他：「你今年才十九歲，那你的一輩子就是三十八歲嗎？」

「……」

許放覺得自己要被她氣吐血了。

「那不行的，我都想好了。」林兮遲不太滿意他的話，這下倒是主動過去牽住他的手，「我不打算活太久，活到一百歲就好。」

許放因她這話笑出聲：「這還不久？」

「你比我大三個月，」林兮遲沒理他，歪了歪腦袋，決定下來，「那你就活個一百歲零三個月吧。」

似乎覺得這是一句很普通正常的話，林兮遲說得平靜，也不大在意。卻在許放的心裡打下了重重的水花。

漣漪一層又一層，無休無止。

許放愣了愣，忽地笑了下，應道：「行。」

沒過多久，林兮遲聊到了今天聽說的事情上：「對了屁屁，站長跟她男朋友分手了。」怕他不記得了，她補充：「就我之前電話裡跟你說的，我還跟你說了她答應她男朋友求婚的那個。」

「嗯。」

「他們在一起七年了。」想起這事，林兮遲的心情又低落起來，「而且我看他們感情很好的，但就算求婚成功還是分了。」

許放靜靜地聽著她說。

「反正好像是，站長想繼續在那個救助站工作，她男朋友不想讓她做這個，因為覺得這個又辛苦又沒錢，然後就分手了。」

「……」

「屁屁，如果畢業之後，我也去救助站工作。」林兮遲踢著地上的小石子，慢吞吞地，磕磕絆絆地說：「如果到時候我也很窮，就很窮很窮……」

許放瞥她一眼，打斷她的話：「妳什麼時候不窮？」

「……」好像也是。

「妳畢業之後想去做那個？」

「沒有，我說說而已。」林兮遲是有什麼說什麼的性子，這話只是隨口一提，「反正你不嫌我窮就好了，我就可以一直窮下去了。」

「……」

良久後。

「林兮遲，」許放突然開口，聲音輕而寡淡，「我以後的職業也不是什麼能夠大富大貴的職業。」

林兮遲「啊」了一聲，說：「我知道啊。」

「明年、後年的暑假，大四的實習，我都要去部隊集訓。還有畢業後……」許放頓了頓，啞著嗓子說完，「會分配到部隊八年。」

這次她沒再回應，腦袋垂了下來，過了好半晌才訥訥地說：「如果你考研究所呢？是不是就可以不去了。」

「都一樣。」許放扯了扯嘴角，「畢業了都要去。」

「哦，到時候也像之前那樣，每週休息一天嗎？」

「還不確定。」

安靜片刻。

「反正還有三年，還有那麼久。」林兮遲別開視線，情緒不太好，「你現在別跟我提這個了。」

許放看向她，按捺著眼裡的暗流湧動。他低眸，捏了捏林兮遲的手，唇線抿直，難得聽進了她的話，沒再繼續說下去。

一經許放開誠布公地提起這事。

就像是有什麼東西堵在林兮遲胸口處，讓她喘不過氣來，做什麼都打不起精神。

林兮遲覺得畢業後的那八年太可怕了，未知而恐懼，讓她每天都提心吊膽的。

她只希望他們永遠都不會畢業。

永遠像現在這樣，她想見他的時候，隨時可以見到。

而不是像上個月那樣。要在固定的時間才能聽到他的聲音，要每天倒數著能跟他說話的日子，要隔著螢幕才能看看他的模樣。

林兮遲其實很清楚，沒有許放在的時候，她也有自己要做的事情，她也能忙忙碌碌地過一整天，她也能好好地過自己的生活。

但閒下來的時候，就是會覺得格外，格外的孤獨。

最近許放發現了一件事，林兮遲好像變得特別黏他。

雖然她從前也算黏他，但現在的程度似乎比先前翻了好幾倍。

用最近的一個例子來舉的話，大概就是——

在回學校的高鐵上，林兮遲想去上個廁所。她不會讓林兮耿陪她一起去，而是叫他一個大男人陪她過去。

而且林兮遲也不像先前那樣，動不動就嗆他，動不動就過來惹他生氣。她的性子變得很乖巧，像是一隻溫順的小綿羊。

這樣的轉變來得極為迅速，像是突如其來的暴雨，淋得人猝不及防。

許放極其不習慣，覺得不被她氣反而渾身難受，更覺得有種風雨欲來的壓迫感。

但每次一提起她反常的時候，林兮遲的表情立刻就變了，原本上揚著的唇瞬間下拉，看起來很惆悵，讓許放無法再繼續說下去。

到了學校之後，林兮耿沒再讓他們送。說想像別人一樣，被學長學姐帶路去報到，再被他們帶到宿舍。

這樣還能認識一些新的人。

林兮遲不太放心，想幫她把行李搬到宿舍再走時，林兮耿已經跟著迎新的幾個學長學姐走了。

兩人身上沒什麼行李，只有林兮遲帶了電腦，此時正被許放提著。

恰好到了午飯時間，林兮遲和許放決定到外面解決午飯，之後再回宿舍整理東西。

傳訊息給林兮耿，問她要不要帶午飯給她，很快便遭到拒絕。

林兮遲不再管，跟許放進了一家拉麵館。

點完餐後，兩人面對面坐下。

盯著正熱情地用茶水幫他燙著免洗筷的林兮遲，許放的眼睫一動，幾乎可以明確一點——她這些日子的反常，都是因為他跟她提起了畢業後分配的事。

雖然林兮遲嘴上說還有三年那麼長的時間，但實際上，她應該覺得這段時間非常短。

短到像是眨眼間就過。

所以想現在對他好一點。

把先端上來的那碗麵推到他面前，林兮遲托腮擺著笑臉，示意他先吃。

許放拿起筷子，輕聲喊她：「林兮遲。」

「啊？」

許放翻著麵，也不拐彎抹角，直截了當地提：「妳覺得未來的那八年很可怕嗎？」

被戳破了心事，林兮遲嘴角的笑意漸收，慢慢垂下腦袋。

「我覺得挺可怕的。」許放輕抿了下唇，停下動作，「當初只想著跟妳一起來S大，但升學考成績不夠，剛好搆得著國防生的分數線，也沒考慮太多，我就報了。」

這話始料未及。

林兮遲抬眼，怔愣著，說不出話來。

「本來就是隨便報的，但之後，我發現我還挺喜歡軍人這個職業。」許放的唇角稍稍彎起，雙眸望向她，「也覺得那八年的時間雖然長，但還是可以接受。」

提起這件事，林兮遲鼻尖泛酸，喃喃低語：「真的太長了……」

「就像妳喜歡動物，想像那個站長一樣，幫助流浪動物找到家；或者是想普通一點，到大四的時候考個研究所，然後畢業後找個寵物醫院上班，時間長點就自己開家寵物診所。這些全部，妳想做什麼，我都支持妳。」

許放伸手，用指腹撫了撫她的眼角：「所以我想做的事情，妳也開心點支持我，好嗎？」

「……」

「我們以後可能會因為各自的事情，分開一小段時間，但妳要知道，我們的目的地是一樣的。」

我們都在往同一個目標往前走。

為了同一個目標努力著。

即使分隔兩地，即使不能時時刻刻在一起。

但在不同的位置，各自拼搏，各自努力，朝同個方向奔去。

最後，一定會一起到達，同一個理想的終點。

新生軍訓從十六號開始，一直到月底，足足訓練半個月。

一個班分成一個排，人少的班級和同系的另一個班合併。一個排大約有五十人，一個系為一個連。

排長和連長都是專門從軍隊請來的軍官，而副連由校內的國防生擔任。學校的學院算起來就有六個，分出來的系別更是多，所以來擔任副連的國防生並不少。

許放被分配成心理系的副連，即十八連的副連長。

林兮遲沒想過會這麼湊巧，分配到林兮耿所在的連隊。

因為新生數量眾多，每個連被分到校內不同的地方訓練，有些在操場，有些在籃球場，都是露天場地。

心理系被分到籃球場。

與操場的人工草地不一樣，籃球場是水泥地，被太陽烤了一上午，地表溫度幾乎能用來煎雞蛋。就連休息時間，學生都不敢直接坐到地上，只能蹲著休息。

林兮遲閒著沒事做，申請當了紅十字會的志工。

每天坐在帳篷裡，胸前掛著塊牌子，看到訓練到不舒服的學生就過去幫忙，幫他們倒水塗風油精等。

源港市的八月，太陽毒辣，林兮遲坐在帳篷裡都覺得眼睛睜不開，不斷補塗著防曬。想不起自己當初軍訓時是怎麼熬過來的。

眼前一片綠色，帳篷的對角線方向就是林兮耿所處的排，十八連二排。

許放就站在那前面，身上穿著軍隊常服。身材高大挺拔，被衣服線條勾勒得筆直流暢。側臉俐落分明，收起平時的懶散，看起來嚴肅又正經。

就說副連很帥啊……林兮遲趴在桌上想。

大概軍訓完，他就要收到一大堆學妹的好友邀請了吧。

距離不算近，林兮遲也不知道那邊在做什麼。只知道現在已經吹了休息的哨聲了，但二排依然還在站軍姿。

林兮耿站在第一排，此時臉都曬紅了，林兮遲看不太清她的表情。

直到離休息時間結束還有五分鐘的時候，許放才放他們去喝水休息。

林兮耿拿著杯子過來，在帳篷這邊裝了杯涼茶。坐在林兮遲旁邊補塗防曬乳，一張臉毫無表情，也不說話。

林兮遲眨了眨眼，提醒她：「妳快回去吧，還有兩分鐘吹哨了。」

林兮耿深深地看了她一眼，想說什麼，但不敢遲到。匆匆喝了兩口水之後，立刻往那邊跑。

訓練才剛開始，十八連就倒了不少人。

帳篷十個人裡有一半都是十八連的，但多是裝的，林兮遲和其他志工看破不說破。

排隊的訓練主要是排長在訓練，副連長只起到監督作用。

林兮遲看著許放一直在旁邊監督著，偶爾會看向她所在的位置。

漆瞳沉沉，挺直的鼻梁，偏淡的唇色。軍帽擋不住正對的陽光，睫毛在眼睛下方投射出淺淺的陰影。

因為這身衣服，身上的禁欲感成倍疊加。

林兮遲莫名覺得口乾，不自覺灌了幾口涼茶。

下午的訓練時間從兩點半到五點。

訓練結束後，林兮遲垂頭把東西收拾好，站起身。想找許放一起去吃飯的時候，林兮耿先跑過來了。

她手裡抱著統一的一點五公升水瓶，摘下了軍帽，頭髮被帽子壓出了痕，臉頰都是紅的，看起來累慘了。

軍訓已經開始兩天了，林兮耿基本不會找她一起吃飯，多是跟她的室友一起吃。此時她過來找自己，林兮遲有些驚訝：「妳幹嘛？」

林兮耿直截了當：「我要跟妳一起吃飯。」

恰好許放也過來了，聽到林兮耿的話，他直接把林兮遲扯了過來，眉眼稍稍抬起，神情寡淡：「不行。」

「……」林兮耿望向林兮遲。

林兮遲沒懂他們在爭執什麼：「我們三個一起吃不就好了……」

「算了我走了。」聽到這話，林兮耿立刻跑了，「我走了，再見！」

「……」

林兮遲轉頭看向許放：「你惹她了？」

許放沒答，看著她也略微發紅了的臉，皺著眉說：「明天戴個帽子過來。」

「你把你的給我啊。」

許放瞥她一眼，沒動。

林兮遲站在他旁邊，跳起來想去拿。

他立刻抓住她的手，嘖了聲：「別鬧。」

隨後用另一隻手把帽子摘了下來，也沒給她，就虛蓋在她的頭上，幫她擋著陽光。

「全是汗。」

晚上的訓練相對白天會輕鬆些，還會騰出一段時間讓新生練軍歌。因為之後會有一個軍歌比賽，每個排都要參加。

這個時間，籃球場的氣氛變得格外好。

除了國歌是必唱曲目，每個班還要另加一首關於軍隊的歌曲。

有些班級是找個唱歌好聽的帶著唱，有些則是由教官帶著唱，樸實嘹亮的歌聲響遍整個籃球場。

林兮遲單手托著腮幫子，聽到十八連那邊似乎在鬧。她從隱隱傳來的聲音猜測，大概是在喊讓副連來一曲。

許放才不會唱呢，林兮遲想。

果然，沒過多久，許放不知跟他們說了什麼，直接往她的方向走來。很快，十八連響起了整齊統一的歌聲。

許放停在林兮遲旁邊，拿起她的水瓶，喝了幾口水。

林兮遲坐著，仰頭看他：「喊你唱歌啊？」

他用鼻腔輕輕應了一聲。

「屁屁，你唱吧。」林兮遲扯著他的手腕搖了搖，「你這歌聲，唱了一定會讓一百個想為你留燈的妹子，直接滅掉一百零一盞燈。」

許放抽開手，冷笑，用力捏了捏她的臉：「哪來多的一盞。」

她笑咪咪的：「我啊。」

「……」

訓練結束，林兮遲回宿舍。

因為提早來的緣故，所以此時宿舍裡只有她一個人在。

還不算正式開學，國防生那邊管得也寬鬆，許放不用像之前那樣每天十點半就關手機睡覺。

林兮遲洗完澡之後有一搭沒一搭地跟他聊著天。

去年林兮遲軍訓的時候，副連長是一個大三的國防生，比他們大了兩屆，長相卻很嫩，長了顆小虎牙，笑起來格外可愛。

當時不只是他們連隊的女生，就連其他連的都想要他的聯絡方式。

想到許放今天的模樣，林兮遲突然覺得危機感太強了。

但她不能直接跟許放說這事情，免得他意識到自己的優秀，心思膨脹，突然發現她配不上他，就開始想盡方法跟她提分手。

很可怕。

思緒停在這，林兮遲關掉了跟許放的聊天室，轉頭找了林兮耿。

林兮遲：『耿耿。』

林兮遲：『我感覺許放是不是被很多女生看上了。』

林兮遲：『妳們宿舍晚上睡前會談論他嗎？』

林兮耿回覆很快：『會。』

看到這話，林兮遲心裡有點委屈，又問了句『都談什麼』，這次林兮耿沒再回覆。過了十多分鐘，她聽到有人敲門的聲音。

林兮遲納悶地問：「誰啊。」

打開門一看，就見林兮耿拿著一疊作文紙走了進來。

每天訓練完之後，新生還要寫八百字軍訓報告，這一天才算過去。

林兮耿坐到林兮遲的位子上，在紙上飛快地寫著流水帳，邊開始說：「真的，我們宿舍天天晚上都在提許放哥。」

「要聯絡方式？」

「要個屁！」林兮耿氣炸了，很快又收斂了火氣，「不過一開始確實是的，她們全部都在說許放哥好帥，比別的副連都要帥。」

林兮遲嘆了口氣：「我就知道。」

林兮耿的話鋒一轉：「但我們宿舍現在每天的日常就是罵他。」

林兮遲懵了：「啊？為什麼。」

「超級嚴格，超級凶，超級可怕。」林兮耿的眼睛瞪大，語速極快，「我們私下都不喊他副連，我們都叫他魔鬼。」

「……」

「林兮遲，妳到底為什麼會看上他，我要被折磨死了！他比教官還煩人！天天站在旁邊盯著，妳能不能吸引他的注意，讓他少過來啊。」

林兮遲下意識幫許放說好話：「軍訓都是這麼嚴的呀……」

「林兮遲，我總算看出來了。」林兮耿格外小心眼，開始灌輸許放這人的負面資訊，「從這些細節就能說明，許放哥這人絕對不會疼女朋友的。」

「……」

「我看別的副連都對女生好很多，但他完全不會啊。」說到這，林兮耿摸了摸額頭，哭喪著臉，「我想轉系了，轉系是不是就能換副連了。」

林兮遲：「……」

等林兮耿走了之後，林兮遲才重新打開跟許放的聊天室。

她思考了下，跟他說：『屁屁。』

林兮遲：『今天一看你這樣，我有了個預測。』

許放：『什麼？』

林兮遲：『等軍訓完了，肯定沒有女生來找你要好友的，因為你長得不怎麼樣，你要對自己有正確的認知。』

許放：『……』

許放：『有病。』

林兮遲：『我說真的，你要好好珍惜我。』

林兮遲：『我，林兮遲，條件SSS級，正常來說，條件C級的許放是追不到SSS級的林兮遲的。』

林兮遲：『我幫你開了後門，友情後門，俗稱友情價，懂嗎？』

許放：「……」

這傢伙又發什麼瘋？

那天許放跟她談了以後的事情，林兮遲其實還是聽不太進去，保持著逃避的態度。

儘管覺得他說的話很有道理，但她仍然覺得那八年格外可怕，格外難以接受。

似乎是察覺到她的態度，之後許放沒再跟她提起過。

林兮遲躺在床上，準備睡覺的時候，突然想起了剛剛林兮耿跟她說的話。

——許放超級嚴格。

他成為新生的副連，很認真對待這件事情。

林兮遲睜開眼，瞬間就沒了睡意。

又想起許放說：「所以我想做的事情，妳也開心點支持我，好嗎？」

可到現在，她什麼回應都沒有給他。

他可能，也是很難過的。

從很久以前，許放好像沒有什麼特別喜歡做的事情。

不管是讀書，還是打遊戲，又或者是籃球隊的事情，他的態度都懶懶散散的，總是沒做多久就失了興致。

但之前林兮遲聽余同說過。國防生在晚訓的時候，因為互相認識的關係，有種莫名的戰友情。所以在做伏地挺身、仰臥起坐這些，為了讓對方輕鬆點，數的人總會刻意跳著數。

一，二，三，四，八，九，十，二十……

可許放不會，他會自己數著做完全部，十分固執的，一個不落。

從以前林兮遲就知道，許放是個特別特別耀眼的人。

安靜地站在人群中，也會讓人把注意力第一個放在他的身上，但大部分只是因為那副皮囊。

可今天他穿著那身衣服，站在那，做著自己想做的事情。身上的光芒像是被無限放大，散發到了極致。

——讓人挪不開眼。

想了一整晚，林兮遲半夜還爬起來查資料，導致第二天睡眠極度不足，但心情看起來卻格外好。

吃早飯的時候，許放忍不住多看了她幾眼，皺著眉問：「妳昨晚幹嘛了？」

「屁屁。」林兮遲沒答，認真地問他，「你畢業之後分配的地區是怎麼決定的？學校分還是自己選？」

難得聽她主動提起這個，許放一愣，過了幾秒才回：「有固定的地區。先選軍種，再選地區。」

「自己選？」

「嗯。」許放想了想，「按排名順序選。」

「什麼排名？」

「綜合排名，學業成績和體能測試。」

「屁屁，學校有國防生的碩士生保送名額。」林兮遲跟他說起昨晚查的東西，「大學生和碩士生出去的軍銜不一樣，而且如果去軍校讀研究所，也算軍齡。」

想到自己的成績，許放默了一下，低下聲來提醒她，「那名額少得可憐。」

林兮遲的眼睛瞪圓了，像是恨鐵不成鋼，聲音也揚了起來：「我本來還想讓你把博士也讀了。」

許放：「……」

「你自己說要努力的。」林兮遲在桌底下踹了他一腳，「你努力個屁！」

「……」

林兮遲抿了抿唇，固執地看著他：「你說保不保？」

「……」這是他想就能的？

林兮遲重複了一遍：「保不保。」

許放深吸了口氣，想跟她解釋一下拿到這個名額的難度。他看向林兮遲，注意到她那骨碌碌的眼睛，裡頭的情緒像是在說「你不給我一個明確的回覆我就當場打死你」。

他把話收回，閉了閉眼，改了口，「保。」

一旦有了明確的目標，所有事情好像都變得明朗了起來。

林兮遲不再去想未來那八年的事情，因為那已經是既定的事實，再怎麼想也無法改變。事在人為。

他們只能透過自己的努力，讓那八年的時間，能過得好一些，過得比預想之中的更快一些。

大二學年，于澤成了學生會的會長。透過選拔，體育部的新任部長由葉紹文擔任，林兮遲沒有繼續留任。

而許放也因為國防生訓練和學業的關係，申請退出籃球隊。

兩人的生活其實沒有多大的改變。

就是圈子好像變得小了一些，每天陪伴對方的時間好像多了一些，儘管多數時候都是做各自的事情。

林兮遲的日常是，在宿舍、食堂、教室、實驗室、圖書館，還有校內的動物醫院這幾個地方來回奔波。

到晚上，時間閒下來了，她便會到操場找個位置坐下，抱著書籍在一旁啃。等許放訓練完了，兩人一起去吃個宵夜。

一天就過去了。

林兮遲沒有刻意監督許放的成績。

許放既然給了她承諾，說會拿到那個保送名額，那她就相信，他一定能拿得到。

大二的暑假，許放照例到部隊集訓。

透過導師的介紹，林兮遲假期時間沒有回溪城，而是在源港市的一家寵物醫院實習。薪水很低，但主要目的是為了學習，累積多點經驗。

兩人都有自己的事情要做，但離別的時間絲毫不顯得短暫。

就是因為有了這些難熬的時間，才會顯得未來的日子有多珍貴，多令人嚮往。

讓他們在疲憊的時候，會因為這個，再度燃起動力。

大三上學期是大學四年裡，課程最多的一個學期。

因為學業的緣故，林兮遲跟許放就算在同一個學校，也做不到像之前那樣天天見面，忙起來的時候只能在手機上說幾句話。

倒生出了幾分異地戀的錯覺。

宿舍的另外三人，除了聶悅，其他兩人都決定畢業後直接工作。

聶悅是宿舍裡唯一一個，到大三都還沒脫單的人。

林兮遲和許放的感情很好，雖然每天都會日常的鬥一下嘴，偶爾會因此吵起來，但他們的氣都不會維持多久，很快會有一方服了軟。

跟她同時期脫單的陳涵，和男朋友的關係依然很好。

剩下的就是辛梓丹。

大一剛開學的時候，林兮遲還因為許放和摔杯子的事情，跟她僵持了一段時間。那段時間，她每天去體育館或者操場找許放，都會看到辛梓丹的身影。

不知從哪天起，林兮遲就再也沒見過辛梓丹去找許放了。

也不知道他們私底下有沒有說過話。

突然有一天，林兮遲看到辛梓丹身旁多了個男生。沒過多久，她身邊的男生又換了一個。

辛梓丹換男朋友的速度極快，差不多三個月就換一個。

大學兩年，林兮遲見過的就有三四個。

最近，林兮遲聽陳涵說，辛梓丹又換了一個男朋友，新男朋友是大四的一個國防生。兩人整天黏在一起，恩恩愛愛的。

辛梓丹還在宿舍說過，這個應該是她的最後一個男朋友了。

結果這個學期還沒過完，林兮遲又聽到辛梓丹分手的消息。

那幾天，那個大四國防生每天都在她們宿舍樓下蹲守辛梓丹。到非不得已的時候，她才會下樓，但絲毫沒有心軟。

任由大四國防生不斷變著花樣哄她，表情完全沒有變化。

那天，林兮遲跟她上同一節課，當時就走在她旁邊。

她是第一次見識到，提分手的一方要是狠起來，能有多狠。之前那些濃情蜜意似乎從未存在過，甚至不如第一次見面的陌生人。

林兮遲是見過辛梓丹和她男朋友好的時候。

好起來，他們連分開一天都覺得難熬。

此時，林兮遲看到這個畫面。不知該怎麼形容，只有種時過境遷的遺憾感。

別人的事情，林兮遲向來不會主動去問。但等那個大四國防生走了後，辛梓丹倒是主動開口跟她傾訴，語氣帶著嘲意。

「妳覺得好不好笑，當初他跟我說，畢業後的駐地是可以自己選的。以後他可以選一個離我家那邊近的，這樣就會輕鬆很多。」

林兮遲愣了下，點點頭：「對呀，這個是可以自己選的。」

「但是那是按綜合成績排名先後選的，他那個成績，只能選別人選剩的。」辛梓丹扯了扯嘴角，「分配到的地方我聽都沒聽過，如果我堅持跟他在一起，我以後的日子有一半的時間，都要花在去找他的路上。」

「……」

「我可沒那樣的心情，把我最好的時光都浪費在他身上。」辛梓丹越說越氣，想到這幾天被他糾纏著，火氣更是爆發到了頂端，「他是不是太自私了啊？哪來的臉來找我和好。」

林兮遲也不知道說什麼好，就扯了幾句，「可能是很喜歡妳啊，別生氣了。」

辛梓丹喝了口水，平息怒火，聲音軟了下來，又提起別的事情：「對了，我最近好像沒怎麼看到妳去找許放了啊？」

林兮遲張了張嘴，正想說什麼。

但辛梓丹不是在問她，就是隨口那麼一說，很快便接上了別的話：「有時候還挺羨慕你們這樣。」

大學兩年，辛梓丹的模樣有了很大的變化。

不像剛來的時候那麼內向，素面朝天，說話輕聲細語的。她的妝容化得精緻，燙了大波浪捲，身上還散發著若有似無的香氣，十分有魅力。

林兮遲幾乎要記不起來當初她跟自己道歉時的模樣了。

「但愛情這東西不能當飯吃。」辛梓丹笑了一聲，很理智地說：「妳也要考慮清楚，跟軍人談戀愛，就像活守寡一樣。」

「他要在部隊待八年。要麼妳等他八年之後，轉業了再結婚。再或者是你們在這八年間結了婚，但這又有什麼用。妳發生不好的事情，想跟他說一下，卻聯絡不到人，妳懷孕了他不能在妳身旁陪妳，可能連妳生了孩子，妳在坐月子的時候他都回不來。」

辛梓丹語氣有些難受：「我受不了。」

因為辛梓丹這話，林兮遲擱置了自己一大堆作業，像以往一樣，到操場的老位置去等許放。她坐的這個位置在操場的看臺處，最上面那排。

前方就是國防生分散訓練的地方。

一群穿著統一訓練服的男人，分成三隊，做著仰臥起坐，深蹲，還有伏地挺身。許放向來是最後才做伏地挺身，距離看臺的位置最遠。

林兮遲戴上眼鏡才能看清他在哪裡。

沒有提前跟許放說一聲就過來了，此時林兮遲也不知道他能不能看到自己，還想著他如果直接走了，自己能用此借題發揮一下。

讓他拿兩個雞腿來哄她好了。

距離不近，林兮遲沒一直往那邊看，玩著手機。

直到聽到解散的聲音，她才回過神來，抬頭找許放所在的位置。人員眾多，而且都穿著一樣的衣服，走來走去，林兮遲一時間找不到許放在哪裡。

找了半天也沒找著，林兮遲怕他走了，連忙站了起來，小跑著下了看臺。

往包裡翻著眼鏡，還沒來得及戴上，突然有人從身後扯住她的帽子，力道不算重。可林兮遲沒防備，就順著力道向後倒。

撲進了寬厚而熟悉的懷抱裡。

林兮遲抬眼，撞上許放若有所思的目光。

他的手肘處搭著一件黑色的外套，身上穿的還是夏季的訓練服，短袖短褲。因為是冬天的關係，他出汗並不多，臉頰滲出細汗。

但身上的衣服還是半濕，看起來熱到不行。

林兮遲站直起來，下意識從口袋裡翻出衛生紙，遞給他。

許放沒有接，彎下腰，把臉湊到她面前，低聲問：「怎麼過來不跟我說？」

林兮遲抬手幫他擦汗：「你怎麼知道我過來了？」

「不知道。」許放淡聲說：「就習慣性過來看看。」

「哦。」林兮遲沒再說什麼，揪住他的外套，催他趕緊套上。

今年的冷天比往年都要冷一些，林兮遲不懂他為什麼能只穿這點在這裡待那麼久，看著就嚇人。

許放聽話地穿上。

「屁屁，你覺得你能拿到那個保送名額嗎？」

「嗯。」

「到時候你就去B市那邊讀研究所了，軍校管得比國防生嚴格多了。」林兮遲慢騰騰地說：

「我已經聯絡好導師了。下個學期也要提交保送研究所申請，就本校研究所。」

早知道她的打算，許放側頭看她，此時沒說什麼。

「屁屁。」想起今天那個學長紅著眼懇求時的卑微模樣，林兮遲心裡莫名有點不好受，「辛梓丹跟你那個學長分手了，她覺得那八年的時間太長了，覺得自己等不了。」

許放眸色深沉，握著她的手的力道漸漸加重。

他就知道，她突然來找自己肯定是有原因的。

「其實這樣直接說起來確實挺長，我們才——」林兮遲在心裡默算著，「我們才認識了二十年，你就要讓我等你八年。」

「……」

「不過，」林兮遲眼睛彎成月牙，話鋒一轉，「我們是要活一百歲的。」

「等這八年過去，我們就三十歲了，還能活七十年。」

「……」

「這樣算，這八年就顯得好短了。」

兩人剛好走到宿舍樓下。

許放緊繃著的身體忽地放鬆下來，扯著她走到其中一棵樹下，扣住她的後腦勺，另一隻手捏住她的下顎，重重地往上親。

他的舌尖冒著寒意，毫不節制力道，像是在懲罰。

良久後，許放將她的腦袋往胸膛一壓，臉頰靠在她的耳際，說話的熱氣引起一陣陣顫慄。

他壓低了聲音，一字一頓地說：「就妳他媽最會嚇人。」

林兮遲回過神，在他懷裡掙扎著：「我還沒說完！」

「……」

「她還說了，以後我們結婚了，有可能我懷孕的時候你在部隊，我生孩子的時候你也在部隊，我坐月子的時候你還在部隊。」

「……」

林兮遲捏著他的臉狂扯：「你想得美！」

許放莫名其妙：「我想什麼了？」

林兮遲：「既然她這麼說，那我們三十歲之前就不要孩子了。」

話題雖然有些突然，但談的內容是他們的未來，許放心底的陰霾瞬間消散，「那就不要。」

林兮遲點點頭，雖說現在八字還沒一撇，但她已經想得很長遠了：「我以後如果懷孕了，你必須在我身旁陪著我——」

光是聽聽，那個畫面僅僅是想像，就讓人心生嚮往，格外盼望那天的到來。

許放的喉結滑動了下，用指尖蹭了蹭她的臉頰，笑了。

還沒等他說出話來，林兮遲又一本正經地接著上面的話，說道：「然後，像伺候爸爸一樣伺候我。」

許放額角一抽，覺得自己每天都在跟一個傻子談情說愛。

見林兮遲還頂著一副讓他給個承諾的表情，許放的眼睫微動，蹭著她臉頰的指尖改成了掐，力道不算小，附帶一聲冷笑，「妳見過我伺候我爸？」

林兮遲睜著眼，半下不眨，立刻點頭：「見過。」

「……」

「我還看到你雙膝下跪，在床邊幫他洗腳腳。」

「……」

「以後你這樣伺候我就好。」

「……」

許放說不過她，卻拿她一點辦法都沒有，皮笑肉不笑道：「是挺簡單的。」

玩笑過後，許久，林兮遲的眼珠子轉了轉，垂下眼握住他的手。

如果她會覺得不安。那麼許放肯定也會。

長久的分離所加諸在她身上的那些不安，不僅僅只有她能感覺得到。

這些感受，是平攤給這段感情裡的兩個人的。

「屁屁。」

「嗯？」

「你以後會想跟我分手嗎？」

「……」

林兮遲戳了戳他的臉，問道：「你怎麼不理我了。」

許放的表情越發難看，語氣很不好：「不想回覆這種智障問題。」

林兮遲堅持不懈：「所以會嗎？」

「會個屁。」許放冷著臉，手掌撫著她的後頸，一寸寸摩挲，聲音低了下來，輕嘖了一聲，「別再提這個，敢再提一次我就——」

等著他接下來的話，林兮遲盯著他，沒有說話。

許放的話頓住，想不到任何能威脅她的話。他閉了閉眼，低下頭，與她的額頭相貼，啞著聲說：「別提了，求妳。」

「哦。」林兮遲用手指戳了戳他的眼睫毛，像是鬆了一口氣，「那這樣的話，我們就可以一直在一起了。」

你不想，我也絕對不會想。

那就能一直在一起了。

第十四章 確實無法自拔

保送名單在大四上學期出來。

距離開學沒過多久，九月份才過了一半。

林兮遲的保送結果比許放早出來幾天，選的方向是臨床獸醫學。

國防生在上交了保送申請之後，還要到醫院體檢，體檢完才會出結果。加多了一個流程，結果出來的時間就慢了一些。

雖然先前就知道許放肯定能拿到這個名額，但消息真正落實下來的時候，林兮遲激動和高興的心情仍然沒有減少半分。

像是一直懸著的心終於著了地。

這段時間，許放整天忙著畢業設計的事情。

國防生的選題比普通大學生出來的要早，他們八月份就開始選題，隔年三月畢業設計結案，而普通大學生在十二月份才開始選。

在畢業之前，國防生還要再去部隊兩個月。統一的，有點類似普通大學生的實習。

但因為這個好消息，林兮遲還是連拉帶拽地把他扯到校外去吃飯，當是慶祝。

許多大四的學生從這個學期開始到校外實習，但國防生都還在校內。一路走去，許放撞見了不少認識的人。

兩人沒怎麼糾結，去了之前經常去的那家烤肉店。

林兮遲的心情格外好，還反常地點了兩瓶啤酒。

她的酒量很淺，喝一杯就臉紅，兩杯就醉，但酒品倒是好得很。症狀是比平時更傻了一點，其他都很好，不哭也不鬧。

想著自己在，而且她只點了兩瓶，這麼算就是他們兩人一人一瓶。

許放也沒攔著她。

結果兩瓶酒一上，林兮遲立刻把其中一瓶抱在懷裡，然後把另一瓶打開，幫他裝了小半杯，之後自己對著瓶口開始喝。

見許放神情隱晦不明，雙眸幽深地看著她。

林兮遲把懷裡的那瓶酒抱緊了些，咽下口裡的酒，指責他：「你不要天天想著喝酒好嗎？」

許放不想跟她計較，但又忍不住被她這副摳門的樣子氣到：「等等醉了別想我把妳送回去。」

林兮遲瞅他一眼，不搭腔，又咕嚕咕嚕地灌著酒。一副有恃無恐的模樣。

她的臉頰紅撲撲的，嘴唇紅潤，眼睛亮得像是帶著星星，「屁屁，我好開心啊。」

喝點酒有什麼開心的。

許放低頭幫她烤肉，聽到這話時，掀起眼皮看了她一眼，「那就多點幾瓶。」

「不是喝酒開心。」林兮遲低頭，從口袋裡把手機翻出來，給他看一張圖片，「就這個，也是我們學校的一對情侶，他們兩個都拿到了劍橋的保送名額。」

許放低眼一看，對這兩個人沒什麼印象：「妳認識？」

「不認識。」

「那妳開心什麼。」

「就很羨慕啊，他們是。」林兮遲打了個嗝，慢吞吞地說：「他們是兩個人的智商都很高，我們就只有我的高。」

許放的動作一頓，立刻抬頭，默不作聲地盯著她。

「但你現在也拿到保送名額了，我就感覺，我們的平均智商沒有被拉低到正常水準之下。」

「……」許放真想直接走人。

林兮遲很快喝完一瓶酒，又開了新的一瓶。

她這麼不節制地喝，許放下意識把注意力都放在她的身上。感覺她確實不是借酒消愁，是很開心地喝，這才放下心來。

兩瓶酒下去，林兮遲的神智變得不太清醒，做什麼事情都慢一拍，傻乎乎的。

看到許放在烤肉的時候，她還打算直接用手去烤盤上拿肉吃。

嚇得許放半條命都出來了。

許放乾脆走過去坐到她旁邊，一隻手握住她兩隻手，不讓她亂動，用另一隻手烤肉，烤完了便餵到她嘴裡。

把她餵飽了，許放把東西收拾好，扶起她，結帳走人。

林兮遲雖然還能走，但走起路來歪歪扭扭的，看起來像是剛開始學走路的小孩。而且話還多，一直纏著他讓他背。

怕她摔了，許放沒說什麼，蹲下身把她背起。

把下巴擱在他的肩膀處，林兮遲嘰嘰喳喳地說著話，雙手還不安分，有事沒事就往他臉上蹭，當成玩具一樣。

許放的雙手正托著她的腿，騰不開，只能在她遮住自己眼睛的時候提醒一下。

其他時間任由她折騰。

到後來，她不說別的了，就一直喊他。

「屁屁。」

「嗯。」

「屁屁。」

「嗯。」

「我喊了多少次。」

「四十三次。」

話說久了，林兮遲也累了，聲音聽起來昏昏欲睡：「屁屁。」

許放格外有耐心，低聲應著：「嗯。」

她把臉頰湊了過來，說話的氣息噴到他的臉上，帶著酒氣，卻一點都不難聞，「我們好像長大了。」

「嗯。」許放往後看，能看到她密而長的睫毛，眼睛乾淨清澈，一如以往的所有時刻，「長大了。」

大學畢業後的兩年。

許放到B市的軍校讀研究所，林兮遲則繼續留在S大。

兩人都有自己的事情要做，兩年來聚少離多。慶幸的是，許放在軍校讀研究所，寒暑假比大學時期要長一些。

到節假日的時候，林兮遲偶爾會去B市找他玩。而許放有空的時候，也會到S大找她。

兩人每天都會聯絡，寒暑假也有時間陪伴彼此。

兩年的時間不算難熬。

至少在林兮遲看來，就算許放無法時時刻刻陪在她的身邊，但在她心情不好，想要找他的時候，能找得到。

兩人的研究所都是兩年制的，林兮遲提前半年畢業。

畢業後，林兮遲回到溪城，經過幾番面試，最後在一家寵物醫院上班。地點在市中心，離外公家的路程有些遠，她每天要早起一個小時坐車。

就這麼折騰了一個月。

林兮遲在醫院那邊租了個一室一廳的房子，每個月多了兩千多的支出，卻也每天多了一個小時的睡眠時間。讓她在心疼錢之餘，又有了額外的幸福感。

林兮遲所在的這家寵物醫院，是溪城最出名的一家，專業設施基本都有。這個行業比想像中要累，她常常回到家之後，洗個澡便倒頭就睡了。

這天，林兮遲又加了班，像往常一樣回到家。

洗了澡後，她瞇著幾乎要睜不開的眼，腦子不太清醒地傳了一大堆話給許放，多是今天發生的事情。

把最後一個字打完後，林兮遲才放下心來，按住電源鍵關上螢幕。

不知過了多久，大概只過了十分鐘，但因為身體的疲憊，讓她覺得一天過去了。

林兮遲聽到手機鈴聲響起。

她被吵得有些心煩，迷迷糊糊地摸索著手機的位置，接了起來。

林兮遲睏得完全沒有任何意識，連是誰打過來的都不知道，只希望對方趕緊說完她好掛電話。

似乎察覺到她語氣裡的敷衍，對方語氣變得高深莫測了起來。

『睏？那妳睡吧。』

隔天，林兮遲一早爬起來。

在餐桌上啃麵包的時候，突然回想起昨晚的電話，不太確定是不是自己半夢半醒之時出現的幻覺，她納悶地打開通話記錄看了一眼。

確實有。

昨晚十點半，許放打了通電話給她。

林兮遲眨了眨眼，想半天也想不起他昨晚說了什麼，乾脆作罷，傳訊息過去問他。之後她收拾一番，便出了門。

上班前，林兮遲又看了手機一眼，許放沒回覆她。

林兮遲不再把心思放在這上面，進了醫院，換了身衣服。

上午來了個病患，年紀有點小，是一隻剛滿十二週的公貓，看起來懨懨的，打不起精神。

林兮遲問了問貓主人大致的情況。

這隻貓在兩週前第一次接種了疫苗，過了半星期之後開始嘔吐，身上還有過敏的症狀，一直持續到現在，沒辦法了只能送來醫院。

林兮遲沒想太多，拿起溫度計，甩了一下，然後蘸了些潤滑油。她眼睛眨了眨，小心翼翼地將貓咪尾巴提起，將溫度計插入貓的肛門。

一分鐘後拿出，擦乾淨後，林兮遲看了看上面的數字。

四十點二度。

正常健康貓的體溫維持在三十八度到三十九點五度，這個確實偏高了。

貓主人是個很年輕的女生，此時滿臉愁容，視線一直放在小貓身上，聲音很緊張：「醫生，我是第一次養貓，但我遇到不懂的事情都會問一下再做的。」

「我上網查了，貓要滿十週接種疫苗才有用，所以我是等牠滿十週之後才帶牠去醫院接種的……應該沒什麼問題吧？」

林兮遲安撫道：「妳做的很對。」

又經過一連串檢查，林兮遲在本子上記錄了情況——確診得了貓瘟。

她開了藥讓貓打點滴，看著這隻幼貓奄奄一息的模樣，以及那個女生幾乎要哭出來的表情，莫名也有點難過。

今天林兮遲沒有加班。

按正常時間下班後，林兮遲沒什麼胃口，到附近的便利商店買了杯泡麵和幾包零食，便往家的方向走。

林兮遲低頭看了看手機。

忙到現在，她突然發現，都過了一天了，許放還是沒回覆她。

林兮遲皺了眉，傳訊息給許放：『你人呢？』

還是沒回。

她乾脆打了個電話過去，沒接。

林兮遲猜測他是臨時有訓練，不再多想。

她走進社區裡。

這個社區比較老舊，所以房租在這個地段還算便宜。林兮遲租的這間房子，一個月兩千五左右，不含水電費。

她自己收拾了一番，住起來也算舒服。

冬天的夜晚總來得特別快，林兮遲把外套裹緊了些，加快速度往自己住的那棟走。社區裡的路燈光線很暗，一路上看到的人很少。在轉角的時候，後頭突然開來一輛車，燈光直照。

林兮遲發現除了她的影子，還有另外一個。

她下意識回頭看。身後是一個高高大大的男人，穿著連帽外套和修身長褲。帽子戴在頭上，臉上還戴著禦寒的口罩，看起來像是極其怕冷。

因為光線的關係，林兮遲看得不太真切，她收回了視線。

走到樓下門前，往包裡翻了翻，林兮遲拿著鑰匙打開門。

她走了進去。

走了幾步之後，身後沒有傳來想像中的關門聲。林兮遲又往後看了一眼，發現剛剛那個男人拉住了門，也走了進來。

門關上，「嘭」的一聲。

聲控燈亮起。

林兮遲看到男人的眼睛，目光一頓，若有所思地往上走。

她住在三樓，沒多久便走到家門前。

那個男人按她的速度跟在她後面，在她停在三樓的時候，他依然繼續往上走。步履穩健，最後也停在了三樓。

就站在她身後。

林兮遲的目光放在鎖孔上，手上一晃，鑰匙串撞擊，發出清脆的響聲。她的動作很慢，看起來像刻意磨蹭。

身後的男人沒有任何動靜，似乎不覺得自己這種無緣無故站在別人身後的行為有多詭異。

林兮遲又等了一下，沒聽到他出聲。她垂下眼瞼，不再等了，語氣一本正經，就像是在跟一個完全不認識的人說話：「先生。」

她背對著他，不知道此時他是什麼反應，自顧自地說：「你是不是以為你戴了口罩——」

聽到這話，男人的眉眼一動，抬手把頭上的帽子摘下，抓了抓頭髮。他正想說點什麼，就聽到林兮遲繼續道：「我就認不出你的屁樣。」

說著，林兮遲回了頭。

借著樓道昏暗的光線，林兮遲看清了他裸露在外的額頭和眉眼，略顯鋒芒，俐落分明，帶著桀驁不馴的氣質。

身上穿著純黑色的防寒風衣，拉鍊拉到下顎出，平頭稍長了些。雙眸似點漆，目不轉睛地盯著她。

片刻後，男人摘下口罩，露出曲線硬朗的五官。

距離上一次見面其實才過了兩個月。

寒假的時候，許放回來了一趟，當時林兮遲已經在醫院上班一段時間了，剛從家裡搬到這個社區來住。

二〇一七年的春節來得早，除夕夜在一月底。許放的假期不長，一月中下旬放假，年初七就返校，算起來不到二十天。

他完全不放心讓她一個人在外面住，那二十天幾乎有一大半的時間都住在她這邊。

大概是想讓別人覺得她不是一個女生獨居。

林兮遲租的房子小，不到二十坪，只有一間房間。

房間裡有一張一百五十公分寬的雙人床。

因為許放要過來睡，林兮遲還特地收拾了一番。幫他準備了新的枕頭，把原本放在床上的玩偶全部扔到客廳的沙發上，樂滋滋的，像是裝飾新房一樣。

結果許放一過來，在客廳掃了一圈，把玩偶提起，扔回她的床上。隨後拿著那個枕頭和被子，十幾天都睡在客廳的沙發上。

有時候林兮遲想黏著他，跟他一起在沙發上睡覺，睡著了之後也會被他抱回房間裡。

然後他繼續到客廳的沙發睡覺。

這就像是小學生畫的三八線一樣。畫了一條沒必要的線，保持著完全沒必要的距離。

在林兮遲的印象裡，除了大一，兩人出去跨年的那一次，她再也沒有跟許放一起睡過覺的經歷。

國防生雖然每天都要點名，但到了大三大四後，管得不會那麼嚴格。偶爾還是能逃過一兩次，但許放就是雷打不動一定要每天都回宿舍睡覺。

林兮遲聽余同說過，每次以為許放一定不會回宿舍的時候，他次次都會回來。無一例外。

對於許放這名字的含義，他們私下默默地拓展出一個議論，果然人如其名。

他們還用自己那淺薄的腦力，作了一首打油詩——「世上男子千千萬，只許放不行」。簡稱「許放」。

因為許放這種默默跟在自己後面，像是惡作劇一樣的行為，林兮遲不太高興。她抿了抿唇，不再理他，拿著鑰匙開了門。

許放跟了進去，沉默地脫了鞋。

林兮遲走到餐桌前，把塑膠袋裡的東西倒出來，「嘩啦」一響。

許放走過來站在她旁邊，看到裡面的東西時，皺了眉，「妳平時晚飯就吃這些東西？」

林兮遲沒出聲，不想理他。但是兩個月沒見，她的目光總會不知不覺地放到他的身上，跟隨心意。

軍校的生活很規律，每天規定六點鐘起床，整理內務，早操，然後再去上課。訓練量比國防生時期更多，因此他的身材看起來比先前壯實了些。

算算日子，明天就是清明節，他大概是放假回來的。

這種假期通常只放兩天，後天就要回去。

想到這，林兮遲也不跟他生氣了，悶聲說：「你什麼時候回來的？」

「剛下飛機就過來了。」許放把她手裡的泡麵扔開，牽著她走進廚房，「一下車就看到妳出便利商店，就跟著了。」

「那你怎麼不喊我。」

察覺到她的情緒，許放的眼睫一動，慢慢彎下腰，跟她平視：「妳一個人住，我想看看妳對奇怪的人有沒有防範心。」

林兮遲歪了歪頭，問他：「戴個口罩就以為自己換了張臉？」

許放：「……」

瞬間也覺得自己剛剛的行為很蠢，許放嘖了一聲：「那就當是驚喜吧。」

「哦。」林兮遲的脾氣來得快去得也快，站在旁邊看著他煮麵，「這個說法比剛剛的好一點，聽起來聰明一點。」

「……」

水還沒開，電磁爐運作沒有聲音。

廚房裡安安靜靜的，許放從冰箱裡挑出些食材，耳邊唯有林兮遲跟他說著話的聲音，清脆又生動。

許放側頭，對上她的視線。

又說了幾句話後，林兮遲閉了嘴。

兩人對視不到三秒。

許放把東西放到一旁，毫無預兆地把她抱了起來，讓她坐到流理檯上。單手按著她的後腦勺吻了上去，剛從室外回來，他的指尖還帶著涼意。

林兮遲不禁顫抖了下。

不知過了多久，身旁的鍋裡發出咕嚕咕嚕的聲響。

像是沒聽到一樣，許放仍不知饜足地舔著她的唇，掌心漸漸向下挪，拉開她外套的拉鍊，探入她的衣服內——然後停住。

許放站直起來，漆瞳裡燃起了火苗，眼神像是想把她吞入腹中。過了幾秒，他莫名有點火大，又低下頭狠狠親了她幾下才到一旁去煮麵。

林兮遲坐在流理臺上，雙腳晃蕩著，問他：「你這三八線要畫多少次。」

許放看她一眼：「什麼三八線。」

「屁屁。」林兮遲一副為他著想的樣子，苦心勸導著，「你都二十四歲了，不要再忍了，會生病的。」

「……」

「反正我是絕對不會嫌棄你的。」林兮遲舔了舔唇，臉上帶了點小心翼翼，「就算你有什麼問題，我肯定會吃了這個啞巴虧的啊。」

許放面無表情地把她的臉推開，把麵端了起來，「閉嘴。」

把鍋端到餐桌上，許放回到廚房裡想拿兩副碗筷的時候，看到林兮遲還坐在流理檯上，杏眼目不轉睛地看著他。

他一頓，抿著唇過去，單手抱住她的腰，像抱小朋友一樣把她抱了下來。

林兮遲踩著拖鞋，自顧自地到餐桌前坐好。

許放跟在她後面，裝了兩碗麵後，把其中一碗推到林兮遲面前，沒急著坐下，漫不經心地說：「妳先吃，我去個廁所。」

聞言，林兮遲盯著他看，「哦」了一聲。

幾分鐘後，許放從廁所裡出來，走過來坐到林兮遲旁邊，卻發現她面前的麵一動未動，表情若有所思。

許放不知道她在想什麼，只是催促道：「快吃。」

話音剛落，林兮遲神神祕祕地湊了過來，低聲問他：「你剛剛是不是在廁所裡做什麼骯髒的事情。」

許放：「……」

幾分鐘他能怎麼骯髒？

林兮遲當他默認，有點失望：「你怎麼不帶上我啊。」

「……」

許放被她噎了，吃完飯之後拿著餐具到廚房洗碗，林兮遲坐在沙發上喊他，他一聲不應。

等洗完碗，許放的氣似乎消掉了。

他過來坐在林兮遲旁邊，像是被長輩附身，開始跟她提起一個人在外面住，遇到奇怪的人跟著要怎麼做。

讓她要多加小心，不要遇到什麼事情都慢一拍。

林兮遲趴在他的腿上，聽著他的聲音，小聲地應著，但回答的話卻不著調。

「平時如果妳發現後面有奇怪的人跟著妳，妳就往人多的地方去，然後打電話給認識的人。」

「哦，如果那個人是屁屁呢。」

「……如果像今天這樣，進了社區才發現，妳就回警衛室那邊。」

「可那個人是屁屁啊。」

「我買給妳的那些防狼的東西記得要隨身帶著。」

「用在屁屁身上嗎？」

「……」許放的眉頭隆起，忍無可忍地掐住她的臉，低聲罵，「就沒見過比妳更難管的。」

隔日雖然是清明節，但林兮遲還是要到醫院值班。只值早上的班，下午就放假。

許放把她送到寵物醫院之後便回了家。

昨天那個女生把那隻小貓帶過來複查。

小貓的精神仍舊很不好，林兮遲幫牠打點滴。兩個小時的點滴打完，等女生要走的時候，林兮遲再次囑咐著：「回家不要讓牠吃東西和喝水。」

下班後，林兮遲出了醫院。

中午的溫度相對於早上會暖和一些，林兮遲沒把圍巾戴上，一抬眼就看到站在外面等她的許放。

他換了身衣服，打扮仍然很休閒。軍綠色連帽T恤，黑色長褲，雙手插著上衣的口袋。站在那，筆直挺拔，像是一顆白楊樹。

林兮遲走了過去，把手塞進他的掌心裡，「屁屁，我們去跟外公吃飯吧。」

許放剛剛回家一趟，此時是開著許父的車子過來的。他點點頭，拉著她到旁邊的停車位，讓她上了車。

林兮遲坐在副駕駛座，隨口問道：「你明天幾點回去呀。」

許放不放心地過來檢查了下她的安全帶，這才說：「中午的飛機。」

「哦。」林兮遲又問，「你是不是快畢業了，畢業之後直接去部隊嗎？」

「先分配駐地，會放一段時間的假，然後再過去。」

林兮遲撐著下巴，小聲問：「那你知道有哪些地區了嗎？」

許放發動車子，聲音低而沉：「還不知道。」

因為林兮遲提前說了要回家，所以外公已經做好了一桌子的菜。

林兮耿也從學校回來，此時正陪著外公在廚房忙碌著。

時光在外公的臉上刻下一道又一道痕跡，比起從前，他的白髮似乎更多了些，臉上的溝壑更明顯了。

林兮遲心裡莫名有些難受，過去幫忙。

人老了似乎特別喜歡回憶事情，話也多了起來。

餐桌上，外公一直絮絮叨叨著，讓林兮遲突然想起了從前，在他這般嚴厲又夾雜些慈愛的聲音中度過的那些時光。

她覺得時間真的過得好快。

過了一下，外公提起了別的事情：「都算不清多少年了，妳們爸媽搬去B市多久了，也沒回來見我幾次。」

他嘆息了一聲：「還讓我也搬過去，我都這年紀了，哪裡能住得慣啊……」

林兮遲眨了眨眼，聲音輕快地說：「我以後多回來跟你吃飯。」

林兮耿連忙接話：「我也是！」

這些年，林兮遲還是像以往一樣，逢年過節都回家跟外公一起過。林兮耿則會到B市住一段時間，之後再回來跟他們一起。

某次從B市回來，林兮耿跟她提起，林玎現在的狀態好很多了。

可能是因為時間久了，也可能是因為生活步入了正軌，父母開始會叫她和外公一起過去過節。但不知是什麼心態在作祟，林兮遲每次都會找藉口推掉，到現在也沒去過。

幾年的時間，她跟父母見面次數寥寥可數。

外公的情緒很快散掉，笑了一下後，側頭看向許放：「你們呢，不小了吧，要結婚嗎？」

許放愣了下，表情變得鄭重起來，回道：「嗯。」

聞言，外公看向林兮遲，像是要替她做主一樣：「他跟妳提過嗎？」

林兮遲很誠實：「沒有。」

「……」

吃過飯，因為剛剛的對話，許放被外公拉到房間裡訓話。

林兮遲把餐桌上的殘局留給林兮耿，直接跑回房間裡，躺在床上玩手機。沒過多久就覺得無聊，爬起來到處翻。

雖然她現在搬到外面住了，但帶過去的只是平時要用到的衣物和生活用品，其他的東西都沒帶。

此時這麼一看。書桌上、床上、書櫃裡、床頭櫃裡，還有衣櫃裡面，都擺了許多許放送給她的東西。

林兮遲突然來了興致，東翻翻西翻翻。最後她坐在地上，打開床頭櫃下方的櫃子，在裡面摸索著。

這個櫃子的容量很大，東西層層疊疊地擺放著。

林兮遲一樣一樣往外拿。大多都是小東西，她連在哪裡買的都不記得了。

把上面一層拿出來後，林兮遲在最底下發現一個小盒子，她的神情一頓，慢吞吞地拿了出來。

帶著鎖，因為過了很長的時間，鎖頭已經生鏽了。

許放跟外公談完話，從外面進來，看到她手裡的東西時，他的表情也怔住了。

當時許放送林兮遲這個盒子的時候，把她氣得半死，天天纏著他要鑰匙。他不給就威脅他，說要去找鎖匠開。

可不論怎麼折騰，許放都沒給她。

林兮遲也沒像自己所說的那樣去找鎖匠開鎖。

後來大概是興致過了，她將此事拋到腦後，再也沒提過。

餘光注意到他進來，林兮遲抬頭看他，舉起手中的東西給他看：「屁屁，這盒子鎖了五年了。」

許放走過來蹲在她旁邊，「嗯」了一聲。

林兮遲好奇道：「五年了，你鑰匙還留著嗎？」

許放還沒來得及點頭，林兮遲又道：「我覺得你肯定是丟了才一直沒給我。」

「……」

「不過沒關係。」林兮遲安撫般地拍了拍他的肩膀，笑咪咪的，「我讀研究所的時候，那個室友教我怎麼不用鑰匙開鎖。」

許放沉默著看她吹牛。

「只要用一根迴紋針。」說到這，林兮遲又爬了起來，往櫃子裡翻了翻，還真的讓她翻到一根迴紋針，「然後，把它掰直。」

林兮遲的神情很認真，拿起那個鎖孔看了一眼：「這一步很重要的，你要觀察鎖孔的大小，要看清楚裡面的構造，然後再調整弧度。」

「……」

許放真的不知道自己為什麼要在這裡聽一個傻子講課。

他靠在床沿處，一隻腿放直，另一隻曲起。神情慵懶，視線一直放在她身上，就看著她在瞎折騰，時不時讓她注意點，別弄到手了。

下一刻，林兮遲把迴紋針探入鎖孔內，小心翼翼地動了動。沒有任何反應，她的動作變得粗暴了起來。

許放懶洋洋地打了個哈欠，想讓她別弄了的時候，他聽到林兮遲突然叫了一聲。

許放猛地精神了起來，皺眉湊過去看：「刮到了？我就讓妳小——」

他的目光定住，聲音瞬間收了回去。

眼前的畫面像是被放慢了。許放看著林兮遲動作很慢地，非常慢地，把鎖頭從盒子上拿了下來。

「……」

還真有用？

林兮遲讀研究所的時候，宿舍裡只有兩個人住。

這導致了有一點不便，就是偶爾其中一人忘了帶鑰匙，而另一人又不在宿舍的時候，只能親自去找對方要。

後來室友教了她這麼一招，她試過幾次，從來沒成功過。最後乾脆多配一把鑰匙，放在包裡當備用。

這還是林兮遲第一次用迴紋針開鎖成功。

此時把鎖開了，林兮遲第一個反應不是「哇啊啊我終於可以知道這個破箱子鎖了五年的東西是什麼了，我終於可以知道裡面裝的是什麼東西了」，而是「哇啊啊啊我居然不用鑰匙就開了鎖，我真是太厲害了」。

林兮遲看向許放，眼睛亮亮的，像是在等待他的誇讚。

許放的喉結滾了滾，不動聲色地把她手裡的盒子拿了過來，單手按著，他的眼神有些不自然，頓了一下才說：「妳要不要去試試開別的鎖。」

「哪有別的鎖給我開。」沒聽到他的誇獎，林兮遲有點鬱悶，忽地注意到被他拿過去的盒子，「你拿我的盒子幹嘛。」

許放表情僵硬，生硬地辯解：「我看看妳怎麼開的。」

聞言，林兮遲拿起那個被她放在地上的鎖頭：「你要看也該看鎖吧，你拿盒子看什麼？」

許放沒接過她手裡的鎖，依然按著那個盒子，死死不動。

兩人對視三秒。林兮遲突然反應過來了，身子一歪，蹭過去搶他手裡的盒子。

許放的動作很快，隨著她的動作，下意識向後倒。手臂還高舉著，盡可能的讓盒子離她遠一些，不讓她拿到。

這個舉動讓林兮遲確信了，許放就是不想把盒子給她。她瞪大了眼，語氣莫名其妙：「你幹嘛，這東西不是你送我的嗎？」

「我當時跟妳說了。」許放決定跟她講講道理，沉著臉，「不能隨便開，要我給妳鑰匙妳才能開。」

這也是林兮遲那時威脅他那麼久，卻一直沒有去找鎖匠開鎖的原因。

林兮遲一點都不心虛：「那我剛剛開的時候你也沒攔著啊。」

許放：「……」

誰知道妳真能打開？

覺得這件事情明顯是他理虧，他沉默了就等同於跟她示弱，等了一下，林兮遲又湊過去拿那個盒子。

與此同時，許放直接站了起來，下顎繃直，毫不退讓。

林兮遲也站了起來。

兩人身高差距大，許放更是因為不想讓林兮遲拿到，把手舉得高高的。就像是學生時期逗女生玩的壞男孩。

林兮遲抓著他的手肘，跳著去搶。

僵持了一分鐘後，林兮遲發現自己如果不耍點小心機的話，她根本搶不到。

她停了下來，側眼看了許放身後的床，又抬頭，看著他高舉著的手，猛地用力推了推他的腹部。

許放的注意力都放在手裡的東西上，毫無防備，順著她的力道往後倒，坐到床上。

林兮遲立刻爬了上去，鍥而不捨地搶那個盒子。

此時，兩人的姿勢格外曖昧。

許放半躺在床上，林兮遲跪坐在他身上。一個在爭，一個在躲，動靜並不小。從另一個角度看，就像是在……霸王硬上弓。

門口突然傳來擰門把的聲音。

隨後，林兮遲聽到林兮耿嚇得倒抽口氣，伴隨著迅速關門的聲音。她的動作停了下來，呆滯地往門的方向看。

「……」

林兮遲從來沒想過，自己會因為這種事情跟許放吵架。

因為林兮耿那個動靜，林兮遲瞬間沒了搶盒子的心思。第一個反應就是去跟她解釋，想要挽回自己的形象。

林兮耿聽後，雖然露出了明白了解的表情。但看著許放的眼神，居然破天荒地多了幾分同情。

同、情。

林兮遲憋著氣，覺得自己跳進黃河也洗不清了。

兩人在外公家吃完晚飯才離開。

一出外公家，林兮遲開始跟許放吵架，難得的連名帶姓喊他：「許放，你知道你今天做的事情有多離譜嗎？」

許放瞥她一眼：「不知道。」

「你知道耿耿怎麼想我的嗎？」林兮遲又氣又鬱悶，責怪他，「要不是你搶我的東西，我哪會那樣。」

「那怎麼了。」許放倒覺得那個誤會挺有趣，語氣散漫又淡，「我難道是妳見不得光的姦夫？」

「可我一直跟她說——」提到這，林兮遲理不直氣不壯，「你喜歡我喜歡的無法自拔，一點都離不開我，現在又讓她看到這種畫面，我的臉往哪裡擱。」

許放忍不住看了她一眼。

「她到底是怎麼誤解成那樣的。」林兮遲坐在副駕駛座上，整個人轉過來跟他說話，「那種事情不是要脫衣服嗎？難道何儒梁沒有教她？」

許放差點被她這話嗆到：「我就教妳了？」

聞言，林兮遲愣了下，振振有詞地說：「我怎麼可能等你教我，你國中的時候要我幫你記筆記，高中要我教你理科，大學還要我督促你讀書，這事我肯定要靠自己啊。」

「……」

「別急，等我學會了流程教你。」

恰好是紅綠燈，許放踩下剎車，轉頭看她。像是抓到做壞事的小孩的家長，表情板了起來，語氣都重了不少，「妳都看了什麼東西？」

「哦。」林兮遲慢吞吞地縮回位子上，聲音弱了些，「就幾篇小黃文。」

「……」

「說男人如果一夜做不到七次，就是不行。」

「……」

許放的語氣一重，林兮遲立刻縮在旁邊，怕了好一陣子。

過了半晌，林兮遲突然想起現在生氣的人是她，現在的狀況是在吵架。

她的氣焰又燃了起來，繼續跟他吵：「而且哪有你這樣的，送了我東西又搶回去，你不想給我就算了，讓我看看怎麼了……」

許放低哼了聲，沒搭腔。

林兮遲繃著臉，開始教育他：「許放，情侶之間是不應該有隱瞞的事情的。」

他面無表情地轉動著方向盤，進了社區裡：「是嗎。」

林兮遲小雞啄米般地點頭。

許放嘴角一扯：「妳私下看黃文的事情跟我說了？」

「……」這事情有什麼好說的？

兩人這一吵，從車上一直吵到下車，從樓下一直吵到上樓，回了家還在吵。雖然大多數時間都是林兮遲在罵他，但許放也句句回嗆——

「你說你給不給我。」

「不給。」

「許放，我就沒見過比你更小家子氣的男人。」

「我也沒見過，但我面前倒是有個在這方面比我出色多的傻子。」

「……」

——讓這場爭吵愈燃愈烈。

到最後，林兮遲氣得從沙發上跳了起來，開始套外套。

許放看向她，繃著一張臉：「妳幹嘛？」

「我現在不想跟你說話。」林兮遲的動作很大，刻意發洩弄出動靜，「你不要跟我說話。」

「這麼晚妳出去個屁。」說著他也站了起來，身上穿著從進家門就沒脫過的衣服，冷聲道：

「老子滾。」

林兮遲看他，重複了一遍：「我不想跟你說話。」

許放被她這態度氣笑了：「行，我也不想。」

「……」林兮遲站在旁邊看他穿鞋，又忍不住去惹他，「你說的，你要是找我說話就等同於你把我當爸爸了。」

許放的臉上毫無笑意，一字一頓道：「妳看我找不找妳。」

說完後，許放毫無留戀地走了出去，用力關上門。他站在門口，似是鬆了口氣，不動聲色地摸了摸口袋裡的東西，然後往樓下走。

沒走幾步，他又重新折返，站在門口喊：「把門給我鎖好。」

許放走了之後，室內瞬間安靜下來。

剛剛的爭吵像是她的幻覺。

林兮遲趴在沙發上，越想越氣，噔噔噔地跑到玄關處。順著貓眼往外看，確定許放走了之後，才把門鎖上，傳訊息找林兮耿聊天。

林兮遲：『我跟許放吵架了。』

林兮耿：『啊？』

林兮遲：『他還甩我門！很用力地甩我！甩我！』

林兮耿：『驚呆.jpg。』

林兮耿：『說不定等等就回來了。』

林兮遲：『不會的，他讓我鎖門了。』

林兮耿：『……』

隔了半分鐘，林兮耿又傳訊息過來：『你們吵架，他甩了門之後還要回來提醒妳鎖門嗎？』

林兮遲不覺得這有什麼奇怪，悶悶地回：『是啊，如果他還會回來就不會說，但不回來了就會讓我鎖門。』

林兮耿真的震驚了：『……』

林兮耿：『你們兩個是不是有病。』

林兮遲打字的力道很重：『我感覺他就是想趁機出去鬼混一晚。』

「……」林兮耿對這種小孩子家家酒般的爭吵不想發表什麼言論。

過了一下，林兮遲又忍不住道：『雖然我跟他吵架了，但是我之前跟妳說的事情可沒騙妳，許放暗戀我好多年了。』

林兮遲咽了咽口水，有點心虛：『他喜歡我喜歡的要生要死，無法自拔。』

林兮遲：『而且今天完全不是妳看到的那樣。』

林兮耿：『妳剛剛用許放哥的手機傳訊息給我了？』

看到這句話，林兮遲的眼睛一眨：『啊？』

很快，林兮耿傳了個截圖過來。

圖片上，是林兮耿和許放的聊天畫面，上面乾乾淨淨的，看得出兩人不常聊天。聊天室裡，只有許放傳來的一句話。

時間是今晚八點，他們剛下車的時候。

許放：『確實無法自拔。』

這個時間點，他們好像還處於吵得不可開交的狀態。

老房子的隔音效果不好，進了屋內，林兮遲還要壓低聲音跟他吵。不想吵到別人，也不想丟臉丟到家外。

那時，林兮遲的全部心思都放在跟他吵架上面，沒注意他是不是動了手機。

此時看到林兮耿傳來的截圖，以及上面許放的話。

林兮遲一時反應不過來他這話的意思，想了半天，終於想起。

她今天在車上好像跟許放說了一句話。

——「可我一直跟她說，你喜歡我喜歡的無法自拔，一點都離不開我，現在又讓她看到這種畫面，我的臉往哪裡擱！」

然後他下車傳了訊息給林兮耿。

——「確實無法自拔。」

林兮遲火氣瞬間就消了大半，她抿了抿唇，一直盯著許放那句話看。

看久了，隨著時間流逝，林兮遲的情緒低落了下來。原本的怒火散去，想到許放剛剛的背影，她突然多了幾分愧疚。

對於許放，林兮遲是屬於軟硬都吃的那種。

他如果真凶起來了，她會怕；他要是服軟了，她也瞬間沒了脾氣。

但要是他處於「雖然跟她吵著架，但是整體還是讓著她」的那種態度，林兮遲就會一發不可收拾，一直得寸進尺。

剛剛許放就是處於這種態度，所以最後的情況是，被她氣得出了家門。

結果她現在才知道他早就私下跟她服軟了。

這樣就很難辦。

這麼一想，他明天就要回B市了，今晚還莫名其妙地吵了一架，兩人在一起的時間就這麼浪費掉了。

林兮遲抬頭瞅了掛鐘一眼，才發現已經十點半了。

他們回來之後，居然整整吵了兩個小時。

把臉埋進抱枕裡蹭了蹭，過了好半晌，林兮遲猶豫著打了一則訊息給許放，在傳送的時候又犯了難。

剛剛才說了不想跟他說話，現在連半小時都沒過去就傳求和訊息給他，是不是太打臉了。

想到這，林兮遲的心情又變得悶沉了起來，不由得埋怨。

林兮耿怎麼到現在才傳截圖給她啊。

要是早點傳，她肯定不會跟許放吵那麼久了，說不定現在已經過上甜甜蜜蜜的床上生活了。

她正想打個電話過去罵林兮耿一頓，林兮耿提前一步，又傳訊息給她：『還在生氣啊？』

林兮耿：『妳都快三十歲的人了，肚量大點好嗎？』

林兮遲：「……」

誰三十了？

這句話瞬間給了林兮遲發洩的管道，她立刻打了個電話過去，連罵了林兮耿半小時之後，才神清氣爽地掛了電話。

生了一天的氣，林兮遲覺得自己實在是太辛苦了。她伸了個懶腰，洗完澡之後，趴在床上，調了個早早的鬧鐘。

決定明天直接到許放家門口堵他。

過了一天才跟他說話，這樣應該不算很打臉了吧？

隔天一早。

林兮遲起來後，做的第一件事情就是看手機。

看毫無新訊息，林兮遲撇了撇嘴角，沮喪地爬了起來，心想著許放這傢伙的心眼就是小，氣了一晚還不夠。

不像她，大人有大量。

不過沒關係，她來寵著他。

一點關係都沒有。

飛快地洗漱完，林兮遲換了身衣服，化了個日常妝，背上平時慣用的包，連早餐都沒心情吃，心情沉重地地打開家門。

她不知道許放要生氣多久，而且昨天她的語氣好像不怎麼好。要是他一氣之下，連話都不跟她說就跑回B市了怎麼辦。

想著想著，林兮遲有點急了，加快動作，把門關上。抬眼，突然注意到靠站在門旁角落的許放。

也不知道他在這站了多長時間。

許放的腦袋稍仰著，脖頸線條拉直，能清楚看到喉結的輪廓。他的站姿懶散，雙手插著口袋，看不出在想什麼。

聽到這邊的動靜，許放下意識看了過來。

兩人的視線對上，空氣像是停滯了下來。

許放一直把目光放在她身上，不聲不響，讓林兮遲的頭皮莫名發麻。沉默了幾秒後，他抓了抓後頸，生硬地冒出了句：「我失憶了。」

「……」

林兮遲愣了，內心的沉重感瞬間因他的出現而減少，更因為他這句話而消散。

隨後，她驀地想起了昨天她在許放走之前跟他說的話，又忍不住——得寸進尺。

林兮遲咽了咽口水，點點頭，小心翼翼地接了他的話：「卻還記得我是你的爸爸。」

許放：「……」

第十五章　我比妳更想

許放覺得自己這輩子發脾氣的權利，全部都在他十九歲之前用完了。此時對於林兮遲這種得寸進尺的行為，他雖然想把她教訓一頓，但也只能憋著。

反正又不是沒憋過，反正也憋習慣了。

許放抬了抬眼，懶得理她了：「開門。」

林兮遲乖乖「哦」了一聲，又轉頭拿出鑰匙開了門。她的心情已經好了起來，說話的語氣變回平時那般輕快，「兒子，你失憶了是怎麼知道你家在這的呀？」

許放把手中的東西放在鞋櫃上，隨口道：「問路。」

聞言，林兮遲回頭看他：「怎麼問？」

「問這個社區有沒有個叫傻子的人。」許放的語氣淡淡，不帶任何情緒，「警衛就指了這一家。」

「……」

林兮遲咬咬牙，正想說點什麼，突然注意到鞋櫃上的東西。

那又是一個盒子，外形像是一本書，深藍色的封皮。

她的好奇心瞬間起來了，湊過去翻開最外的那層，映入眼中的是一個四位數的滾輪密碼鎖。

「……」昨天因為生氣，林兮遲完全忘記那個盒子的存在，此時頓時明白過來，「你昨天出去就為了買這東西？」

許放的眉眼稍抬，算是默認。他把那個盒子塞進林兮遲懷裡，然後把她抱到鞋櫃上，幫她脫鞋，順帶說：「一天試一個數字。」

林兮遲動了動上面的四個滾輪：「什麼數字？」

許放把她的鞋子放到一旁的鏤空鞋架上，敷衍地說：「當天的日期。」

隨後，許放像是按捺不住般地低頭，吻住林兮遲的唇，舌尖抵開她的牙關，一路向裡，捲住她的舌頭，不斷地索取和交纏。

他的嘴唇漸漸向下移動，輕咬了下她的下巴，再繼續向下，力度慢慢放大，直到留下痕跡才含糊不清地抱怨。

「老惹我生氣……」

送許放上飛機後，林兮遲回了家。她今天清明節放假，明天輪休，接連兩天的假期不知道做什麼好。

在床上玩了一下手機，餘光瞥見茶几上的盒子，林兮遲伸手撈了過來。她看著那個滾輪密碼鎖，納悶地晃了晃盒子。

能聽到裡面的東西隨著盒子的晃動撞擊到壁上的聲音。

到底是什麼東西，能放五年都不會壞？

今天是四月四號，那就——

林兮遲慢吞吞地用指腹推著，把數字轉成0404。

果然不是。

時隔五年，林兮遲再度被裡面神祕的東西弄得心癢癢的，忍不住想繼續試。但想到許放的冷臉，她遲疑地收回了手。

算了，不然被他知道了，又要生氣。

清明節一過，林兮遲回到醫院上班。

這兩天她沒待在醫院，但還是有其他醫生值班。林兮遲忙了一上午，直到中午休息的時候才想起之前那隻小黑貓。

今天好像還沒打點滴？

林兮遲到前檯處問了問，聽這幾天值班的實習生說，那個女生昨天和前天都帶著貓過來了，時間大多是在上午。也不知道今天怎麼沒有過來。

聞言，林兮遲沒再問，只想著是臨時有事，可能下午才過來。

結果下午的時候，林兮遲接到一通電話——是那個女生。

她的聲音帶著哭腔，磕磕絆絆地說：『我的貓昨天打完點滴之後，晚上就開始大小便失禁，而且還不停地吐著黃色液體。』

林兮遲一愣，想讓她把貓帶過來檢查的時候，女生又繼續道：『然後我今天早上一看，沒呼吸了。』

林兮遲的心情沉重了起來，輕聲安慰：「請不要太傷心，貓瘟的死亡率是百分之二十五到七十五，年紀越小存活率越低，這不是──」

『早知道我就不去了。』女生哭出聲，把悲痛全部都發洩在她身上，『妳到底會不會啊？一點用處都沒有，越來越嚴重，還花了我幾千塊錢。』

女生的哭聲越來越大。

過了片刻，林兮遲閉了閉眼，掛了電話。

打個電話過來罵，這種狀況算是輕的。

林兮遲剛來這家醫院的時候，還看到有個女人因為自家的狗死了，跟親戚朋友在醫院外面掛橫幅，看到那個獸醫出來就一哄而上。

最後還是透過報警來解決。

但林兮遲是第一次遇到這種狀況。

她來的時間不算長，接待的病患通常只是一些比較常見且不嚴重的病，這是第一個在她手裡死去的小生命。

想到剛剛那個女生的話，林兮遲的胸口像是被什麼東西壓住，有些喘不過氣來。以至於她接下來一天的精神都懨懨的。

林兮遲覺得這是她從事這個行業必須承擔的事情，現在找人傾訴是有用，但未來這樣的事情，還是會接連不斷。

林兮遲不斷地自我調節著，拎著晚飯回了家。

路上，林兮耿打了個電話給她：『林兮遲，妳現在有空嗎？』

林兮遲：「有啊。」

林兮耿：『那妳幫我個忙吧，我等等傳個 word 給妳，妳按照上面的內容幫我做個 PPT，我現在有點事情……』

林兮遲：「好啊。」

她掛了電話。

林兮遲拿著鑰匙開了樓下的門，繼續自我調節著。走了幾層樓梯，聲控燈不太靈敏，在一片漆黑中，她的眼淚突然冒了出來。

又來了電話。

林兮遲恰好走到家門前，開門後，她用袖子抹了抹眼淚，再次接起電話。

——是許放。

他的語氣不太高興，林兮遲在這邊都能想像到他那副冷著臉的模樣：『妳不是說要跟我視訊通話？打了多少次給妳了，妳在幹什麼？』

「我剛回家呀。」

『現在九點了。』許放的語氣更不善了，『妳就不能早點回家？』

林兮遲鼓了下腮幫子，小聲道：「今天加班。」

許放頓了下，又繼續說話。

跟往常相較，此刻的他像是被平時的林兮遲上身。話多得不行，聲音低低淡淡的，跟她說著今天發生的事情。

林兮遲抱著膝，坐在沙發上聽著。

良久後，她紅著眼，不想讓他擔心，但又忍不住想跟他說，語氣像是開玩笑一樣：「屁屁，我心情有點不好。」

聞言，許放的氣息一停：『我知道。』

他完全沒當成玩笑，隔了幾秒後才繼續說：『不然我哪來那麼多屁話跟妳說。』

林兮遲吸著鼻子，在膝蓋上蹭了蹭眼淚，莫名被他這話安慰到了。她一時間不知道該說什麼，就小聲反駁：「屁屁說的話本來就是屁話。」

許放沒跟她計較這話，低下聲音喊她：『林兮遲。』

林兮遲悶悶地應：「怎麼了？」

可許放卻沒再出聲，又安靜下來。

狹小的室內一片靜謐，在這頭，林兮遲能清楚地聽到他的呼吸聲，縈繞在耳邊，彷彿他就在她身邊。

許放像是十分有耐心，不聲不響，卻一直等待。

良久，林兮遲眨著眼，嘴角扯了扯，把臉埋進臂彎裡：「醫院裡來了隻得了貓瘟的小貓，是我的病患，牠今天早上去世了。」

許放終於有了動靜，淡淡地應著：『嗯。』

林兮遲抿了抿唇，把今天發生的事情快速簡練地告訴他：「今天下午，那個貓主人打電話來罵我了。」

許放頓了頓：『罵妳什麼？』

林兮遲：「說我沒有用，讓她的貓病得越來越重，還浪費了錢。」

這次許放沉默了一下，才繼續問：『那是妳失誤了嗎？』

聞言，林兮遲的眼睫動了動，抿成線的唇更加收緊。她深吸口氣，很認真地解釋著：「那隻貓的症狀很明顯就是得了貓瘟，我幫牠做了試紙檢測和血檢，試紙顯示兩條線，白細胞只有零點二，然後——」

因為對面的人是他，林兮遲有點說不下去了，忍不住嗚咽了聲，眼淚啪嗒啪嗒往下掉，像個孩子一樣指責他，「你不能在這方面質疑我……」

『我不懂這些，我也沒有質疑妳。』許放似乎有點懊惱，語氣急了些，『我只是想跟妳說，既然妳做的每個步驟都是對的，那妳現在在難過什麼。』

「……」

『妳當獸醫，妳去幫那些動物治好牠們的病，能治好的話是妳做得很棒，妳很厲害，妳值得被稱讚。』許放不懂講什麼大道理，抓了抓腦袋，按自己的想法說：『但如果治不好，妳盡力了，也依然值得被誇獎。』

因為他的安慰，林兮遲憋了一路的眼淚掉得更凶了，抽抽噎噎的聲音越發大。

許放的眼睛閉了閉，依然溫和耐心：『妳沒做錯任何事情，所以別哭了。』

有時候只是很想哭。

孤身一個人的時候，眼淚掉著掉著，哭意就會自然而然消散。

但一旦身邊有了能依賴的人，那些委屈感會成百上千倍放大。不會因為他的安慰而止住眼淚，情緒只會越發洶湧。

林兮遲現在就是處於這種狀態。

她覺得許放說的話很對，覺得許放真的太好了，覺得自己絕對離不開他；她只想聽他多說點話，想跟他撒嬌，想黏著他，想讓他對自己的耐心和關注度多一點，再多一點。

可令她失望的是，之後的時間，許放卻不再說話。

半晌，林兮遲止住了哭聲，揉了揉眼睛，帶著鼻音問：「你怎麼不說話了。」

『我現在只覺得我剛剛說的都他媽是廢話。』許放深吸口氣，像是沒了耐心，語氣暴躁了起來，『我真不想說這話。』

林兮遲以為他被自己弄得不耐煩了，訥訥道：「什麼？」

懶得再說那些浪費口舌還沒用的蠢雞湯，他輕嗤了一聲，直截了當道：『那貓主人的腦子有病吧。』

「……」

跟許放這麼一聊，林兮遲原本難受的情緒瞬間輕鬆了不少，也漸漸想通了。

醫生這個行業，本來就要面對很多生死別離。她不能在病患身上投入太多的感情，也不能因為別人的幾句氣話就懷疑自己。

能力和承受力要成正比，才能走得更遠。

抽了幾張衛生紙把臉上的淚水擦乾淨，想到許放聽了自己兩句話就察覺到自己不開心，林兮遲原本還有些悶沉的心情像是被塗了蜜，甜滋滋的。

她真的覺得許放太好了，太太太太太好了。

先前的難過一掃而光，林兮遲現在心裡裝的全是感動，眉眼彎起，語氣帶著顯而易見的討好：「屁屁，你現在在幹嘛？」

『等妳哭完。』

林兮遲「哦」了一聲，乖乖地說：「我哭完了。」

察覺到她的情緒確實正常了，許放鬆了口氣，心想著果然還是直接幫她罵人比較有用，溫情手段完全不適用林兮遲這傻子。

看了時間一眼，許放也不磨蹭了：『那我去洗澡了。』

林兮遲點頭，笑咪咪道：「你去洗吧，洗完跟我說一聲。」

掛了電話，林兮遲睜著眼，在沙發上躺了一下，倏地想起林兮耿叫她幫的忙。她連忙爬了起來，小跑著回到房間。

林兮遲打開電話，上了聊天程式，發現林兮耿早已傳了一個 word 文件給她，還大致說了一下做的時候的注意事項。

林兮遲回覆了「好」，隨後打開了ＰＰＴ。

另一邊。

許放從廁所裡出來，拿著一條吸水毛巾用力揉著頭髮，他沒急著去把換洗衣物洗掉，而是回到桌前拿起手機。

想起她剛剛在電話裡哭的聲音，許放還是有點不放心，傳了則訊息給她。

許放：『妳在幹嘛？』

林兮遲回覆很快：『我在做屁屁梯。』

「……」

屁屁梯是什麼東西？

看著那熟悉的兩個疊字，許放沉默一瞬，開始思考是不是送給自己的東西：『什麼東西？』

林兮遲解釋：『PPT。』

許放：「……」

許放頓時不想理她了，他把手機扔了回去，到廁所把換下來的貼身衣物洗乾淨，順便把牙也刷了。

等回到宿舍裡，許放還是忍不住問：『沒事做那東西幹嘛？』

林兮遲：『耿耿讓我幫忙的，她有事。』

林兮遲：『我現在在屁圖。』

林兮遲：『因為我不會用屁屁梯作圖，我只能用屁S屁好了之後，再把圖弄到屁屁梯上面。』

看到她才說了幾句話，幾乎每句話裡都帶著「屁」字，許放的額角一抽，完全可以肯定她是故意的。

許放按捺著脾氣：『妳說話正常點。』

過了一下，林兮遲慢吞吞地回：『屁屁，你看到我掩藏在這些話裡的愛意了嗎？』

「……」

就是強行把每句話裡的每個諧音字改成「屁」嗎？

許放冷笑：『沒有。』

林兮遲毫不介意他的不捧場，很認真地說：『屁屁，我真的好喜歡你。』

看到這句話，許放感覺心跳像是漏了半拍。漆黑的眼眸稍稍垂下，眼睫揚了起來。隨後，他斂著下顎，輕輕笑了。

路過他旁邊的室友看到他的模樣，狐疑著問：「你中彩券了？笑成這個缺德樣。」

許放眼也沒抬，嘴角卻勾了起來，散漫道：「是啊。」

他低頭，繼續看林兮遲傳給他的內容。

林兮遲：『所以。』

林兮遲很狗腿：『從今天開始，我跟你說話的時候，要盡可能多地提到你的名字，以表我對你的重視程度。』

許放：「……」

這個就不用了吧？

但林兮遲的興致一起，許放怎麼攔都攔不住，只能忍受著她每天翻來覆去地說著——

「你的屁氣怎麼這麼差。」

「我今晚喝了杯屁酒。」

「我今天去了個地方，好偏屁。」

「今天好冷，所以我屁了條圍巾。」

——等等。

直到她找不到能替換的詞之後，才漸漸停下。

五月初和五月底都有假期，分別是勞動節和端午節。

糾結了一陣子，還跟許放討論了一番，林兮遲才決定下來，等到端午節再過去找他玩，順便帶幾個粽子給他吃。

恰好六月份，許放畢業後分配的地區也出來了。等她從B市回來，差不多就能知道他選的地區。再過一個月，他就放假回溪城。

林兮遲跟同事換了班，還連著加了一個星期的班，才有了連續四天假期。她打算五月二十七號過去，許放也從那天開始放假，一直到三十號。

兩人一起玩三天，等三十一號早上她再回去。

從許放到B市讀研究所開始，林兮遲每年都會過去找他玩，一年大概兩三次。

雖然林父林母都在B市，但林兮遲沒有一次過去會告訴他們，所以到那邊之後，她都是在外頭訂飯店。

許放會跟她一起出去住，通常是訂兩間房，兩人一人一間。

為此林兮遲還跟他抗議過，說情侶出去玩還訂兩間房，是傻子的行為，是白送錢的行為。

許放沒理她，之後每次照樣訂兩間房。

結果這一次過去，看到許放把她帶進一間標準雙床房的時候，林兮遲的第一個反應就是——是不是走錯房間了。

她轉頭看向許放。

注意到她狐疑的目光，許放瞥她一眼，神情很坦然：「太晚訂了，沒別的房了。」

林兮遲恍然大悟般地「哦」了一聲，看著他的眼神多了幾分意味深長。

「……」

林兮遲坐在椅子上，一副多年媳婦熬成婆的模樣，很欣慰地說：「屁屁，你終於想通了。」

許放嘴角一抽：「想通什麼。」

林兮遲才不相信他不懂，噔噔噔地爬起來，把剛脫下的外套重新套上，連拖帶拽地把許放帶出了門。

本來林兮遲只是不想一個晚上都窩在飯店裡，想出去跟許放逛一逛超市，順便買一些零食和日用品。但她完全沒想到，她會在這裡遇到一個很久很久沒有見過面的人——林玎。

她旁邊沒有別人，似乎是一個人出來的，此時她正推著一輛購物車，站在牛奶的陳列架前。

比起很久以前林兮遲見到的模樣，林玎的變化不只是一點點。

頭髮剪短至肩膀，露出巴掌大的臉。膚色不似從前那般蠟黃，現在白皙而染著紅暈，看起來有精神又乾淨。她穿著至腳踝的長裙，臉上還化著淡妝，嘴唇微抿著，像是在思考買哪個牌子的牛奶。

氣質嫺靜淡然，外形十分吸引人。

因為這巨大的變化，林兮遲不太確定那個人是不是她。

直到她推動購物車向前走，林兮遲看到她那依然一跛一跛的腳步，才肯定下來。

林兮遲的呼吸一滯，頓時不知道該做什麼反應，她傻乎乎地站在原地，像是失去了思考能力。

很快，林玎注意到她的目光，疑惑地看了過來。

兩人的視線對上一秒。

林兮遲這才回過神，瞬間往後退。

裝作什麼都沒看到，林兮遲轉了身，提著心走向許放所在的位置。

許放還在零食區幫她挑東西，餘光注意到她的身影，也沒看過去，漫不經心地問：「吃不吃巧克力？」

林兮遲含糊不清地「嗯」了一聲，伸手抓住他的衣服下擺，有些不安。

察覺到她的動作，許放的眉眼一動，轉頭看向她。他的手稍稍向下移，握住她的手：「果凍呢？」

許放的掌心寬厚而溫暖，讓林兮遲慌亂的心情很快鎮定下來。她勉強將剛剛的事拋到腦後，湊過去，杏眼掃視著陳列架的果凍。

看了好久她都沒有選定。

許放垂眸看她：「妳不是喜歡芒果口味？」

「我現在換口味了，你怎麼不懂我。」林兮遲定下心神，看了他一眼，裡頭譴責的意味很明顯，「你現在不關心我了。」

「……」許放皺眉，拿起其中一排果凍，「那草莓口味？」

「不是，你別吵我，我在找。」

「……荔枝？」

「不是。」

「鳳梨？」

「不是不是不是。」

許放把她扯起來，板著臉說：「那沒了。」

林兮遲嘆了口氣：「好像沒了。」

看她的模樣帶著點不甘心，還一副依依不捨的模樣，許放忍不住說：「什麼口味？我下次幫妳找。」

這話正中林兮遲的下懷，她的嘴角一翹，湊到他耳邊，聲音很輕，像是在跟他說很神祕的事情一樣，還一字一頓的，「屁味。」

許放：「……」

她是不是以為自己這樣很浪漫？

兩人提著東西出了超市。

雖然林兮遲沒太受影響，但她還是有些猶豫，要不要跟父母說一聲她看到林玎的事情。

而且林玎好像也看到她了。

想到這，林兮遲還是寫了訊息給林母，點擊傳送。

許放就站在她旁邊，林兮遲也不避諱。所以他能很清楚地看到她訊息上的內容，頓時明白過來她那一瞬間的不自然。

許放捏著她的手，見她放下手機才問：「餓不餓？」

此時剛過晚上九點，夜市熱鬧，人來人往的。周圍的霓虹燈亮起，小吃的香氣順著風吹了過來。

林兮遲本來不餓，聞到這氣味就餓了。她摸著肚子，立刻點了點頭：「餓，我們去吃東西吧。」

「吃什麼？」

B市什麼都多，尤其是吃的。

林兮遲也不知道，往周圍看了一圈，然後目光定在一家法式披薩店上，眼裡閃過一道光，像是想到什麼。

許放順著她的目光望去，還沒來得及開口，他就聽到林兮遲開了口，說：「我想吃那個。」

「屁薩。」

「……」

許放已經被她弄得毫無脾氣了。

一開始還要琢磨一下她說的是什麼，到現在已經能立刻聽懂了。許放低眼，面無表情、無波無瀾地說：「披薩？」

林兮遲點點頭。

得到肯定的回答後，許放把她扯了過去。

林兮跟在他後頭，眼睛彎成一道小月牙，神情興高采烈的，又帶著點小鬱悶：「屁屁，你怎麼沒有一點——」

說到這，她想了想，才繼續道：「被我撩到的反應。」

許放：「……」

因為確實沒有。

臨近六月份，B市的夏天已然來臨。白日裡，陽光毒辣照射，地面滾燙似火，就連夜裡的氣溫都不顯低涼，空氣裡一片燥意。

這家店的空間不算大，角落裡放置了兩臺直立式空調，運作時會發出輕微的聲響。

只剩空調旁的那桌有位子，林兮遲下意識走過去那邊。

兩人面對面坐下，許放把菜單推到她面前，隨口道：「看看吃什麼。」

瞥了她認真看菜單的模樣一眼，許放站起身，走到空調旁，把扇葉往上掰。等他坐回去的時候，林兮遲也選好了。

許放直接拿過，把菜單遞給了路過的服務生。

林兮遲雙手捧著杯子，小口小口地喝著水。

許放看著她，突然想讓她也感受一下被尬撩的滋味。他沉吟片刻，輕扯嘴角：「遲遲，妳喝水的樣子真可愛。」

聞言，林兮遲立刻抬起了頭，眼睛清澈乾淨，直視著他。

許放深吸口氣，咬牙說完：「像隻貓。」

她的反應完全不在許放想像之中。

聽到這個形容，林兮遲的眉頭立刻皺了起來。既沒有被尬撩到的感覺，也沒有被撩到的感覺。

她居然開始跟他講解：「屁屁，貓喝水是會伸出舌頭的。牠們的舌尖在碰到水面的時候會迅速收回，然後利用水的張力弄出一條水柱，就能喝到水。」

許放也看向她，眼神狐疑：「所以？」

林兮遲很認真：「我喝水的時候並沒有伸出舌頭。」

「……」

「你不懂的話就不要亂誇人。」林兮遲拍了拍他放在桌面上的手掌，像是好心提醒，「幸好是在我面前，不然在其他人面前你就出醜了。」

許放：「……」

之後林兮遲就邊咬著披薩邊跟他講解著其他動物的習性，直到興致過了，才繼續吐槽他那沒文化的誇獎。

等注意到他的冷臉，她才迅速收住聲。

許放沒有吃宵夜的習慣，此時也不餓，吃了幾口就沒動了。他拿紙巾擦了擦手，單手撐著下巴，看著對面的林兮遲。

她似乎一直沒有什麼變化，額前留著薄瀏海，頭髮剛過肩，細軟蓬鬆。吃東西的時候不太注意形象，臉上蹭到了醬都不知道。

也依然總喜歡惹他生氣，然後再來哄他，像是樂此不疲。

許放拿起旁邊的紙巾，探了過去，幫她擦著臉上的污漬，輕聲說：「吃到臉上也不知道。」說著，他抬起了眼，漫不經心地對上她的視線，學著她剛剛的話：「幸好是在我面前，不然在其他人面前妳就出醜了。」

林兮遲剛吃完一塊，又拿起一塊，吃著披薩的小角，含糊不清地說：「可我在別人面前不這樣啊。」

許放手上的動作頓了下，眉眼一挑：「是嗎。」

林兮遲沒再說話，腮幫子一鼓一鼓的，慢吞吞地啃著手裡的東西。

林兮遲點的披薩是八吋的。這個大小是雙人份，可許放沒怎麼吃，她也吃不完，剩下一半。到後來，她吃東西的速度變得很慢。

許放看了她幾眼，拿了塊披薩開始吃。

林兮遲好不容易把手上的那塊吃完，鬆了口氣，捧著水杯喝了一口。她實在是吃不下了，整個人靠在椅背上，百無聊賴起來，雙腿晃蕩著去碰他桌下的腳。

許放沒躲，輕飄飄地看她一眼，吃東西的速度加快了。

她還想去逗他玩的時候，手機鈴聲響了。

林兮遲臉上還掛著笑，側頭一看，發現來電顯示是林母。她的眼睛眨了眨，想起剛剛傳的訊息，猶豫著接了起來。

林母的聲音一如平時，溫和帶著笑意：『遲遲，妳來B市玩了？』

林兮遲「嗯」了一聲：「我來找許放。」

『那妳住哪？』林母的聲音帶了點責備，旁邊隱隱能聽到林父的聲音，『妳怎麼不跟媽媽說一聲。』

林兮遲不知道該說什麼，只能訥訥道：「我住飯店。」

『……』林母頓了頓，過了幾秒才輕聲說：『妳剛剛看到玎玎沒打聲招呼就走了嗎？妳們兩個也沒說說話，她現在不像之前那樣了，看了好幾年的醫生，已經好很多了。』

林兮遲又「嗯」了一聲：「那就好。」

這些年，她和父母之間的溝通變得很少。

跟林母打電話的時候，林兮遲不再像從前那樣，主動跟她說自己最近發生的事情，大多數時間都是聽她說。

林母不是話多的人，常常說著說著就沒話說了。

會不自覺出現一段時間的沉默，之後雙方便草草掛了電話。

到後來，林母打電話給她的次數也少了。

通常只有到她生日，或是什麼大型的節假日才會打電話給她。

此時又是那種，林母不知道說什麼，林兮遲不主動提話題的尷尬氣氛。

林母嘆息了一聲，似乎有些憂愁：『遲遲，妳回家一趟吧，爸媽都好久沒見妳了。而且妳一個人在外面住，我們也不放心。』

林兮遲下意識看了許放一眼，支支吾吾地：「我已經訂了飯店了……而且奶奶也住你們那，應該沒有多餘的位置給我睡。」

『那就退掉。』林母替她決定下來，『妳可以跟玎玎一間房，她的床不小。』

林兮遲不知道該怎麼形容自己此刻的心情，她找不到理由了，只能誠實地答：「我不想。」

林母以為自己聽錯了：『什……』

電話似乎是擴音的，此時林父也出了聲，聲音多了幾分嚴厲：『不想回家住？那妳是跟許放住一起嗎？』

林兮遲沒說話。

接下來聽筒裡傳來了林母哄著林父，讓他別生氣的話。

又傳來一陣窸窸窣窣的聲音後，林母跟她說：『遲遲，妳跟許放現在怎麼樣，你們已經談戀愛六年了吧？打算什麼時候登記？』

「應該快了吧。」

『什麼叫應該，他是不是沒跟妳提過。』林母嘆了口氣，語氣帶著勸哄，『媽媽實話實說，許家那孩子，我從以前就不看好。讀書什麼的一塌糊塗，不思進取，性子還不好。最近要畢業了吧，之後還要在部隊待多少年。妳當初跟他在一起的時候，我就不想同意，但我當時沒精力管——』

林兮遲握著手機的力道慢慢收緊，突然覺得有點好笑，打斷她的話：「那妳現在有精力了嗎？」

此時許放已經把面前剩餘的東西吃完了，坐在她對面玩著手機，聽到林兮遲語氣變得這麼不客氣時，愣愣地抬起了頭。

林父火了：『說什麼話！』

這次林母沉默了許久，才說：『遲遲，妳是知道家裡的情況的，玎玎當時狀態不好，還趕上了耿耿升學考，我們可能忽略妳了。但妳一直很懂事，成績很好，性格也好，什麼都不需要我們操心，所以……』

「我也沒有很懂事。」林兮遲忍不住了，低下頭，伸手去揪衣服上的線頭，「我也不想把所有的時間都用來讀書，但是……」

她像是想起什麼，聲音一哽：「是因為，之前我聽到奶奶跟妳說，叫妳別再把錢花在我身上，錢都留給林玎和耿耿。」

「我怕妳會聽了她的話，真的不讓我上學了。」林兮遲吸了吸鼻子，「那我就自己拿獎學金，然後繼續讀書啊。」

『……』

「林玎的狀況不好，我也覺得不開心。你們想搬去B市那邊，我沒有不同意。那邊的醫療條件好，過去是很好的，但是，我希望你們能在走之前跟我說一聲。」

「不能抽空過來找我，打個電話的時間也是有的吧。」

她的眼睛突然紅了，很平靜地重複了一遍：「我也沒有很懂事。」

「你們叫耿耿過去過年的時候，我希望你們能叫上我，就算不能讓我過去，我也很希望你們能跟我說句新年快樂。」

「這又不是什麼很難以做到的事情。」

「如果當初你們沒有領養我，我可能無法過上現在這麼好的生活。」林兮遲嗚咽出聲，又強忍著克制住，「但是我就是覺得你們一點都不好，我就是想……怪你們。」

說完最後三個字，林兮遲結束了談話，那邊沒有說話。

她掛了電話，止住哭聲，地用手心蹭了蹭眼淚。

許放已經把東西收拾好了，見她把電話放下之後，便起身牽住她的手。感受她手上的濕潤，他的動作一停，低頭看了她一眼，卻什麼沒說。

扯著她出了店外。

夜市熱鬧非凡，一路上人來人往。

林兮遲全程低著頭，沒看路，只靠許放帶著。

走到人少的地段，許放的腳步才慢了下來，抿了抿唇，想跟她說點什麼。

他還沒開口，身後的林兮遲突然停下了腳步，定在原地不動了，像是個大人不讓買玩具就不肯走的小孩。

「屁屁。」

許放回頭看。

林兮遲的眼睛紅紅的，沒再掉眼淚，說話時卻還帶著淺淺的鼻音：「我都準備好了……」

許放用指腹蹭了蹭她發紅的眼角，認真問：「準備好什麼？」

她吸了吸鼻子，猶豫了一下，很小聲地說：「你怎麼還不說要跟我結婚。」

聽到這話，許放的動作僵住，垂下眼眸。看著她略顯緊張的表情，他的喉結輕滾著，喉嚨發澀。

很久以前的感受再度席捲。

在這一瞬間，他像是回到了多年前的那個盛夏。看著記憶裡的那個少女，從溫室裡被移植，如同鮮豔的花瓣般無聲凋零。

可他卻不曾察覺。

林兮遲向來直白，在他面前都是有什麼就說什麼。就連一件微不足道的小事情，只要覺得有意思，都要特地翻來覆去跟他分享多次。

可當她真的出了事。

如果真的出現讓她覺得難過的事情，她反倒會自己一個人憋著不說，默默地胡思亂想。

結婚這件事情，許放從沒跟她提過。

但她也像個沒事人一樣，從來沒有催過他，也沒有問過這件事情，像是完全不在意。所以許放從來沒想過，她會在這件事情上沒有安全感。她會擔心他是否是不情願，才一直沒有主動跟他提及過這件事情。

許放微微俯下身子，抬起手，抵著她的後腦勺往懷裡按。

林兮遲的臉悶在他的胸膛前，眨著眼。因為一鼓作氣說出來了，此時膽子也大了起來，鍥而不捨地說：「你不要拖我一下就直接當作沒聽見我說的……」

許放打斷她的話，語氣像是帶著點笑意，還是照例吊兒郎當。

「妳也太看得起我了。」許放的下巴在她腦袋上蹭了下，聲音低啞，「不跟妳結婚，那我會未婚一輩子——這我可受不了。」

周圍有熱風吹過，吹在林兮遲的指尖處，帶了些燙意。

像是順著指尖，十指連心，連到了心上。跳動著的心臟隨之發熱，速度不斷加快。

林兮遲不安的心情一掃而光，腦袋慢吞吞地抬了起來，思考著他剛剛說的話：「所以如果我不肯跟你結婚的話，你就不結婚了嗎？」

許放的眉眼稍揚，烏黑如鴉羽的眼睫覆在眼睛上方，顯得那雙眼越發深邃。他的聲音略沉，神情是難得得鄭重：「不然？」

說完他便扯著林兮遲往前走。

「我可不一定的。」彷彿鬆了口氣，林兮遲眼睛彎了起來，還帶著淺淺的水光，「你不早點跟我結婚，我還有好多——好多——好多——的選擇。」

她還用另一隻手比著手勢，像是要引起他的重視。

「……」許放往後看了一眼，語氣變得刻板了起來，十分不爽，「妳可以試試。」

「那你在磨蹭什麼，你現在就可以求了呀。」林兮遲非常大氣，主動提道：「我連鮮花戒指都不用，下跪也免了，你直接說一句就好了。」

許放的視線重新向前，拉著她往飯店的方向走。

他沒有順著她的話和語氣，把這事情當成玩笑。

許放神色正經，認認真真地說出自己的想法：「再等一段時間，畢業後的分配下個月會出來，之後我會打結婚報告。」

說到這，許放的聲音頓了下，像是嘆息了一聲：「可能妳覺得沒有必要，但別人有的東西，我都一定要給妳。」

想幫她將碎片拼湊，讓她不再患得患失。

想用自己的力量，建造一個只屬於她的溫室，讓她能夠永遠待在裡面，不用再擔心會被迫驅逐，更加燦爛地綻放。

還想要給她很多很多的驚喜，讓她不會再羡慕其他人所擁有的東西。

她缺少的那部分，許放沒有能力替她補回。

所以只能在其他方面，讓她比其他人擁有得更多。

「……」

「所以這些話，妳聽了就過，只要記住一點。」許放牽著她走在前頭，林兮遲只能看到他的背影，聲音隨著晚風傳來，「我比妳更想，更想要結婚。」

回想起剛剛林兮遲在店裡的模樣。她紅著眼眶，強忍著嗚咽，字句清晰地說著：「我也沒有很懂事……」

許放垂下眼，聲音微帶啞意：「我什麼都不需要妳做。」

「妳不需要懂事，也不需要想著主動去做什麼。喜歡惹我生氣也好，愛鬧脾氣也好，一直長不大也沒關係，想做什麼事情都好。」

「可能還需要讓妳再等我一段時間，但不會太久了。」

夜空下，遠離了繁華的夜市，小巷裡幽深靜謐。白亮的路燈照射在水泥地上，除了他們兩個，看不到任何人。

他的背影高大寬厚，像是能為她撐起一片天。

這些年，他們一直都是聚少離多。

林兮遲雖知道他每天都在做什麼，但因為不是時時刻刻待在一塊，很多細枝末節的事情她不能察覺，也不知道會對他造成什麼樣的影響。

可他獨自一人在別的城市，獨自一人經歷了許多事情。

在她的面前仍舊沒有什麼變化。

依然像從前那樣對她，會因為她的話而生氣，也會在大吵後妥協地跟她示好；做什麼都會第一個想起她，會幫她安排好一切，就算不在她的身邊也能第一時間察覺到她的情緒。

很神奇的，他就像寶物一樣。

只要在他面前，林兮遲覺得自己永遠都不會長大。

也永遠都不需要長大。

才在外面走了這點時間，林兮遲就精疲力竭了，體力差到不行，一回飯店房間就往床上倒。她連鞋子都不脫，懶洋洋地垂在床邊。

許放站在桌旁，把剛剛買的東西收拾好，才望向她所在的位置。看到她這副不成體統的模樣，許放的眉頭一皺，走過去坐在她旁邊，邊幫她脫鞋邊板著臉說：「趕緊去洗澡。」

林兮遲埋在被子裡的臉突然抬了起來，瞬間明白他話裡的含義，笑咪咪地。

「然後把自己送到你床上嗎？」

許放：「……」

她到底從哪學的？

許放把她拽了起來，漆眸不帶情緒，唇線抿直，指尖用力扯了扯她的臉頰，像是有些不可思議：「不要自作多情。」

林兮遲輕哼一聲，把他的手拍開：「屁屁，你這個狂野縱欲系的就不要假裝自己是清冷禁欲系的好嗎？」

「……」

「我都不想說你了。」林兮遲用腳踢他，「都認識多少年了，該懂的都懂，你再怎麼裝我都能看清你的本質啊。」

許放抓住她的腳踝，面無表情地說：「叫妳少看點小說，沒聽？」

「為什麼不讓我看。」林兮遲想拽回自己的腳，沒拽回來，「你是不是怕我把你跟小說裡的男主角對比，然後嫌棄你。」

「怕個屁。」許放的指腹略帶薄繭，慢條斯理地摩挲著她的腳踝，「老子一個人吊打他們全部。」

「……」

林兮遲被他的厚顏無恥驚到了，剛想說什麼，口袋裡的手機響了起來。她嘟囔了句「要是小說男主角都像你這樣那誰還看小說啊」，之後才接起電話。

許放：「……」

坐在旁邊看著她接電話，想著她剛剛說的話，許放突然被氣笑了，不再理她，起身拿了衣服便進浴室裡洗澡。

來電話的是林兮耿。

林兮遲提前跟她說過，端午節會到B市找許放，所以讓她有空的話，就回家跟外公一起過節。此時林兮耿就是在外公家裡打電話給她：『妳去那邊遇到林玎了啊？』

林兮遲點頭：「嗯。」

『媽媽剛剛打了個電話給外公，我聽到了一些。』林兮耿的聲音輕輕地，『反正妳做自己想做的事情就好了，不用聽他們的。』

「我知道。」

『林玎那邊……唉不管了。』林兮耿也有些煩躁，『對了，我剛剛還聽到外公把媽媽罵了一頓，哦，現在還在罵……』

像是把手機放遠了，林兮遲聽不太清她後面的話，卻能聽到外公毫不退讓的怒罵聲：『許放那孩子不好？那孩子我看著長大的，我人老眼睛還沒瞎！倒是妳，我確實是沒教好——閉嘴！不去妳那住怎麼了？妳當妳那在發錢嗎誰都趕著去……』

「……」

林兮遲很久沒聽到外公這麼健壯有魄力的聲音了。

雖然知道不應該這樣想，但聽到外公替她撐腰，也站在許放這邊，替他們指責著林父林母，她莫名有點得意和幸災樂禍。

林兮遲高興地坐了起來。

與此同時，林兮耿把電話貼回耳邊。

林兮遲把自己埋進被窩裡，在裡面悄悄跟她說：「林兮耿，我跟妳說，我很快就會跟許放結婚了。」

林兮耿好奇道：『他怎麼跟妳求婚的？』

林兮遲眨了下眼：「還沒求啊。」

『……那怎麼就快了？』

「他說會跟我求呀，但要我裝作不知道。」林兮遲在被子裡滾了一圈，自顧自地樂著，「他要給我驚喜。」

『……』兩個幼稚鬼。

但聽她這麼開心，似乎沒被父母影響到，林兮耿鬆了口氣，也替她開心：『那祝妳新婚快樂。』

恰在此時，許放打開浴室的門，從裡頭出來。

他的腦袋上搭著一條純白色的毛巾，身上還冒濕氣，穿著短袖短褲，露出健壯的手臂和腿。

林兮遲下意識就說了句：「屁屁你怎麼洗得這麼快。」

許放走過來坐在她旁邊，抬眸看她，懶洋洋道：「洗個澡要多久。」

電話那頭的林兮耿聽到他們的對話，也聽到林兮遲對許放的稱呼，覺得有點好笑：『林兮遲，妳老是這樣喊許放哥，他不會生氣嗎？』

「什麼？」

『就妳幫他取的那個外號啊，我記得妳這樣喊他的時候，他的表情好像都不太好看啊。』

林兮遲反應過來：「妳說屁屁嗎？」

許放還以為她是在喊自己，還很自然地應了一聲：「嗯？」

林兮耿：『是啊。』

「啊——他怎麼會生氣。」林兮遲湊過去幫許放擦頭髮，語氣一本正經，「他很喜歡這個名字啊。」

林兮耿愣了下：『真的假的。』

許放也看了過來，大概能猜到她們在說什麼。

「妳想想，外號這東西都是看人的。如果妳很胖，妳也很在意這個事情，別人幫妳取了個外號，說妳是胖子，那妳聽到肯定會渾身不自在吧。」林兮遲把手機夾在肩膀和耳朵之間，騰出兩隻手幫許放擦頭髮，「或者妳因為個子矮很自卑，被別人提到矮這個字也會很不舒服呀。」

林兮耿沒反應過來：『妳怎麼扯到這上面來了。』

許放跟她面對面的，看著她一本正經地胡扯。

「可許放不一樣啊。」林兮遲完全沒有許放在自己面前，說話要收斂點的自覺，「他如果不喜歡我這樣喊他，就等同於他不喜歡屁這個字。」

『……』

「但他說話就喜歡帶屁字。」

「舉個例子，在不爽的時候，有些人會說，『開心個頭』，或者『開心個鬼』，又或者『開心個鳥』，但許放不一樣。」

「他會說『開心個屁』。」

林兮遲越說越覺得自己說的格外有道理，還抬起眼，很期待地看著許放。

「所以可以以此推導出，許放很喜歡屁屁這個名字。」

許放：「……」

第十六章 讓我有點困擾啊

電話那頭的林兮耿明顯信了，語氣恍然大悟：『哦，好像是欸，我之前還以為妳是因為他不喜歡，想跟他作對，才故意一直這麼喊。』

兩人的距離極近，許放能很清楚地聽到林兮耿說的話。

見他沒反應，林兮遲的眼睛一眨，視線從他的眼睛挪到他的頭髮上，很善解人意地說：「沒有啊，他不喜歡的話，我肯定就不喊了呀。」

盯著她的表情，過了幾秒，許放像是被氣到了，將毛巾扯過，背過身，自己把頭上的水擦乾。

許放洗完澡沒有用乾毛巾擦身的習慣，所以此時他的上衣沾了點水，黏著背脊，將他背部的輪廓勾勒了出來。

房間的燈光很明亮，林兮遲看著他的背影，舔了舔唇，又跟林兮耿說了一下話，之後把電話掛了。

林兮遲磨蹭了一下，湊過去問他：「屁屁，你生氣了嗎？」

許放的頭髮短，把水擦乾之後基本就乾了。他把毛巾搭在腿上，單手拿著手機，不知在看什麼。

聽到她的話，許放側頭看她，漆瞳染著水汽，沉而深邃。他的嘴角輕扯，很直接地說：「知道還問？」

「哦。」林兮遲沒有給他多大的回應，又湊近了些，伸手摸了摸他的腦袋，很敷衍地哄了一句，「那你別生氣了。」

「……」

說完她不等許放的反應，直接下了床，赤腳跳到桌邊，往包裡摸索著自己帶來的換洗衣物，之後進了浴室。

看著她的動作，直到聽到關門的聲響，許放才冷笑出聲，把毛巾扔到一旁，躺到床上。

過了一下，他悶不住，想到林兮遲在裡頭洗澡，便起身拿起遙控器，把空調的溫度調到最高。

他躺回床上，正想翻個電影來看的時候，手機響了。

來電顯示不是陌生的人，許放能猜到對面打電話給他的原因。他的眼眸向下垂，像是在想事情，很快就接了起來。

林兮遲還在洗澡，從這裡能聽到裡頭傳出嘩嘩的水聲。

許放的坐姿筆直，主動問了聲好：「林叔叔。」

電話那頭傳來男人略帶威嚴的聲音，帶著點客套的親切感：『許放，聽你爸媽說，你來B市讀研究所了？』

許放頓了下，輕輕應了一聲：「是的。」

『是這樣的，遲遲那孩子最近在跟我們鬧彆扭，你看你能不能勸勸她，讓她回家一趟。』林父斟酌了下，嘆息了一聲，『這幾年我們是有點忽略她了，但都不是本意。』

許放沒說話。

『她媽媽剛跟她外公打了個電話，現在一直哭。你勸勸她，讓她回來跟她媽媽道個歉，不懂事也要分場合。她現在也不小了，該懂每個人都有各自難處，我們不是故意忽略她的感受，她媽媽這幾年過得很辛苦……』

像是找到一個樹洞，也像在求許放的認同，林父一開口就停不下來，一直說他們的艱難。時間能改變一個人，經歷過的事情也能改變一個人的想法。

還記得很久以前，許放記得林父和林母，對待孩子是耐心而有條理的。雖然嚴苛，卻會很敏感地注意到她們的情緒，會幫她們規定每天要做的事情，也會在有空的時候帶她們出去玩。

當時確實是，很好很好的家長。

而現在，他們的情況不似當時。他們無法再接受自己有另外一個差錯，只能下意識推脫責任。

他們已經沒有別的精力了。

覺得這輩子把林玎弄丟，讓她受了那麼多苦，光是為了彌補這件事情，就已經耗去了所有。他們沒有勇氣再去承擔別的責任，儘管他們已經察覺到自己的不對。

良久後，林父的語氣變得沉重了起來，能聽到話裡夾雜著淺淺的嘆息聲：『也罷，我們再想想辦法吧。但許放，叔叔有句話一定要跟你說，遲遲那孩子性子強，說什麼都聽不進去。你們——』

許放的嘴唇輕抿，聽著他接下來的話。

『確實不適合。』

『軍人這職業有一定危險性，去部隊之後，你們肯定無法像現在這樣，有那麼多見面的時間。』

『說一句不好聽的，如果你以後執行任務，出了意外事故，你讓她怎麼辦。』

『當然我也不是說讓你們分開，只是希望在你轉業之前，你們就先暫時，不要提結婚的事情吧——不然以後多影響遲遲。』

等林兮遲從浴室裡出來，已經是半個多小時候後的事情了。

她故意連頭髮都沒擦，腦袋上搭了條毛巾便出來了。髮梢處滴著水，小臉蛋白淨濕潤，一雙眼大而清澈。

許放還坐在原來的位置上，手機放在一旁，他垂著頭，像是在發呆，看不出在想什麼。

林兮遲洗完澡出來了，許放像是沒察覺到一樣，整個人一動不動。等她走到他面前，他才慢悠悠地抬起了頭。

感覺他的表情不像還在生氣，但也說不上是什麼情緒，就是比她去洗澡之前的神情，看起來黯淡了些。

林兮遲蹲在他面前，杏眼圓而亮，像是一隻討主人歡喜的小狗，她捏著他的指尖，終於開始認真哄他：「你居然還在生氣。」

「……」

「我本來還想讓你禮尚往來一下。」林兮遲有些苦惱，「那算了，我自己擦頭髮。你別生氣了，我剛剛幫你擦頭髮就是在哄你，你就當我剛剛的行為是不求回報的——」

還沒等她說完，許放便抬起了手，拿起搭在她腦袋上的那條毛巾，默不作聲地揉搓著她的頭髮。

林兮遲眨著眼看他，站起來坐在他旁邊，悶悶地解釋：「我就是覺得你喜歡這個名字呀，不然我跟別人一樣喊你許放，那多生疏啊。」

許放沒搭腔。

林兮遲乾脆抱著他，臉往他身上蹭，耍賴般地喊著：「你！不！要！生！氣！了！好！嗎！」

許放瞥她一眼，終於開了口：「誰生氣了。」

聽到這話，林兮遲抬頭看他，表情還有些小心翼翼：「那你怎麼不開心。」

他輕笑一聲：「裝的。」

「……」林兮遲忍不住輕踢了他一腳，這才鬆了口氣，開始指使他，「你去拿吹風機給我，幫我吹頭髮。我不想動了，我好累。」

許放的眉眼一挑：「妳什麼時候不累。」

林兮遲很直接：「你不在的時候。」

「……」

許放沒再說什麼，起身到浴室裡拿吹風機。

林兮遲趴在床上，拿起被她放在床頭櫃上的手機，打開網頁開始搜尋：現役軍人結婚的規定和流程。

等許放回來了，她換了個位置，趴在他的腿上，看著網頁上的內容。

把大致的流程看完，林兮遲突然看到其中一項——部隊響應國家號召，提倡晚婚，男性提倡滿二十五歲後結婚。

二十五歲。

林兮遲暗自在心中算。

等許放過完今年的生日，他就二十五歲了。

哦，剛剛好。

林兮遲心滿意足地點點頭。

她繼續往下滑動，又看到了一句——《刑法》規定了破壞軍婚罪，對軍婚予以特別保護。法律規定：「現役軍人的配偶要求離婚，須得軍人同意。」

看到這話，林兮遲愣了下，瞬間抬頭看著許放。

耳邊是吹風機運作時發出的呼呼聲，格外吵。

她的動作很突然，許放差點把她的頭髮捲進吹風機裡，嚇了一跳。他立刻關掉吹風機，皺著眉問：「妳幹什麼？」

「屁屁。」林兮遲把手機上的內容給他看，「這個真的假的。」

許放漫不經心地掃了一眼，沒多在意，輕輕應了一聲：「嗯。」

林兮遲「啊」了一聲，呆滯地看他，訥訥道：「那如果是你提離婚呢？」

沒想到她會說出這樣的話，許放的表情立刻難看了起來，「說什麼東西。」

林兮遲直接把這話理解成「只要他提了離婚她就必須離」的意思，她猛地坐了起來，胡攪蠻纏地壓在他身上，不敢相信地說：「許放！你還要不要臉！」

許放：「……」

「不行，我不管。」林兮遲俯下身，洩憤般地咬著著他的脖子，「這太不公平了！我纏了半天的結婚你只要說一句就離了嗎？你做夢！」

說著，林兮遲抬起頭，直視著他：「我要弄個婚前協議，你要是想跟我離婚，你就要自宮！自！宮！」

「……」

他在她心中到底是什麼形象？

林兮遲撒起潑來什麼都不管，喜歡像個小孩子一樣胡鬧。

夏天的衣服薄，此時兩人的身體緊貼著，隔著的那兩層布料像是不存在了一樣。許放能很清晰地感受到她胸前的綿軟，以及在他身上蹭著的雙腿。

觸感冰涼而軟，在夏日裡格外舒適。

許放本來還想跟她吵架的心情瞬間蕩然無存，他的喉結滑動著，就這麼被她壓著，一動不動，一聲不吭。

脖頸處還殘留著她唇上的觸感，溫熱而濕潤。

他的眼神又黑又暗，彷彿帶著隱火，因她的舉動，開始燃燒了起來。

注意到許放的表情，林兮遲突然察覺到此時曖昧的氣氛。

她向來有賊心沒賊膽，對許放的調戲永遠僅限於口頭上，再進一步，給她一百個膽子也不敢。

林兮遲咽了咽口水，剛剛的氣勢頓時散了，單手撐著床，想爬起來。

下一刻，許放悶哼一聲，扯住她的手腕，把她拉了回去。

林兮遲沒防備，整個人又撲到他身上，鼻尖差點撞上他的鼻子，兩人的距離變得極近，只要她再低下一寸，就能吻到他的唇。

可她還沒開始有動作，許放就半坐了起來，背靠著床頭。她還沒有反應過來，他便急不可耐地低下頭。

這次和往常的任何一次都不一樣。

像是難以自持，又像是隱忍多時。

許放的嘴唇滾燙，捲著她的舌尖，一寸寸地向外帶，像是想把她吞咽進腹。他的動作粗野生澀，唇舌向下挪，舔舐著她的耳垂，再繼續向下——

這樣的熱情讓林兮遲像是溺在水中，帶來了窒息感，他的氣息從四面八方向她撲來，她無法掙脫，也不想掙脫。

略帶薄繭的掌心輕輕帶過她的身體，像是帶著溫度和電流，慢慢燒了起來。

良久，林兮遲大腦一片空白，沒了聲響。

許放深吸口氣，咬著她的脖頸，找回自己的理智。他扯過一旁的被子，捲到她身上。

看著她紅潤的眼尾，以及被他留下的痕跡。

許放閉了閉眼，咬咬牙，再次把她扯進懷裡，聲音低潤又沙啞，含糊不清的，卻又能讓她聽得一清二楚。

「這次先放過妳。」

這次許放在浴室待的時間比往常都久。

聽著廁所裡傳來的水聲，林兮遲坐在床上，神情有點茫然，過了幾分鐘才爬起來把衣服穿上，又開始發呆。

覺得渾身黏糊又濕，難受得很，身上的熱氣半分沒散，林兮遲抬手捂了捂臉，從床上找到空調遙控器，把溫度調低了些。

然後趴在床上玩手機。

心思卻半點都沒放在上面，注意力時不時偏到浴室那邊。

等了二十分鐘，林兮遲有點鬱悶，蹬開被子，起身到浴室門口，拍了拍門：「屁屁，你怎麼洗個澡那麼久。」

大概是水聲太大，掩過了她的聲音，許放沒回應。

林兮遲加大了力道。

「嘭嘭嘭——嘭——嘭——嘭嘭——」

下一刻，林兮遲隱隱聽到許放低哼了一聲，若有似無，淹沒在嘩啦啦的流水聲中，就像是她的幻覺。

她手上的動作僵住，抿了抿唇，回到床上。

林兮遲裝作什麼事情都沒發生，拿起手機，面上不動聲色，內心戲倒是比往常任何時候都要多——

就說了，他每次在廁所都是在做這種骯髒的事情。

之前還不承認，這次被她抓到了，就說他尷不尷尬。

不過剛剛為什麼要停，又不是她讓他停的，還敢口出狂言說以後要……要……

哦，是因為沒有保險套嗎？

想到這，林兮遲愣了下，嘆息了一聲，有些煩惱，覺得許放真是什麼都不懂。她磨磨蹭蹭地挪到床頭櫃旁，小心翼翼地拉開櫃子。

果然。

林兮遲從裡面拿出一盒嶄新的保險套。

恰在此時，許放打開浴室門，從裡頭出來。他重新洗了個澡，薄荷味的沐浴乳味道很濃，氣息鋪天蓋地襲來。

林兮遲往後看了一眼，剛好對上他的視線。

許放的眼睛濕亮，稍稍向下垂，看到她手裡的東西。

氣氛停滯一秒，許放的喉結滑動著，挪開了視線。

林兮遲莫名覺得手中的東西有點燙手，她舔了舔唇角，又想跟他介紹一下，聲音磕磕絆絆的：「屁屁，那什麼，你懂吧，飯店通常都會提供這個的。」

許放沒說話。

林兮遲再接再厲，指著床邊的櫃子：「就放在那個櫃子裡……」

本以為自己不回應她就不會再揪著不放，許放忍無可忍，走到她面前把她手上的東西扔回櫃子裡，「知道，妳快閉嘴。」

隨後他神情僵硬地躺到另外一張床上，拿起一旁的手機看了起來。

林兮遲眨了眨眼。

不懂剛剛許放停下的原因。

她的身上黏糊糊的，此時也想再去洗個澡，便爬了起來，往包裡翻了翻，拿出一套新的睡衣，不小心扯出兩包衛生棉。

看到這個，林兮遲呆住，立刻抬頭跟他解釋：「屁屁，我生理期沒有來呀，這個只是備用的。」

「……」許放看向她，面無表情地問：「妳想說什麼。」

林兮遲很認真：「我就提醒你一下，我怕你不懂。」

「沒有，我都懂。」

這下林兮遲是真不懂了，撓了撓頭：「哦，那你剛剛……」

怕她再說出什麼話來，許放提前打斷她，表情繃住，很生硬地說：「我不想在結婚前做這種事情。」

「……」

林兮遲的嘴唇張了張，「啊」了一聲，像是沒反應過來。很快，她的神情變得古怪了起來，盯著他，目光幽幽的：「看不出你這麼保守。」

總算找到個能讓她信服的理由，許放鬆了口氣：「是啊。」

「……」

許放語氣懶散，吊兒郎當道：「所以妳就不要總想方設法得到我的肉體了，讓我有點困擾啊──」

尾音刻意拉長，聽起來格外欠揍。

林兮遲莫名覺得有點憋，但想到剛剛自己一直試探許放的話，確實像是有種想方設法爬他床的感覺。

她收回視線，不再理他，拿著衣服進了浴室。

等聽到浴室的關門聲後，許放的眼皮垂下來。

回想起林父剛剛的話，他輕扯了下唇角，低不可聞地輕嘆了一聲，神情看起來黯淡不明。

接下來幾天。

兩人的行事風格很隨意，都是當天決定當天去哪，想到想做的事情便出門，想不到便在飯店裡窩一整天。

出乎林兮遲的預料，這幾天父母一直沒打電話給她。她雖覺得奇怪，但也鬆了口氣，樂得自在。

想著許放的話，林兮遲還刻意跟他保持了距離。因為訂的是雙人房的關係，她原本還有半夜去爬他床的想法，也因此而消失。

林兮遲的假期放到三十一號，但許放三十號晚上就要回學校。許放想幫她改三十號回去的機票，被林兮遲攔著了。纏了他一天之後，時間到了才把他送到學校門口，之後自己一個人回飯店。

她一個人在一個不算特別熟悉的城市，許放格外不放心，在她回程的路上，還跟她講了一路的電話。

等確定林兮遲回到飯店，兩人又說了幾句，才掛掉電話。

林兮遲垂頭看了手機一眼，忽地注意到她和許放打電話的時候，有個B市的號碼打了進來，時間在十分鐘前。

她沒想太多，想著應該是騷擾電話，便放下手機，到浴室洗澡。

等林兮遲再出來，看到一旁的手機時，又想起了剛剛那個電話。她定了定，莫名有種強烈的想打回去的欲望。

房間裡安安靜靜的，光線明亮的有些刺眼。

林兮遲躺到床上，睜著眼盯著那束光，神情有些呆滯。放棄剛剛的想法，她想著事情，漸漸犯睏。

很快，她爬了起來，關上房間的燈。

準備睡覺的時候，電話再度響起。

林兮遲下意識認為是許放，連來電顯示也沒看，直接接了起來，懶洋洋地問：「點完名了？」

那頭很安靜，遲遲沒給她回應。

林兮遲等了一下，納悶道：「你怎麼不說話？沒訊號嗎？」

說著她把手機拿離耳邊，看了一眼。這才發現打電話給她的人不是許放，而是剛剛那個B市的陌生號碼。

見狀，林兮遲猶疑地把手機貼回耳邊，小聲問：「您好，您是哪位呀？」

過了幾秒，那頭終於有了動靜，聲音輕而啞，說出了出乎她預料的名字。

『我是林玎。』

「……」

林兮遲從來沒想過林玎會有主動打電話給她的一天。

她的呼吸一滯，神情有些茫然，嘴巴動了動，卻不知道該說什麼。

電話裡安靜了很久，林玎也沒有開口。

林兮遲的眼睫顫抖著，像是忍受不了這樣安靜的氣氛。良久後，她主動問：「妳有什麼事情嗎？」

林玎的聲帶像是被傷過，說起話來帶著點沙，聲音偏中性：『之前妳跟爸媽打的電話是擴音的，我聽到妳說的話了。』

「……」

她的聲音發顫，一字一頓地說：『對不起。』
這是一個預料之外的電話。
這也同樣是一句預料之外的話。
林兮遲握著手機的力道抓緊，喉間一哽，鼻子莫名一酸。
二〇〇七年，透過DNA資料庫，警方通知了林父和林母，告訴他們找到了失蹤孩子的下落。林父和林母過去之後，當天就把林玎帶了回來。
林兮遲還能記得第一次見到林玎時，她的模樣。
因為營養不良而造成的面黃，頭髮像枯草一樣，瘦得明顯凸起的骨頭，以及走路一跛一跛的模樣。她的表情怯懦又恐懼，茫然地看著四周。
像是一個外來者，就連她自己都覺得格格不入。
雖然父母從來沒跟林兮遲說過林玎先前發生的事情，但從親戚的口中，她大概瞭解了一些。
林玎被拐賣的時候才七個月大，她沒有記憶，思考也還沒成型，被人販子賣到一個偏僻的村子，一戶生不出孩子的人家。
林玎過得不算太慘。雖說那家人對她不算多好，但會送她到村裡的小學上學。
後來，在林玎十二歲大的時候，那戶人家的女主人居然意外懷上了孩子。
而且還是個男孩。
老來得子，他們想把最好的都給那個孩子，卻沒有能力和金錢。然後，他們把主意放到林玎的身上。

二次倒賣。

他們把林玎再度交還給人販子，換取一筆金錢。人販子又將林玎賣給了另一戶人家，給那家的傻兒子當老婆。

林玎逃跑過一次，被打斷了一條腿。

那些事情多可怕。

林兮遲沒經過那些事情，但只要想到那些話，都覺得毛骨悚然。

可林玎是實實在在的承受過。

她的記憶裡，大概有百分之八十的時間，都是黑暗而絕望的。

把林玎接回來之後，林母專門請了醫生，替她調養身體。

又過了一段時間，林父和林母不希望她整天待在家，問了林玎的想法後，便替她辦了國中入學手續。

可林玎小學都沒讀完，什麼都跟不上。

那時林兮遲讀國三，正值要會考的時候，每天在學校就把自己的作業都做完，回家開始教林玎，幫她補回那些缺失的知識。

她們曾十分親密地相處了兩年。

到後來，林玎的歇斯底里，那像是淬了毒藥的目光，以及拿著東西往她身上砸，用力扯著她頭髮的力道——

要說不怪嗎？怎麼可能呢。

可是在這件事情裡，林玎才是最大的受害者。

她的一生，毀於林母的一次粗心大意，之後再得到多少疼愛，擁有多少東西，發洩多少情緒，都彌補不了。

林兮遲垂下眼簾，不知道該怎麼回應。

不需要她的回應，林玎很快又道：『後來爸爸打了個電話給許放，感覺說的話挺過分的——我不知道妳知不知道，就跟妳說一聲……』

她的語氣帶著點怯懦：『那我掛了。』

林兮遲突然喊住她：「林玎。」

林玎一頓。

「妳過得好嗎？」

『……挺好的。』

「那就好。」

『……』

「我也挺好的。」

沉默下來。

良久後，林玎再度開口，聲音帶著哭腔，『……那就好。』

掛了電話，林兮遲把手機放下。

室內的窗簾緊閉，沒有一個縫隙能讓窗外的光線照射進來，漆黑一片。她睜著眼，卻什麼都看不到，一時間分不清現實和虛幻。

林兮遲不知道林玎為什麼會打這個電話給她。

他們在二〇一二年的新年從溪城搬到B市，到如今，已經過了五年多了。

可能林玎搬到了新的地方，一直堅持看心理醫生，遇到了很多很好的人。

也開始發現，這個世界其實不是每個角落都是黑暗的。

她發現了一點點色彩。

慢慢地，漸漸地，就會發現更多更多令人滿懷期待的事情。

她不再封閉自己，不再把所有的怨恨都發洩在一個人身上，不再把自己的時間都用來沉浸在過去那段痛苦的時光。

她也想拯救自己。

然後，開始回應和擁抱這個溫暖的世界。

林兮遲看了看時間，此時才十點出頭。

因為剛剛的電話，她忽然沒了睡意，開了床頭的燈。她翻了個身，趴在床上，把手機放在自己眼前，默不作聲地盯著螢幕。

默數了幾十秒，還不到一分鐘。

像是心有靈犀一樣，手機螢幕亮了起來。

來電顯示：屁屁。

林兮遲彎了彎唇，迅速接了起來。

許放剛點完名，洗了個澡便打電話給她，語氣略顯散漫：『在幹嘛？』

林兮遲抱著枕頭，小聲道：「我準備睡覺了。」

『嗯。』許放應了一聲，『跟我說點話再睡。』

林兮遲跟他提剛剛的事情：「屁屁，剛剛林玎打了電話給我。」

聞言，許放頓了下：『為什麼打電話給妳？』

「她跟我道歉了。」

『……』許放抿了抿唇，『那妳怎麼回。』

「我沒怎麼回呀。」

『不怪她？』

聽到這，林兮遲掩著嗓子思考著，很快便道：「想到那個時候還是有一點點不開心，但我覺得那些事情好像沒什麼好想的。」

『……』

「而且她是生病了，她無法控制自己。」林兮遲撓了撓頭，回想著以前的事情，「其實她國一去學校的時候就很明顯了，有男生碰到她她就會開始尖叫，而且同學都嘲笑她的腳。不到半個學期，她就不肯再去了。」

許放沒說話，聽著她說。

「我覺得早該帶她去看醫生。」說到這，林兮遲悶悶地哼了一聲，「不聽我的就算了，還說我不對。現在這樣多好。」

『誰說妳不對？』

林兮遲脫口而出：「奶奶啊。」

說完她立刻收住了聲，微鼓著腮幫子，把臉埋進枕頭裡。

許放下了床，走到陽臺跟她說話：『討厭奶奶？』

林兮遲抬起了頭，小心謹慎地問：「這個能說嗎？」

『嗯。』

林兮遲忍不住道：「有一點討厭。」

許放的聲音帶著笑意：『嗯。』

「這種討厭是，」林兮遲想了想，掰著手指跟他說：「我不會主動去找她，新年不會跟她問好，賺了錢也不會給她養老的那種討厭。」

許放挑了挑眉：『這不就是很討厭嗎？』

「這哪算。」林兮遲為自己辯解，「很討厭的話是，她摔倒在地上爬不起來我都不會去扶，這才叫很討厭。」

林兮遲板起了臉，教訓他：「你不要反駁我的話，而且我討厭的話，你也要討厭。」

許放在這頭無聲地笑，聲音帶著輕輕的氣息：『知道了。』

話匣子開了，林兮遲乾脆把想說的都告訴他，皺著鼻子：「爸爸媽媽也不算很討厭，就希望他們別管我了。」

她的聲音低了下來：「覺得有點煩。」

這麼多年都是這麼過的。一開始可能覺得很難受，很難熬。但時間久了，她突然發現，少了那幾個人，對她的生活好像沒有什麼影響。

她依然能活得很好，依然有重要的人，也依然有把她當成心上至寶的人。

「還有林玎。」林兮遲抓了抓臉，略微思考了下，「雖然不是很討厭她，但也不是那種想再跟她見面的不討厭。」

她第一次跟自己提這些事情，將自己的內心世界毫無保留的說給他聽。

許放的眉眼柔軟，帶著縱容，『那以後就不見了。』

「以後外公最重要。」林兮遲不再去提那些，顧自說起喜歡的人，「屁屁和耿耿並列第二……哦，那我還要選個第三款，只有前二好像有點寒酸。」

床頭的燈不算亮，房間裡大半都是昏暗的，除了她的說話聲，沒有其餘的聲音。許放不怎麼說話，全程聽她說。

又黑又靜。

林兮遲的睏意漸漸襲來，慢慢地閉上眼，小聲嘟囔著：「對了，讓許叔叔和許阿姨當第三名吧——反正以後也是我的爸媽了。」

『好。』

林兮遲沒了聲響，像是睡著了，許放還能聽到她和緩均勻的呼吸聲。

許放扯起嘴角，卻不想把電話掛掉。

過了一下，林兮遲卻再次開了口，語氣迷迷糊糊地，像是睏極了：「屁屁，我爸爸是不是打電話給你了。」

許放一愣，點點頭：『嗯。』

林兮遲沒再說話。

這次像是真的睡著了。

對這件事情，她彷彿完全不在意，只是隨口一提。

她相信他足夠強大，會解決好一切。

相信他如果真正遇到什麼難以抉擇的事情，一定會告訴她。

相信他就算聽到什麼樣的話，不論怎樣，都會對他們的關係毫不退讓。

晚風微微涼，彎彎的月亮掛在天空中。

一片靜謐中，許放抬頭，盯著那抹柔和的白光，突然笑了聲。

『妳爸爸讓我等轉業之後再跟妳結婚。』

『那我至少三十歲了。』

『我是傻子嗎？』

——「說一句不好聽的，如果你以後執行任務，出了意外事故，你讓她怎麼辦。」

——「當然我也不是說讓你們分開，只是希望在你轉業之前，你們就先暫時，不要提結婚的事情吧——不然以後多影響遲遲。」

——「對不起，我已經決定好了。明年開春之前，我會跟她結婚的。」

——「我已經讓她等了很久了。」

——「不會再拖了。」

隔天，林兮遲一大早起床。收拾好東西，她到前檯退了房，在附近吃完早餐，攔了輛車到機場。

過了安檢，林兮遲到候機室等待。

許放起得比她早，一起床就打電話轟炸她，讓她快點起來，不要賴床。像是完全把她當成沒有生活自理能力的人，時不時就傳訊息給她，提醒她該做什麼。

此時他又傳訊息過來，問她：『登機沒。』

林兮遲：『還沒。』

過了一下，她突然想起一件事情：『哦，我忘了買保險了。』

許放：『……』

登上網路銀行，林兮遲選了個「一千萬飛航意外全球保險」，付款後截圖，傳給許放。

林兮遲很認真：『如果等等飛機掉下來了。』

林兮遲：『你就去領一千萬。』

許放：「……」

神經病。

下了飛機，林兮遲也不提著回家，先是回了外公家一趟。本以為能見到林兮耿，哪知她早自己一步去了學校，兩人剛好錯過。

林兮遲陪外公吃了晚飯，又跟他說了一下話。

明天還要上班，林兮遲沒在這邊留宿，九點的時候跟外公道了別，之後便回了家。

小房子裡幾天沒住人，室內的空氣都悶了幾分。

林兮遲打開窗通風，閒著沒事便將客廳收拾了一番。打掃的勁頭一上來，她乾脆把整個家收拾一遍。

收拾好客廳後，她往四周看了看，進了房間裡。

把一些不用的東西都扔進垃圾桶裡，林兮遲忽地注意到許放給她的那個密碼鎖箱子，被她放在桌腳。

她傾身拿了起來。

這幾天去B市，好幾個數字都沒有試。

那就 0528，0529，0530，0531。

哦，都不是。

林兮遲抱著箱子坐在椅子上，閒著沒事，瞬間忘了許放的囑咐，開始試別的數字。

應該是許放的生日吧，還剛好是在一起那天。

那就 1024。

……也不是。

難道是她的生日？那要明年了啊。

0118。

哦，自作多情了，也不是。

這盒子裡的東西他放了那麼久，感覺應該挺重要的。那能開箱子的那天，許放大概會在自己身邊吧。

那他挑的時間應該是確定他一定在的時候？

他畢業回來的那段時間？

應該不可能是隨便一個數字吧。

接下來的比較浪漫的日子就只有七夕了，但今年七夕都八月底了，那時候他早就去部隊了吧。

林兮遲還是不死心地試了下。

0829。

唉。

她神情疲憊，把箱子扔到一旁。

這個月，醫院難得清閒了一些。

林兮遲不用過之前那樣每天加班的日子，每天準時六點下班，自己弄點東西吃，再洗個澡，還有一大堆的閒置時間。

這天，林兮遲正躺在房間的床上，抱著筆記型電腦在看綜藝。她正想起身到廚房拿瓶優酪乳來喝的時候，手機一響，是訊息的提示音。

林兮遲垂眸一看，發現是林兮耿傳社群訊息給她。

兩人基本不用社群訊息聯絡，此時林兮遲有點好奇她想做什麼。

點開一看。

林兮耿：『兮遲，我有個朋友向我借一萬元錢，我現在手頭上沒這麼多錢，妳幫我轉吧，過幾天我把錢還妳。』

林兮遲：「……」

她轉頭便傳訊息跟林兮耿說：『朋友，帳號被盜了。』

又打開看了一眼，林兮遲懶得回覆那個盜號的，退出了聊天室。她這個帳號是在小學的時候註冊的，到高中還在用。

上了大學之後，因為有了聊天帳號，才閒置起來。

所以分組裡的好友多是她小學、國中和高中的同學。

隨手點進自己的資料看了看，林兮遲突然注意到自己的暱稱是：0710。

她眨了眨眼，想了半天也記不起這個數字的含義。

恰好林兮耿回覆她了：『……無語。』

林兮耿：『居然還喊兮遲……』

林兮耿：『我要吐了…………』

「……」

林兮遲懶得跟她計較，把自己的暱稱截圖給她，問：『這個0710什麼意思。』

林兮耿：『妳非主流啊。』

林兮遲：『？？？』

林兮耿：『妳以前還跟我炫耀過啊。』

林兮耿：『妳說0等於林，7等於兮，10等於遲，讀音像。』

林兮耿：『還說我的耿沒數字替換，一點都不潮。』

「……」

她以前是這種人嗎？

林兮遲抬眼，再次注意到放在桌角的那個盒子。她靈光一閃，突然有了強烈的預感，起身走了過去。她把手裡的手機放在桌子上，拿起盒子。

用指腹推動著滑輪。

0，7，1，0。

她目不轉睛，緊張地舔了舔唇角。

伸手轉動上面的旋轉鈕。

咔噠一聲。

開了。

恰在此時，像是抓到了她的行為一樣，放在桌旁的手機震動了起來。

是許放打過來的。

林兮遲看了手機一眼，呼吸滯住，心虛得完全不敢看盒子裡面的內容，胡亂撥動滑輪重新鎖上。

她覺得許放這人真的是無所不知，一接起電話就否認自己的行為：「我不是，我沒有，我什麼都沒做。」

『……』許放一愣，『妳做了什麼？』

林兮遲怕被他罵，緊閉著嘴，不說話了。

但許放沒追問，他的心情很好，語調比平時高了幾分，帶著笑意：『畢業分配結果出來了。』

林兮遲「啊」了一聲：「分哪了？」

許放：『源港市。』

「……」林兮遲沉默了幾秒，有點反應不過來，「就隔壁城市嗎？我們一起讀大學的那個城市。」

『嗯。』

林兮遲又沉默了幾秒，忽然說了句：「我現在有點激動，我能說句髒話嗎？」

『不能。』許放輕笑出聲，一字一頓地說，『我過兩天就回來了——』

他的聲音啞了下來，像是在說一件期待已久的事情。

『等我回來。』

許放訂的機票是十三號上午的，他到溪城的時候，林兮遲還在上班，無法過去接他。他也不在意，跟林兮遲說了一聲便自己回了家。

下班後，林兮遲出了醫院，一下子就看到站在門口的許放。

距離上次見面沒過多久，他的模樣沒有任何變化，身姿站得筆挺，頭髮略短，露出光潔的額頭，硬朗分明。

林兮遲小跑過去撲到他的懷裡，笑嘻嘻道：「走，我請你吃晚飯。」

他的眉眼一揚，也笑了：「我請妳吧。」

兩人到附近一家家常菜館吃飯。

全程許放一直夾菜給她，神情高深莫測，一雙眼又黑又亮，直直地盯著她，彷彿把她當成了晚飯：「多吃點。」

林兮遲被他這副模樣弄得毛骨悚然。

回家後，等她脫完鞋子，許放彎腰，直接把她拎到浴室，溫溫和和地說：「去洗澡。」

林兮遲傻了，站在原地：「……我還沒拿衣服啊。」

他抬了抬下巴，示意她往上看。

林兮遲抬頭，突然發現架子上已經放好了她的換洗衣物。

與此同時，許放也關上浴室的門，出去了。

……什麼鬼？

林兮遲十分莫名其妙地洗完了這個澡。

等她出來的時候，許放無縫銜接地進了浴室裡，進去之前還捧著她的腦袋親了一口：「等我。」

林兮遲茫然地回房間吹頭髮。

把頭髮吹得半乾後，許放還沒出來。

林兮遲出了房間，看到茶几上放著一袋東西，看起來是許放先前去了趟超市。她撥開袋子看了看，裡面大多是她喜歡的零食。

她剛好閒著，乾脆把東西收拾好。

林兮遲抱起袋子，走到電視櫃旁，把袋裡的東西一樣一樣往裡塞。

洋芋片。

巧克力。

Oreo。

威化餅乾。

保險套……

林兮遲的動作一僵，重新拿起剛剛的東西看了一眼，反反覆覆地看了三遍之後，才確信自己的眼睛沒有出現問題。

十幾天前，許放好像才說過自己是保守派。

那這東西哪來的？

她沉浸在自己的世界當中，連許放出來了都沒察覺到。

此時許放就站在她旁邊，只穿了件短褲就出來了，光著上半身，露出結實分明的腹肌。他單手撐著櫃門，垂下頭看她，「在看什麼。」

林兮遲張了張嘴，把手裡的東西遞給他看，想問問他是不是不小心拿錯的時候。

許放的眉眼一揚，拖腔帶調地說：「這個啊——」

他的腦袋又低了些，溫熱的氣息噴在她脖頸處，像是刻意的，「要不要一起用用？」

「……」林兮遲頓時把嘴裡的話收了回來，上下掃視他，眉頭微微皺起，「你被鬼上身了？」

許放垂眼看她，小麥色的皮膚，眼睫上還沾著細細的水珠，黑瞳沉沉，像是個無底洞，除此之外沒別的色彩。

林兮遲乾脆上手揪住他的臉，像是要撕掉他的面具，用力向外扯，「還是說，你換了個人回來的？」

許放沒耐心了，抓住她的手腕：「說完沒。」

林兮遲的動作頓了下來，還是不太敢相信，她咽了咽口水，語氣不可思議：「你不是說不想在結婚之前做這種事情嗎？」

許放偏了偏腦袋，遲疑道：「我說過這種話？」

林兮遲：「……」

你還要臉嗎？

林兮遲還記恨他那句「不要總想方設法得到我的肉體」，下意識往後退了兩步，陰陽怪氣地說：「我個人不主張婚前性行為，希望你尊重我。」

「對不起。」許放把她揪了回來，很平靜地說：「我這個人不是很喜歡尊重人。」

「……」

林兮遲覺得許放今天真的是被鬼上身了。

不然她怎麼完全說不過他，連一句話都反駁不了。

林兮遲抿了抿唇，懶得理他了。她把手裡那盒東西塞進他的手裡，繞過他，腳步噔噔噔，想跑回房間裡。

沒跑幾步就被許放抓了回來，整個人被他按在懷裡。

許放垂著腦袋，像是在笑，氣息呵在她的頸窩，薄荷味凜冽，帶來熱情而滾燙的感受，「跑什麼？」

林兮遲抬頭，很認真地看他：「我覺得你今天有點不正常。」

「嗯。」許放彎腰，把她抱了起來，往房間走，嘴裡還低聲重複著她以前說過的一句話，「二十四歲了，不能再忍了，會生病的。」

「……」

林兮遲幾乎要吐血了，第一次知道男人發起情來長這副模樣。

許放進了房間，抬腳用力一踢，把房門關上。他把林兮遲放到床上，慢條斯理地到窗邊把窗簾拉上，視線卻直直地放在她身上。

深邃的眼裡，像是有什麼情緒在翻湧，難以自持。

林兮遲默默地縮進被子裡，對他這種前幾天還古板的像是六十歲的老頭，現在就能風騷得像是混了幾十年夜場的轉變十分難以接受，「你什麼情況……」

許放舔了舔唇角，在原地思索片刻，走到門邊把燈也關了，只留了盞小夜燈：「我還能什麼情況。」

林兮遲的眼睛骨碌碌地，很正經地說：「我覺得應該不是我想的那樣。」

「就是妳想的那樣。」

「可我之前想跟你一起睡個覺。」林兮遲在被子裡打滾，把自己纏成一條毛毛蟲，「你都一副像是被奪了貞操，然後要生要死的模樣。」

「確實要生要死。」許放走過來坐在她旁邊，十分耐心地把她從被子裡剝離，「一直在我旁邊動來動去，搞得老子整晚都是硬的。」

「……」

林兮遲被他的話震撼到了。

她雖然看了幾本小黃文，但這種真槍實彈的狀況，還是讓她完全緩不過神來。

林兮遲推開他，往外滾了些，又變回一條毛毛蟲，用打著商量的語氣跟他說：「那個，屁屁先生，我希望你說話能文明一點點。」

「嗯。」許放再次把他抓回來，「下床了我就文明。」

這次林兮遲沒反抗了，好奇道：「你怎麼突然想通了，我算了算時間，我們很快就能結婚了呀……最遲就，明年新年吧。」

許放冷笑一聲：「再多忍一個小時我都當自己是傻子。」

「……」林兮遲盯著他，點了點頭，「你當了六年的傻子。」

許放沒心思跟她計較，把她從被子裡扯了出來，唇瓣壓在她的鎖骨處，輕輕咬住那塊凸起的骨頭，舌尖探出，一點點舔舐著。

另一隻手從將她的衣服慢慢向上推，掌心帶著溫度，在她的腰際摩挲著，薄繭帶來的觸感沙沙的，更加強烈。

林兮遲莫名有點想笑，忍不住向後躲：「好癢。」

許放緩緩抬頭，低下眼看她，唇上一片光澤，長睫濃密微顫，臉上的情緒因昏暗的光線看得不太真切。

她的臉上掛著笑，眼睛清澈乾淨，彷彿能將他整個人都映入其中，因為剛洗過澡，臉蛋白皙帶著紅暈，髮梢還有些濕潤。

大學的時候覺得她還太小了，不想，也捨不得對她做這種事情。

等讀研究所了之後，又怕自己畢業之後被分到什麼偏僻的地方，讓她想過來找自己都要跋山涉水的，怕她以後會累，怕她會後悔。

可現在這樣看她，他依然覺得她像是從未長大過。

看起來純真又沒心沒肺，就連此時衣衫不整的模樣，都像是個涉世未深的小女孩。

但此刻，那些捨不得，那些小心翼翼，那一點一滴的克制，都因多年的忍耐而化為了烏有。

他只想把她拉扯進自己的欲望之中，想讓她在自己身下求饒，想讓她也沉淪其中。

想把她嵌入自己的身體之中，完完全全的。

許放垂頭，低頭吻住她的唇，用舌尖描繪著她的唇線。

昏黃色的光線，她整個人陷在軍綠色的床單裡，髮絲凌亂，身子與被單的顏色形成了鮮明的對比。

像是上天派來摧毀他神智的妖精。

許放的視線定在她的身上，漆黑的眼裡越發黑沉，理智慢慢被吞噬掉。他的眼角猩紅，突然笑了下，滾燙的氣息籠罩下來。

這感受實在陌生。

林兮遲忍不了了，又踢了他一腳，往後挪，抽抽噎噎地：「我不來了……你、你太磨蹭了，你把我所有的耐心都磨沒了……」

許放坐在原地，抓著她的腳踝把她扯了回去：「過來。」

他輕輕吻了吻她的唇角，舔去她臉上細碎的眼淚，啞聲道：「不急，怕妳疼。」

「我怕個屁的疼。」林兮遲想把他的手甩開，甩了幾次都沒成功，她來了氣，直接拆穿他，「許放，你是不是不會。」

「……」

「你不會就我來啊——」

林兮遲接下來的話被許放堵在口中。

像是被惹到了，他唇上的力道毫不節制，啃咬著她的唇瓣，感受到她的躲閃才慢慢收斂。

又靜又暗的房間裡，小夜燈的光線變得模糊了起來，空氣旖旎，像是浪潮席捲而來，感覺折磨又令人沉醉其中。

林兮遲的聲音沙啞，眼角紅紅的，吸著鼻子問：「還沒完嗎？」

許放氣笑了：「妳完事就不管我了？」

林兮遲盯著他的動作，偷偷瞄了一眼，然後又像是做賊心虛一樣收回了眼：「我覺得你的那什麼……」

「……」她的聲音軟軟的，還有精力跟他嗆：「長得不是很好看。」

許放沒理她，又湊到她面前，很冷硬地說了句：「忍著。」

林兮遲下意識往後蹭，被他拖了回去。

許放雙手抓著她的腳踝，向兩邊分開，啞聲低哄道：「就疼一下下。」

她的嬌軟，她略帶撒嬌的哭聲，每一樣都像是在凌遲著許放的理智，引起他的暴戾。

林兮遲完全聽不清他的話，像是溺在深海裡，喘不過氣，想逃出卻又被他扯著，不斷向下沉。

他像是要拉著她一起下地獄。

不知過了過久，他輕哼一聲，喘著氣，舌尖舔了舔她的眼淚，然後吻住她的唇，像是在安撫。

林兮遲勾著他的脖子，沒抬頭，也沒吭聲。

許放喘氣的聲音急促，靠在她耳際哼笑，聲音又低又啞，還帶著未散去的情欲，有點性感：

「說老子不會？」

林兮遲的身體一顫，臉埋得更深。

他像是惡劣上了癮，又道：「說老子不行？」

林兮遲沒力氣也沒那個心思去跟他鬧，她把他的腦袋推開，手上的力道軟綿綿的，難受地哼唧：「我要洗澡。」

許放低低地應了一聲，把她抱了起來。

「嗯，都聽妳的。」

第十七章 要不要嫁給我

許放的作息早就因為在軍校的生活而固定下來了，所以昨晚他雖然睡得晚，今天還是照常早上六點半起來，晨跑完之後，帶了早餐回來給她。

回到家後，許放閒著沒事便開始收拾房子，等到時間差不多了才叫她起床。

林兮遲還要上班，卻難得地賴到八點半才起來。她匆匆忙忙地洗漱完，抓起餐桌上的麵包咬了一口，將牛奶一飲而盡。

她回頭，看到一臉神清氣爽的許放，心裡鬱悶。

林兮遲哼了聲，不想理他。走到門邊穿鞋，邊說著：「我要出門了。」

許放也走到她旁邊，隨意地套上鞋子，「嗯，我送妳去。」

路上，因為趕時間，林兮遲走的速度不算慢。走了半程，她看了時間一眼，突然發現好像不用那麼趕的時候，才慢下腳步。

許放跟在她後面，姿態閒適，像是在散步。

林兮遲瞅了他一眼，清了清嗓子，說：「你這次回來待多久。」

許放：「一個多月吧，七月底去部隊。」

林兮遲「哦」了一聲，磨磨蹭蹭地說：「你不覺得我們現在的關係有了一點變化嗎？」

「什麼變化。」

「就從純潔的精神層面，」林兮遲用指尖碰了碰他的手臂，嘟囔了句，「變成骯髒的肉體關係。」

許放稍稍抬了抬眼，輕聲說：「我還能更骯髒。」

「……」林兮遲突然往周圍看了看，表情很小心，像是不想讓其他人聽到，「你是不是也背著我看小黃文了。」

許放笑了：「那東西能吃？」

「哦。」林兮遲若有所思地收回眼，點點頭，「也對。小說和現實總有差距的。」

許放：「……」

進了醫院，林兮遲跟同事打了聲招呼，到更衣室裡換了衣服，進入工作狀態。下班前最後一個任務是幫一隻成年母貓打疫苗。

那隻貓先前是一隻流浪貓，不知被誰打斷了一條腿，後來被現在的主人收養。牠對陌生人戒備心強，幾乎一碰到牠就炸毛。

雖然有幾個實習醫生和護理師幫忙，但林兮遲還是不經意被抓到手臂，從手腕至手肘，一道細長的血痕。

林兮遲的眉頭一皺，替牠打完疫苗之後，才到一旁處理傷口。

傷口很淺，不算太疼，林兮遲也沒多在意。

許放在醫院外等她。

夏天穿著短袖，他很快便注意到她手上的傷口，表情沉了下來，抓住她的手腕問：「這怎麼弄的？」

聞言，林兮遲順勢一看：「哦，不小心被貓抓到了。」

看她這副這麼輕描淡寫的模樣，許放抿了抿唇：「妳之前也被抓過？」

「沒有。」林兮遲想了想，提起之前的事情，「不過被狗咬過一次，那個主人說他的狗很溫順，我就沒用嘴套，然後被咬了，不過沒出血。」

許放的視線依然放在她的傷口上：「妳怎麼沒跟我說。」

「因為不嚴重呀。」林兮遲說著，突然想起別的事情，小聲頂嘴，「你訓練的時候受傷也沒告訴我啊。」

許放面無表情地看向她：「妳是在跟我比賽？」

他的表情像是真的不高興了，林兮遲頓了頓，有點無辜：「不是啊。但是這很正常的呀，我要是怕這個我怎麼當獸醫。」

許放垂下頭，看著她手上的傷口：「去醫院？」

林兮遲隨著他的視線望去，本想拒絕，為了讓他放心，還是點了點頭：「我剛剛自己處理過了，不過還是去一趟吧。」

兩人到了附近一家醫院，掛了號。

許放全程沒再說話，直到接種完第一針，才冷臉牽著她往家的方向走。

「你居然因為這個不高興了。」林兮遲跟在他身後，踢著地上的小石子，「我這個傷口，就跟你訓練匍匐時，被地上的石頭刮傷了是同一個概念。」

許放總算開口，冷聲道：「不一樣。」

「哪裡不一樣。」

「我不覺得疼。」

聞言，林兮遲舉起手臂給他看：「我也不覺得疼。」

他低眼看了幾秒，然後挪開視線，盯著她的眼睛：「我覺得疼。」

林兮遲沒反應過來，「啊」了一聲，納悶道：「你跟我作對是吧？我說我也不覺得疼你就覺得疼了。」

許放沒出聲，自顧自往前走。

林兮遲舔了舔嘴角，沒懂他為什麼因為這個不高興：「屁屁，你這種想法是不對的。每個職業都有一定的危險性的呀，你當軍人也危險啊。」

「……」許放的腳步一頓，轉頭看向她。

「但不是什麼大事，受點小傷怎麼了，做自己喜歡做的事情就夠了。」林兮遲想了想，又道：「雖然今天這隻貓抓我了，但之前也有跟我撒嬌的貓啊。」

「……」

「有付出也會有收穫的嘛。」

許放吐了口氣，用指腹虛碰著她的傷口，勉強道：「妳以後注意點。」

林兮遲連忙點頭：「知道了。」

安靜下來，許放的掌心向下挪，揉著她的手，表情像是在思索，過了一下突然問：「林兮遲，妳希望我以後轉業嗎？」

林兮遲愣了下，下意識問：「那你以後轉業出來要幹嘛？」

許放撓撓頭：「現在還不清楚。」

「反正我覺得都可以呀。」林兮遲也不太懂他的事情，就按著自己的想法說：「我之前上網查過，好像轉業出來都是在公家單位工作，或者是當公務員？這樣的話生活比較穩定一些，但你不想轉業的話也可以啊，你就繼續往上爬，變得很厲害。之後不用一直待在部隊裡，然後帶我住進那個什麼……軍區大院。」

她像是特別嚮往，眼睛彎成一道月牙。

許放的喉結滾了滾，停下腳步，側身站在她面前，伸手摸了摸她的眼睛，聲音低啞，帶著不知名的情緒：「怎樣都好？」

「怎樣都好啊。」反正身邊都是你呀。

他盯著她的眉眼，突然笑了：「好。」

過去的日子裡，許放覺得自己過得並不算特別上進，性格不算好，喜歡對身邊的人發脾氣，卻仍然幸運的擁有一對好的父母，一個好的家庭，一個健全的身體。

還有一個最好的林兮遲。

當上了國防生，保送研究所到了軍校，認識了一群一起歡笑一起哭的戰友，經歷了過去從來沒有經歷過的時光。

這都是值得他感激一生的事情。

他從未後悔過當初報名國防生。

唯一一件想起來便難以忍受的就是，他覺得太對不起林兮遲了。

在這幾年，許放看著自己的夥伴一個個相繼跟他們的對象分手，抱著酒瓶哭了一晚，卻從不責怪對方，依然理解對方的做法。

因為他們自己也清楚，跟軍人談戀愛很辛苦。

可和林兮遲在一起的這麼多年。她幾乎不曾在他面前提及自己一個人有多難熬，在他面前永遠積極向上，笑容滿面。她像是沒有任何負面情緒，也不需要他時時刻刻陪伴。

她支持他所有想法。

在他面前，她像是個什麼都不會做的孩子，時時刻刻想讓他操心；可他不在的時候，她又堅強得像是無所畏懼，讓他遠在異鄉也能放心得下。

過去在部隊那些零零散散的時光。

許放最清晰的一個印象，是大三暑假到部隊集訓，在某個週日他打電話給林兮遲。

那天，也忘了是什麼原因，他突然跟林兮遲吵了起來。

兩人從小吵到大，雖說都是些雞皮蒜毛的小事，但有時候許放來了火，氣順不下去，脾氣就強了起來，也不會主動服軟。

當時已經很晚了，許放仍舊火大，但時間長了，他不想跟她一直揪著這件事情不放，正準備跟她低頭的時候，身後響起了朋友的提醒聲，「喂，許放，準備交手機了。」

許放的聲音一頓，隨口應了句：「嗯，知道了。」

下一刻，他就聽到電話裡，她原本還高揚著的聲音瞬間低了下來：『屁屁，你要交手機了嗎？』

「嗯。」

停頓幾秒，林兮遲說：『那我現在不跟你吵了。』

「……」

『你就當我們現在沒有吵架呀，然後你下次打電話給我的時候，我們再繼續吵好不好。』她的聲音慢吞吞的，帶著一點哭腔，『不然我有一點委屈……』

她還在為剛剛的吵架而生氣。

卻因為接下來無法聯絡的一個星期，選擇了妥協。

可能掛了電話之後，她就開始哭了吧。

隔著那麼遠的距離，無法跟她聯絡，許放也無法知道。

只能知道是因為他，她才會那麼難過。

那晚，許放一夜難眠，聽著室友的打鼾聲和周圍蚊子的嗡嗡聲，睜著眼，看著從窗戶射進的滿地銀光。

徹夜後悔自己的小心眼，自己對她的斤斤計較，自己的脾氣，自己那張得理不饒人的嘴。

那是他在部隊裡最難熬的一段時間。

他曾經在雨中練習匍匐，喝過泥水；也曾被毒辣的陽光曬得脫皮，被汗水刺的生疼；還因為訓練過度而造成肌肉拉傷，輕輕一動就渾身難耐。

覺得撐不住的時候，也比不上，聽到她那麼卑微的聲音那樣難熬。

大概是從那次起。在林兮遲面前，許放幾乎是澈底拔除了自己身上的刺，收斂了自己的脾氣。有時候忍不住冒火，也會在當天就跟她低頭和好。

兩人回家之後。

林兮遲吃完許放做的晚飯，監督著他把碗筷洗好，才拿著衣服到浴室裡洗澡。等她出來的時候，就看到許放坐在客廳的沙發上，旁邊放著醫藥箱。

林兮遲正想回房間。

許放眼也沒抬，直接喊她：「過來。」

林兮遲「哦」了一聲，格外聽話地走了過去，坐在他旁邊，沙發向下陷。

許放抓起她的手臂，淡抿著唇，幫她處理傷口。

林兮遲閒不住，嘰嘰喳喳地跟他說話：「屁屁，我明天休息，我們一起去救助站好不好？我好久沒去了。」

以前每個假期都會抽幾天過去。

但自從開始上班，林兮遲抽不出時間過去了。

許放吹了吹她的傷口，漫不經心道：「明天去看房子。」

林兮遲一愣：「看什麼房子？」

他抬了眼，似笑非笑地：「妳說什麼房子。」

林兮遲乖乖地問：「什麼房子？」

「……」

她沒對這件事情揪著不放，又扯起剛剛的話題：「屁屁，你還記得我以前跟你說過的那個站長嗎？她現在還待在那。」

「嗯。」

「而且她已經結婚了，兩年前就結婚了，她的那個結婚對象對她特別好，很支持她想做的事情。」林兮遲看著他，輕聲說：「他們是三年前在一起的，兩年前就結婚了。」

每說到「結婚」兩個字，她的讀音就咬重了一些。

她這暗示的意味太濃了。

許放沉默幾秒，回答她剛剛的問題：「結婚的房子。」

得到想要的答案，林兮遲心滿意足地往他身上蹭，手腳並用著，幾乎整個人掛在他身上。旁邊還放著醫藥箱，許放怕被她弄撒了，很乾脆地把她抱遠了些。她還沒鬧夠，許放便單手壓著她的雙手，自顧自地整理著東西。

手上動彈不得，林兮遲掙扎了一下，下意識用上了腳，往他身上蹭。她碰了碰他的腹肌，見他沒反應，便繼續向上挪。

但力道沒控制住，用力過猛，林兮遲不小心踢到他的臉，「啪」的一聲——空氣僵硬。

許放望了過來，兩人四目對視。

林兮遲的腳像是黏了膠水一樣，依然放在他的臉上，看起來有些滑稽。

又過了幾秒，她的嘴唇動了動，就當許放以為她要跟他撒嬌道歉的時候，林兮遲的眼睛一眨，繼續用腳往他臉上蹭，十分得寸進尺。

「……」

許放的神情沒有什麼波動，額角一抽，任由林兮遲蹭。

就這麼過了幾十秒。

他完全沒有反抗的念頭，反而讓林兮遲開始提心吊膽了。她捏了捏拳頭，小心翼翼地收回了腳。

看著她慢慢地坐直，像是做了壞事的小孩，很自覺地低頭反省。

他輕笑一聲，把她整個人扯了過來，盯著她略帶茫然的表情。

隨後，許放把她的臉按在自己臉上，強勢地讓她親剛剛被她用腳蹭過的地方。

林兮遲：「……」

林兮遲用力掙扎了一下，可一點用處都沒有。

因為兩人的身高差距，此時林兮遲是半跪在沙發的。她兩隻手握拳抵著他的胸口，用力往前推，試圖推開他。

許放單手按著她的腦袋，另一隻手壓在她的背部，神態輕鬆，看起來不像是在使力，但任憑她怎麼掙扎都紋絲不動。

一分鐘後，林兮遲憋著氣，嘴唇貼在他的臉上，放棄抵抗。她想咬他，但想到剛剛的畫面，就完全張不開嘴，下不了口。

感覺到林兮遲散發出生無可戀的氣息，許放的眉眼一挑，鬆開了手，笑了一聲：「知錯了沒。」

一獲得自由，林兮遲的第一個想法不是回答他的話，而是立刻扶著他的手臂，仰起頭，帶著惡意吻住他的唇。

不帶任何旖旎的想法，滿心全是報復。

「……」

只碰了一下，林兮遲便立刻退開，用指腹蹭了蹭他的嘴唇，一副小人得志的模樣，警告他：「屁屁，你鬥不過我的。」

許放面無表情地看著她。

「所以你不要老想著使絆子，不然我一定會——」

她的話還沒說完，許放突然抓住她的腳踝，用力一扯。將她的腳湊到唇邊，帶著淺笑，目光放在她的身上，然後親了一口。

林兮遲：「……」

她寒毛一豎，突然意識到什麼。

下一刻，如她所料。

許放向前傾了身，鋪天蓋地的氣息向她襲來，覆上她的唇。他單手扶著她的臉，眼瞼低垂，細密的眼睫微顫，舌尖向裡探，勾著她的舌頭輕輕啃咬。

林兮遲被這畫面震驚到了。

過了好半晌才反應過來要反抗，她咬住他的下唇，掙扎著往後退。

她剛洗完澡，臉蛋白淨還帶著濕氣，頭髮習慣性只吹到半乾。露出光潔的額頭，素面朝天，看起來比平時稚嫩幾分。

此時林兮遲的臉上全是震撼，像是不敢相信自己的眼睛：「你不嫌髒嗎？」

許放漫不經心地問：「妳嫌髒？」

「……」林兮遲看著他，不帶情緒地說：「要不然你自己親親自己的腳？」

聞言，許放「哦」了一聲，又扯起她的腳親了一下，然後貼上她的唇，「那再來一次。」

林兮遲：「……」

她覺得她這輩子都鬥不過許放了。

許放看中的是市中心的一個新建案，地理位置就在林兮遲工作的醫院附近，房子面積大約五十坪，三房二廳二衛，有電梯。

這裡地理位置好，周圍應有盡有，交通也便利。兩人看了樣品屋之後，立刻就定下來了。

房子還沒蓋好，要等半年後才交屋。

兩人帶著證件辦好手續，交了頭期款。

出了銷售處，林兮遲一直沉默著沒說話，表情若有所思。

許放瞥了她一眼：「在想什麼？」

「我在想。」林兮遲舔了舔唇，很小聲地說：「那個房子好像挺大的。」

「然後。」

林兮遲眨著眼，小心翼翼地提出了想法：「感覺只有我們兩個住好像有點寂寞，你覺得呢？」

不知道她想做什麼，許放收回視線：「不覺得。」

林兮遲裝作沒聽見，試圖講道理改變他的想法：「我覺得，一個家裡面，如果少了狗這種生物，就不算是一個完整的家。」

「……」沒想到她打得是這個主意，許放的眉眼稍抬，用另一隻手撓了撓她的下巴，「所以我們家完整了。」

林兮遲：「……」

但林兮遲打定主意想養狗。

從出了預售處開始，她就不斷跟他提這事，就算被許放扯開了話題，之後也會被她扯回去。

「屁屁，我想養狗。」

「我不想。」

「我想養柴犬。」

「我討厭狗。」

在外面，兩人還是這樣十分文明的，你一句我一句的來。

林兮遲的想法大概是「你不願意的話我就一直說到你願意為止」，而許放則是「妳別想了妳再怎麼說我都不會同意的」。

就這樣沒完沒了——

結果一進了家門，在外面保持的形象瞬間消失。

林兮遲整個人往他身上撲，死纏爛打著：「我要養狗，你快點同意，房子這麼大你還不讓我養狗，你太過分了！」

許放很冷漠：「我不想同意。」

許放還記恨於多年前，他第一次去部隊集訓的第一個週日。

他滿懷期待地打電話給林兮遲，本以為她也同樣想念他，結果聽到的第一聲「屁屁」，喊的居然是一條狗。

他絕對不會忘，也絕對討厭狗這種生物。

但林兮遲纏人的能力實在可怕，他想把她放在沙發上，但她的雙手和雙腳都扒在他的身上，用的力氣還不小。

許放也不敢太用力，怕弄疼她。

到後來林兮遲乾脆不聽他說話了，一直重複著：「我要養狗，沒有狗的人生是不完整的……」

直到最後，許放被她纏得沒轍了，妥協道：「搬家之後再養。」

終於聽到肯定的答案，林兮遲心滿意足地從他身上爬下來，高高興興地到冰箱找吃的東西。

但許放莫名開始不爽，走過去站在她旁邊。看著她拿了瓶優酪乳出來，舔著蓋上的殘留。

他突然問：「養隻柴犬叫屁屁？」

許放的語氣不太好。

林兮遲突然反應過來，轉頭看他一眼，立刻搖頭，十分狗腿地說：「怎麼能叫屁屁，我們家只能有一個屁屁，多一個蚊子叫屁屁都不行。」

聽完她的話，許放的臉色才好看了一些。還沒等他開口，就聽到林兮遲一本正經地繼續道：「所以叫放放吧。」

許放：「……」

現在才六月份，算起來要等到十二月份才能拿到房子，再加上裝潢的時間，至少到明年二月份才能入住。

所以養狗也是那時候的事情，林兮遲不著急。

半個月的時間一晃而過，轉眼間便到了七月份。

按照林兮遲上次試的時間，距離開那個盒子的日子越來越近。

許放不知道她試過那個密碼鎖，還提前跟她說，讓她看看七月十號的時候能不能跟同事調個班，騰出一天的時間來。

林兮遲還有點茫然。

她本以為，這一天，兩人會特地待在家裡，像開啟寶箱一樣，把那個封閉了五年多的箱子打開。

結果要出去玩嗎？

但她沒多問，不敢跟他坦白自己已經開過一次盒子了，只能裝作完全不知情的樣子：「要去幹嘛？」

許放沒細說：「陪我去找個朋友。」

到七月十號那天。

因為許放說是去一個很重要的場合，林兮遲還刻意打扮了一番，在化妝桌前折騰了半天。換了件收腰連身裙，腳踩一雙細跟高跟鞋。

她選了個小背包，準備妥當之後，在鏡子前看了好幾分鐘，才站到許放面前，試圖得到他的誇獎。

結果許放完全沒發表任何意見，只是道：「去把我給妳的那個盒子也帶上。」

「……」林兮遲很無語，「帶那東西幹嘛？」

「今天回來應該很晚了，去那邊開。」許放站了起來，用指腹蹭了蹭她的唇，「我不是跟妳說每天試一個數字？」

「別動，口紅會花掉的。」林兮遲別開腦袋，再次十分刻意地裝作自己不知道密碼，「之前去B市找你也沒讓我帶。」

許放像是沒聽到，把她的腦袋掰了回來，用力蹭了一下她的唇，「啊，真花了。」

「……」

隨後，他低下頭，啞聲道：「那我吃掉吧。」

許放要見的那個人好像住在源港市。

他提前訂了兩張高鐵票，林兮遲莫名其妙就被他拉著上了高鐵，到那的時候恰好到午飯時間。

許放也不著急，帶著她回了S大，在那條熟悉的小吃街來來回回地走。

林兮遲不知道他想幹什麼，被他扯著走了半個多小時之後，終於忍不住問：「你在找什麼？」

很快，許放停在一家自助餐店門口，側頭問她：「妳之前是不是跟我說想來這家店吃東西？」

林兮遲愣了下，抬頭看了招牌一眼。

這家店是在她研究所快畢業的時候開的。她跟許放聊天時提過，等他下次過來，兩人一起去吃。

但他一直沒有時間過來。

再後來，林兮遲提前畢業了，也早就把這件事情拋之腦後。

沒想過他一直記得。

吃完午飯之後，許放依然沒有帶她去找他那個朋友的趨勢，不緊不慢地牽著她進了S大，像是要重溫舊地。

林兮遲納悶道：「你不是要找朋友嗎？」

他似乎不太在意，走到校內的飲料店前，買了一杯飲料塞進她手裡，「不急。」

今天是週一，校內十分熱鬧，而且兩人還趕上了上下午第一節課的時間，路上全是拿著書往教學大樓走的學生。

像是很有興趣，許放跟著其中一批人進了一間教室裡。十分湊巧，是他們大一那個英語老師閆志斌的課。

前面的位子都被填滿，兩人只能坐在最後一排。

林兮遲對這個老師的恐懼還在，趁還沒打鐘，死活想扯著他走。

許放紋絲不動。

等打鐘了之後，已經來不及了。

閆志斌一眼就看到了坐在最後一排的兩人，板著臉說：「我不是說了不准坐最後一排？把我的話當耳邊風——」

他突然注意到其他位子都被坐滿了，難得地愣了一下：「怎麼多了兩個人？」

許放懶洋洋道：「老師，我們是來旁聽的。」

閆志斌帶過的學生眾多，顯然已經不記得他們了。他的眉目一下子就明朗了起來，像是沒有想過有學生會來旁聽他的課。

閆志斌心情大好，看著他：「那你起來，用英文說幾句話。」

許放站了起來，思考了下，問：「說什麼都可以？」

「什麼都行。」

林兮遲看熱鬧一樣坐在他旁邊，盯著他看。

過了好幾秒，許放清了清嗓子，盯著前方，喉結微滾。聲音略帶磁性，吐字清晰，是標準的美式發音：「This is the most memorable day of my life.」

——這是我一生中最值得紀念的日子。

聽到這句話時，林兮遲怔住，嘴巴微張，對他這句話有點摸不著頭腦。

她突然有了危機感。

來旁聽閆志斌魔頭的課有什麼好紀念的。

所以是他等等要去見的那個人？到底是要去見誰啊，還一生中最值得紀念，還敢當著她的面說。

許放要不要臉？

等許放坐下之後，林兮遲略微暗示他幾句。

許放含糊一句應付過：「隨便說說的。」

林兮遲看著他的眼神越發意味深長：「你背著我做了什麼事情？」

許放用眼尾掃她，直白道：「我背著妳做了很多事情。」

「……」

等下課之後，許放依然閒閒散散的，像一個無業遊民一樣，牽著她在校內四處晃蕩。話也比往常多了一些，提得大多是「哦，我們以前是不是在這裡幹嘛幹嘛過」，卻從不提起那個朋友的事情。

林兮遲覺得許放真的是老了，人一老就喜歡回憶往事。

她突然不生氣了，跟著他一起回憶了起來。

直到下午六點，兩人出了S大。

林兮遲以為許放這下肯定要帶她去見那個朋友的時候，他反倒帶著她去了一家西餐廳，吃起了燭光晚餐。

仍舊只有他們兩個人。

林兮遲也不好奇那個人了。

此時店裡燈光昏暗，音樂曖昧旖旎，他的面容在火燭的暈染下忽明忽暗，俊朗的五官像是掛著笑意，桌邊是一捧嬌豔欲滴的玫瑰花。

這個氣氛，完完全全就是求婚的前兆啊。

彷彿下一刻，許放就會拿出戒指，單膝下跪跟她求婚。

林兮遲滿懷期待地等到了最後一刻，在吃飯後甜點的時候，比平時熱情了一些。但直到她挖到底部，都沒有挖到她想的東西。

她不死心地又挖了幾下。

隨後，許放喊了服務生過來，準備買單走人了。

林兮遲瞬間明白過來，是自己想太多了，心情大起大落到只想吐血：「你不是過來見朋友的嗎？再不見就沒時間啊，我明天還要上班。」

許放低頭看了看手機，像是在跟人聯絡：「準備去了。」

走之前，許放還把桌上那捧花塞進她懷裡：「拿著，別浪費了。」

「……」

出了餐廳，林兮遲下意識牽著他往地鐵站走。沒走幾步，就被許放拖回，帶著她往另一個方向走。

林兮遲納悶道：「你那個朋友在哪？」

「不坐地鐵。」許放輕聲道：「去坐公車。」

「哦。」

到車站後，林兮遲看了看站牌，問道：「去哪？」

許放的視線往馬路上看著，像是在找什麼，隨口道：「等十一路吧。」

「啊，沒有十一路啊。」

「那十二。」

「也沒有十二。」

許放皺了眉，往車牌看了一眼，隨便選了個數字：「三十三路。」

話音剛落，三十三路就開了過來。

林兮遲往包裡翻著零錢，連忙扯著他往那頭走：「來了。」

「……」許放把她扯了回來，「人太多，等下一輛。」

林兮遲傻了，看著那輛連人都沒坐滿的車，終於察覺到他的不對勁，「你今天好奇怪。」

她盯著許放，還等著他的解釋，猛然間就被他扯上了一輛車：「三十三路來了。」

林兮遲比他先上車，看著除了司機空無一人的車內，以及並排的座位，立刻回頭問他：「屁屁，是不是上錯了啊——這是巴士啊。」

司機突然開了口：「這我沒辦法，租不到公車啊——」

林兮遲：「……」

什麼東西？而且這聲音是不是有點耳熟……

許放抬了抬下巴，彷彿沒聽到司機的話，示意她往後走，「坐最後一排。」

林兮遲一頭霧水地走了過去，走到最後一排靠窗的位子，看著前方。

倏忽間想起了兩人在一起之後，第一次度過的那個跨年夜。那時候也是這樣，空曠的車內，除了司機只有他們兩個人。

以及那個略帶青澀的吻。

車子發動，開了好一陣子後。

林兮遲抱著手裡的花看向許放，疑惑地問：「我們是坐了黑車嗎……」

許放沒回答，從包裡拿出那個盒子，放到她眼前，「試試今天的密碼。」

「哦。」

林兮遲接了過來，指腹輕輕滑動，將密碼轉到0710。她莫名有些緊張，也許是因為這安靜的車內，又或許是因為許放望過來的目光。

她舔了舔唇，擰了下上面的旋鈕，慢吞吞地打開盒子。

裡面是一張紙，還有一個戒指盒。

林兮遲的呼吸一滯。

再抬眼時，發現車子在不知不覺中停在一個略顯偏僻的地方。她愣愣地往前看，看到司機起身下了車。

林兮遲緊張地掌心冒汗，她的眼睫微顫，想拿起那張紙來看。

許放卻按住她的手。

林兮遲這才發現他的掌心也是濕的。

「不用看了，我記得上面的內容。」

許放拿出那個戒指盒，伸手打開，看著裡面的戒指。

「我算過時間，我應該會在二〇一七年的七月十日把鑰匙給妳，其實這張紙妳也沒必要看，因為妳打開這個盒子的時候，我一定在妳身邊。」

「今年是二〇一二年，送妳這個禮物的時候，妳剛好十九歲。為妳準備這個禮物的時候，我剛過完十九歲的生日沒多久。」

「十九歲的生日，對我來說是一件很美好的事情。因為在那天，妳同意跟我在一起了。」

「現役軍人必須年滿二十五歲才能結婚，所以可能從現在，一直到二〇一七年，這五年的時間裡，我都沒有跟妳提過結婚這件事情。」

「但希望妳不要懷疑我。」

「我有多麼期待這件事情，所以我想用這份禮物來告訴妳，從跟妳在一起的那一天起，我就一直抱著跟妳結婚的念頭。」

「並且我堅信，五年後的我，依然對這件事情非常渴望。」

說到這，許放停了下來，笑了：「下一句我忘了。」

林兮遲的大腦一片空白，下意識拿起那張紙來看，想提醒他。

瞬間看到末尾的字——所以妳明白了吧？要不要嫁給我？

她抬頭。

撞上許放那雙略帶緊張，卻滿是如願以償的眼。

「要不要嫁給我？」

夜色濃沉，遠離了鬧市的喧囂，似乎還能聽到海浪拍打礁石的聲音。夏日的夜裡，連風都是燥的。

巴士的味道很重，頭頂的空調透涼，白燈大亮著。沒有其他人的車內，靜謐得像是將他們與外界隔絕開來。

這個世界裡，除了他們兩個，再也沒有其他人。

林兮遲垂眸，盯著戒指盒裡的戒指。

款式儉樸，銀色的環，內面刻著X＆L。

她的目光像是被黏在上面，半天都挪不開。

時間像是停了下來。

一直沒等到林兮遲的回應，許放舔了舔唇，背脊緊張得冒出汗來。他低下眼，突然想起另一件事情，翻了翻口袋，啞著嗓子說：「買這戒指的時候我大一——」

還沒等他說完，林兮遲忽地伸手拿起那枚戒指，懵懂地往無名指上套：「我是不是戴上就好了……」

「……」

許放想阻止她都來不及了。

看著她把戒指套入手指中，隔了那麼多年的時間，大小居然還剛剛好，直接推到白皙纖細的手指尾部。

氣氛瞬間被打破。

許放閉了閉眼，想把她抓過來狠打一頓。他的眼尾稍揚，雙眸被這黑夜襯得越發幽深，像是點綴著最濃郁的墨，「妳見過有人自己戴求婚戒指的？」

被他說的一愣，林兮遲神情呆滯，又懵懂地想把戒指摘下來。

她像是還沒緩過神來，小巧的臉上，圓眼亮晶晶的。眼尾泛紅，被眼線筆勾勒上揚。

許放被她弄得無可奈何，原本處心積慮弄出來的氣勢完全消失，再想找回來也難。他按住她的動作，輕聲道：「戴著。」

「送妳的東西我還拿回來用來跟妳求婚，說出去我面子往哪擱。」許放的嘴角勾起，從口袋裡拿出另外一個戒指盒，「當時沒錢，買不起貴的。」

他撓了撓頭：「雖然現在也買不起太貴的。」

與此同時，林兮遲開了口：「你等等，讓我緩一緩。」

隨後，林兮遲抬手用手背蓋著眼，輕輕蹭著，像是在擦眼淚。覺得懷裡的玫瑰花礙事，還塞到他的懷裡。

許放也覺得礙事，直接放到隔了一個走道的位子上。

看到林兮遲的反應，許放突然有點委屈，聲音硬邦邦的：「我早跟妳說過了，軍人不是能大富大貴的職業，妳現在哭也來不及了。」

「……」

林兮遲的眼淚都掉出來了，又因他這話覺得掉得太不值得了。她放下手，瞪他：「你是不是不懂什麼叫做感動。」

聞言，許放頓了下，拿指腹蹭了蹭她的眼角。

「我沒見過有人在被求婚後，過了五分鐘之後才開始哭，通常都是邊被求婚邊哭的吧。」

「你怎麼知道。」她的聲音帶著鼻音，沒繼續哭，唯有那雙眼紅豔豔的，「你跟很多人求過婚嗎？你怎麼那麼清楚。」

許放此時沒心思跟她計較，打開戒指盒，放在她眼前，「嫁不嫁。」

他變臉的速度太快了。

剛剛還柔情蜜意地問她：「要不要嫁給我？」現在就能冷著一張臉，像是高利貸收債一樣，冷冷地吐出三個字：「嫁不嫁。」

林兮遲把手藏到身後，不可思議地問：「哪有你這樣求婚的？」

「我剛剛溫柔的時候也不見妳好好珍惜。」許放不想等了，逼近她，「再給妳考慮三秒，三、二——」

林兮遲有點不爽，很刻意地說：「你再讓我考慮一下。」

「考慮個屁。」許放扯過她另一隻沒戴著戒指的手，低著眼說：「妳還想嫁給誰？妳可以試一下啊，妳看我會不會揍死他。」

林兮遲想了想，不繼續刻意了：「我想嫁給屁屁。」

許放眼也沒抬：「我就是屁屁。」

「哦。」林兮遲湊近去看他的眼，盯了幾秒後，點點頭，「那就是你了。」

儘管知道答案絕對不會是否定。

聽到這句話時，許放的心跳還是像漏了半拍似的。

把戒指拿了起來，套入她的無名指中，緩緩地向裡推。許放彎起唇，眉眼舒展開來，低頭吻了下那個戒指，聲音繾綣帶笑。

「嗯，是我。」

返程的路上，林兮遲終於看到了司機的面容。之前他戴著帽子，她沒注意看，所以沒認出來。

不過也不是一個出乎預料的人——蔣正旭。

兩人坐到前排。

林兮遲詫異道：「蔣正旭，你怎麼被許放從溪城拉過來了？」

「……」蔣正旭一副沒轍的樣子，「許放除了我之外沒別的朋友了啊。」

許放瞥他一眼，補充了句：「都在部隊裡。」

林兮遲連忙點頭：「我也覺得他沒什麼朋友。」

許放：「……」

許放捏住她的腮幫子，表情很臭，似乎很不爽她聯合其他人攻擊他，冷冷道：「別影響別人開車。」

把車交還給租車公司之後，三人坐地鐵到了高鐵站，準備回溪城。

許放事先訂了三張連座的票，時間在今晚十點。此時才八點出頭，所以三人也不著急，慢騰騰地取票，有一搭沒一搭地說著話。

距離檢票的時間還有一個多小時。

三人找了個位子坐下。

林兮遲走了一天，此時疲倦的很，原本還興高采烈地跟他們說著話，坐著坐著眼皮就垂了下來，靠在許放的手臂上睡著了。

許放的話不多。

原本都是林兮遲和蔣正旭在說話，此時她睡著了，氣氛突然安靜了下來。

蔣正旭眉一挑，雖然已經確定了結果，但還是下意識問了一句，「成功了？」

許放側頭看著林兮遲，低聲應了下，「嗯。」

「什麼感覺啊。」

聞言，許放的表情頓住，慢條斯理地抬起頭，看向他。他的眼睛很明亮，劍眉薄唇，渾身透著一股桀驁不馴的氣質。

在這一刻，蔣正旭突然有種回到高中的感覺。

但其實許放的模樣有了很大的變化。

因為持續不斷的訓練，他的身體變得壯實，也因為部隊的要求，頭髮剪得極短，膚色比那時候黑了點。

已經不再是稚氣未脫的少年。

他僅僅只是坐在這，一句話也不說，就會讓人下意識把視線放在他的身上。是經歷過很多風雨，被過往打磨出來的光芒。

可就是此刻，他眼裡的情緒，突然讓蔣正旭想到了那個時候的許放。但也許，也可能是，從始至終他都沒有變化過。

許放扯起嘴角，輕聲說：「就是覺得，這個畫面我以前見過。」

「啊？在哪。」

他又看向了林兮遲，視線定定地，聲音輕不可聞。

「——夢到過。」

七月底。

按照通知，許放要到源港市那邊的基地訓練了。他選的軍種是陸軍，被分配到基層帶兵，正連職。之後可能會調職，但也要看機遇和表現。

許放不用收拾什麼東西，要帶的東西不多。但林兮遲還是忙前忙後地幫他收拾著東西，想把自己也塞進去。

半晌後，林兮遲抬頭看他：「你結婚報告打了嗎？」

許放摸了摸鼻梁，「嗯」了一聲。

「批下來了嗎？」

「還沒。」被她的雙眼這麼看著，許放莫名有點心虛，「沒滿二十五歲，被駁回了，我要等過了二十五歲之後再申請。」

林兮遲瞪大眼：「不是今年就二十五了嗎？」

「十月底才到。」

林兮遲沉默幾秒，突然開始譴責他，「你為什麼要十月份出生。」

許放：「……」

「你為什麼不能學學我，一月份就出生。」林兮遲用腳蹬他，說著無理取鬧的話，「你為什麼非是十月份出生。」

許放面無表情地：「我也不知道。」

林兮遲還想說什麼。

許放又道：「我幫妳問問爸媽？」

「……」

隔天，林兮遲一大早起來，送許放去高鐵站。

此時雖然剛過七點，但候車室裡已經坐了一大半人，很安靜。大多數人坐在位子上，都一副昏昏欲睡的模樣。

只有一個女人在哄著正在哭鬧的孩子。

林兮遲牽著許放的手，陪他去取票，邊問著：「你這次去，大概什麼時候回來呀，應該沒那麼快吧。」

「嗯。」許放思考了下，給她一個肯定的答案，「我也不知道。」

林兮遲給了一個保守的答案：「過年的時候？」

許放的喉結滾了滾：「不一定。」

林兮遲沉默了幾秒，突然問他：「屁屁，要不然我去源港市那邊找工作，我可以去之前實習的那家醫院……」

「為什麼去。」

林兮遲仰頭看他，沒說話。

「乖乖待在溪城。」許放將她臉頰的髮絲捋到耳後，盯著她的眼，「我以後可能還會被分配到別的地方，到時候妳也要跟我一起到別的城市嗎？」

林兮遲低下頭，小聲說：「我覺得行。」

「我覺得不行。」許放認真道：「好好待在這。」

他的聲音一頓，親了親她的額頭，輕聲說：「等我回來，我們就結婚。」

這是個好消息。

林兮遲的心情突然好了起來，小雞啄米般地點了點頭。她把許放送到了安檢處，看著他在人群中排隊，個高挺拔，看起來有點漫不經心。

周圍是人們說話的嘈雜聲。

許放深陷人海之中，面容平靜，看不出情緒，目光卻依舊放在她身上。

林兮遲的心裡莫名有點不安，她的心臟收緊，不受控制地跑過去站在他旁邊。

隊伍已經快排到他了。

林兮遲抓住他的手，再度問了一遍：「屁屁，等你回來就結婚，是嗎？」

即將到來的是漫長的離別。

許放輕笑一聲，完全不顧周圍人的目光，將她扯到懷裡，單手扶著她的後腦勺，再次吻住她的額頭。

「嗯，回來就結婚。」

第十八章　奶油味暗戀

2017年10月24日，在一起的第2192天。

今年許放生日又沒跟他一起過。

上次還能視訊通話，這次他沒有智慧型手機，所以只能打電話給他。

天啊，他25歲的時候我居然不在。

他大概要哭鼻子了吧。

2017年11月19日，在一起的第2218天。

屁屁，我今天有點不開心。

我想見你。

我想你回來。

2017年12月3日，在一起的第2232天。

你不在我的身邊，你不知道我發生了什麼事情，你不知道我身邊多了哪些人，你無法從我的三言兩語中察覺到我的情緒——

但都沒有關係。
我會告訴你。
我都會告訴你。

和以前暑假的集訓不太一樣，這次許放去部隊，雖然不是時時刻刻都能用手機，但一天下來，有固定的時間可以跟她聯絡。

手機是部隊發的，不是智慧型手機，不能上網。

除了打電話和傳簡訊沒有別的功能。

能聯絡的那段時間，對於他們兩人來說，是一天中最值得期待的事情。

不能見面的日子裡，他們只能用聲音來慰藉對方。

就這麼過了夏，又過了秋，漸漸入了冬。

許放是軍官，比起士兵，條件會稍微寬鬆一些。但他剛去，各方面都還不太熟悉，所以一開始特別忙。

許放去部隊的前幾個月，林兮遲沒什麼機會去源港市找他。

部隊每個週末都有出基地的名額，但不多，通常都是按順序輪著來。

如果沒輪到這個名額，想要出基地的話，許放要提前跟上級打假條，等批下來了才能出來，而且當天下午五點就要回去，不能在外面過夜。

距離七月底在高鐵站的最後一次見面，林兮遲再次見到許放，已經是十二月底的事情了。

源港市的冬天還是一如既往的冷，還沒到飄雪的時候，路旁梧桐樹的葉子就已經掉光了，露出光禿禿的枝椏，碧藍的天空潔淨如洗。

林兮遲提前過去，按照地址到部隊門口等許放。

基地門口森嚴安靜，兩側站著站哨的士兵，看起來威嚴又令人不敢接近。

林兮遲腳步頓住，不敢過去了，站在警戒線後面等待。

不知過了多久，林兮遲終於看到許放從基地門口走了出來。他穿著一身便服，寬大的擋風外套，修身長褲，輕便運動鞋。

似乎在交什麼資料，在門口停留了一下。

他像是本想往另一個方向走去，餘光一掃，注意到她的身影，然後視線一頓。

就算是見到了他，林兮遲依然不敢走過警戒線，依然站在原地等他。指尖抓著衣服下襬，目不轉睛地看著他。

很快，許放往她的方向走來。

他腳步又大又快，沒過多久就站到她面前，俯身抱住她，力道很重，像是想把她整個人嵌進他的懷裡。

林兮遲覺得自己懸在空中，腳沾不到地。

是失重的狀態，得到的卻是鋪天蓋地的踏實感。

林兮遲的手舉了起來，勾住他的脖子，臉頰往他的頸窩處蹭，沒出聲。

良久後，許放把她放了下來，在她唇上狠狠親了一口，伸手搓了搓她冷如冰塊的雙手，低聲問著：「不是叫妳晚點過來嗎？來了多久？」

林兮遲沒答，安靜地看著他。

他的模樣沒有大的變化，眉眼俐落乾淨，鼻梁挺直，嘴唇薄如線，膚色沒深，但整個人看起來瘦了一些。

林兮遲抿了抿唇，小聲說：「屁屁。」

許放扯著她往一個方向走：「怎麼了。」

「你是不是在裡面被虐待了。」

「……」許放回頭看她，「林兮遲，我去的不是監獄。」

「哦。」林兮遲捏了捏他的手臂，悶悶道：「那我怎麼感覺你瘦了好多。」

聞言，許放停下腳步，定眼看她。

就這麼過了幾十秒。

林兮遲被他盯得不明所以，剛想開口的時候。

許放突然很煞風景地說：「妳拿自己當參照物吧。」

「……」

許放帶著林兮遲走了一段路，一路上聽著她說話，目光往周圍看著，最後把她拉進了一家火鍋店裡。

兩人找了個位子坐下。

林兮遲雙手托著腮幫子，眼裡略帶驚訝：「你居然帶我來吃東西。」

許放瞥她一眼：「我以前不給妳東西吃？」

「不是。」林兮遲搖頭，「但你下午五點就要回去了呀，這麼短的時間，通常不都是分秒必爭大戰三百回合嗎？」

「……」

她想了想，問：「戰嗎？」

許放拿起出部隊前取回來的手機，默不作聲地低下眼，上網訂了間房。

得不到答案，林兮遲再接再厲地問：「戰不戰？」

許放起身去幫她弄調味料：「不戰。」

結果出了火鍋店，許放便扯著她進了附近一家賓館。

林兮遲心想著，這傢伙在部隊裡待了幾個月，倒是學會了口是心非。

一進門，許放立刻將她壓到門上，低頭吻住她的唇，她的腦袋被他的手掌抵著，觸碰到的不是堅硬的門板，而是他溫熱的掌心。

許放的動作略帶急促，力道比往常粗野了些。牙齒磕到她的舌尖，然後用力吮吸，含著舔舐。

林兮遲被他親得迷迷糊糊的，但還是十分有原則的別開腦袋，認真道：「我要先洗澡。」

許放喘著氣，沒理她的話。他停下動作，攔腰抱起她，走到床邊把她放下。

林兮遲下意識在床上打了個滾，自覺地脫掉自己的厚外套。

隨後，許放也躺上了床，把她扯了過來，從身後抱住她，把臉埋在她的後頸處，不再有更進一步的動作：「跟我說說話。」

林兮遲有點傻眼。

所以他的意思真的是，蓋棉被純聊天嗎？

林兮遲遲疑地問：「你是為了跟我聊天，然後訂了這個房間嗎？」

「嗯，想跟妳待在一起。」許放聲音低低，帶著濃厚的滿足，「不想有別人。」

想看著妳，想聽妳說話。

不想把時間浪費在別的事情上面。

林兮遲頓住，磨磨蹭蹭地翻了身，看著他。

兩人對視了一下。

沒過多久，她突然想起一件事情，從剛脫掉的外套裡翻出手機：「屁屁，我們之前買的那個房子交屋了，我去看過一次——」

林兮遲把之前拍下來的內容給他看：「給你看看照片。」

還有一張平面格局圖。

「我們要怎麼裝潢比較好。」林兮遲思考著，「我還沒找設計師，因為不知道要什麼風格的好。」

許放看了看，漫不經心道：「妳喜歡什麼風格就什麼風格。」

「我想要少女系的。」

「可以。」

他答應的那麼爽快，林兮遲以為他不懂，強調著：「全部粉紅色，連牆壁都是粉紅色的那種。」

「可以。」

林兮遲不怕死地繼續說：「連你的內褲都是粉紅色的。」

許放靜靜地看她，這次沒搭腔。

林兮遲瞬間閉了嘴，不敢再鬧。她把話題拉回正軌，也想早點把房子裝潢好：「那你說一下要求呀，我到時候跟設計師說一下。」

許放想了想：「床不用太大，一百五十公分的就行。」

林兮遲：「嗯，還有呢？」

許放沒說話了。

林兮遲：「沒了？」

「嗯。」

「……」

真的什麼都不能靠他。林兮遲心想。

過了一下，林兮遲又問：「結婚報告批下來了嗎？」

「還沒。」許放的唇角勾起，「不過應該快了吧。」

林兮遲鬆了口氣。

「過段時間，我會向上級交假條。」許放捏著她的耳垂，說著，「過年大概回不去，我儘量在年後回來。」

「好。」林兮遲眨了眨眼，怕他不開心，安慰他，「你過年回不來也沒關係，反正過年戶政事務所不開門。」

「……」

這個新年，林兮遲沒有許放的陪伴，身邊倒是意外多了幾個人。

除夕前夜，林父和林母帶著林玎從B市回來跟他們一起過年。

外公家沒有足夠的空間給他們睡，他們便在飯店訂了兩間房。不過只有要睡覺的時候才會回到飯店裡，其餘時間都待在外公家。

除夕夜應該是個團圓的日子，林兮遲雖覺得有些不自在，但對這事情沒多在意。

軍人過年的時候不能回家，但在部隊裡也屬於放假狀態。

吃完年夜飯，林兮遲跑回房間裡，笑咪咪地打了個電話給許放：「屁屁。」

『嗯。』

她湊近話筒，小聲地說：「新年快樂。」

許放在電話那頭笑：『新年快樂。』

「跟你說完了。」林兮遲得意地彎起嘴角，「我就可以跟別人說了。」

『嗯，我也可以跟別人說了。』

「你交了假條了嗎？」

『交了。』順著電流傳來，許放的聲音微啞，多了幾分磁性，『每天都去值班室問參謀，有沒有電話通知我休假了，都被我問煩了。』

「屁屁，你不要怕。」林兮遲很高興，「你一天問個十次，說不定明天就批下來了。」

『……』

老人家熬不了夜。

所以林父和林母沒有待到很晚，十點多就帶著林玎離開了。

外公洗完澡後，早早睡下。

剩林兮遲和林兮耿在客廳嗑著瓜子看春晚。

看著電視上開始倒數時間的主持人，林兮耿拿起桌上的水喝了一口，突然問道：「妳的新年願望是什麼？」

林兮遲思考了下：「沒有了。」

「沒有嗎？」

「嗯。」林兮遲彎眼笑，「都實現了呀。」

隔天，林兮遲早上十點才醒來。

林兮耿還在睡覺，外公不知道去哪了。

林兮遲揉著眼睛，到洗手間裡洗漱完，迷迷糊糊地到客廳裡倒了杯水喝，順手拿起手機一看，瞬間看到兩則未讀簡訊。

許放傳來的。

林兮遲皺著眼睛，打開一看。

——『出任務，去A縣支援。不用擔心我。』

——『我愛妳。』

林兮遲沒反應過來，立刻回：『支援什麼？』

她突然有了不好的預感，呼吸屏住，慢吞吞地打開社群看了一眼。

熱門話題第一——A縣地震。

天災人禍總是在不經意間來臨，誰也無法提前預知。

前一刻，許放還跟戰友們在吃早飯，下一刻上級便來通知。因為他們所在的駐地是距離A縣最近的部隊，所以被派發到現場支援。

這是許放第一次出任務。

所有人瞬間停止了笑鬧，氣氛凝重得不像話，按照指揮行動。

地震是在夜裡發生的。

此時天還沒大亮，一群著裝整齊的軍人動作迅速俐落，帶上救災物資，坐上車。車子發動，向前開。

車內很安靜。

許放拿出手機，沒太猶豫，傳簡訊給父母和林兮遲。

打完給林兮遲的那則簡訊，許放點擊傳送。他正想關掉手機，動作一頓，眼睫微顫，又輸入了三個字，傳了過去。

現場比想像中還要惡劣。

整個縣城幾乎成了廢墟，耳邊是歇斯底里的哭聲和哀嚎聲，還有無助的求救聲，一聲又一聲。

天空也是陰沉沉的，似乎要壓到地上來。

像是世界末日。

一群人被分散到不同區域支援。

許放沒有心思去想別的事情，拿著工具將坍塌的石頭挖開，將被埋的較淺的傷者扶起來，聽著他們因為重見天日而慶幸的哭聲。

隨後又做著同樣的事情，來來去去，永無止盡。

不知過了多久。

面前通往重災區的道路被堵住，軍人們用工具打通了一條道路。

身下的地面又開始搖晃了起來。

遠處有人喊叫，聲音粗獷而沙啞，帶著些許慌亂：「餘震啊！快過來！」

許放抹了抹臉上的汗水，抬眼看。

落石區，大小不一的石頭紛紛往下砸，劈里啪啦響。不遠處有個小孩被砸到，摔倒在地，張嘴嚎啕大哭。

周遭響起了尖叫聲，人們紛紛往前跑，想跑出落石區。

打通的通道不算大，一次只能過三四個人。

此時因為著急的關係，場面十分亂，人群擠壓，甚至要堵住出口。

許放跑過去抱起那個小孩，迅速把頭盔戴到他的頭上，喊道：「快過去。」

旁邊是自己朝夕相對的戰友，面對不斷向下砸的石頭，眼也不眨，疏散著人群，高喊著：「群眾先過！快！不要推其他人！」

許放冷靜地指揮著急向前跑的人們，將摔倒的人扶起。後腦勺忽地一痛，他下意識伸手捂住，摸到一手濡濕。

視線漸漸模糊。

密集的人群在指揮下漸漸疏散開來，逃離了落石區。

許放的眉頭稍皺，在戰友的催促下，往前跑，跟在群眾後頭。他的目光逐漸潰散，手腳也軟了下來。

耳邊隱隱傳來戰友急切的喊聲，似幻似真，不太真實。

「——喂！」

「沒事吧？」

林兮遲等了一天，都沒等到許放再傳簡訊給她。

今天是大年初二。

林父和林母又過來了，此時正在客廳跟外公聊著天，有說有笑的。

跟房間裡的安靜沉寂形成了鮮明的對比。

林兮耿坐在她旁邊，不知道說什麼，只能乾巴巴地安慰她：「妳不要擔心，許放哥肯定不會有事的。」

林兮遲的眼皮垂著，沒有說話。她低下頭，抿著唇看著手機，全是形形色色的祈福發文，還有一些新聞網公布餘震造成的傷亡人數。

那上面的數字幾乎要刺傷林兮遲的眼。

心中那股不安越發強烈。

林兮遲把手機扔到一旁，突然爬了起來，從衣櫃裡翻出衣服往身上套：「現在怎麼去A縣？」

她的動作很大，把林兮耿嚇了一跳，連忙拉住她：「妳瘋了！現在怎麼能過去！那邊餘震還沒停啊！而且妳過不去的，現在都封了——」

被她吼了一頓，林兮遲愣了半晌後，眼裡不由自主地掉出了淚，很輕很輕地問：「他為什麼不打電話給我。」

林兮耿的眼睛也紅了，手忙腳亂地安慰她：「那邊應該沒訊號吧，而且許放哥肯定沒時間……現在那邊亂得很。」

「哦。」像是聽進去了，林兮遲用手心抹掉眼淚，喃喃低語著，「肯定是沒訊號……」

聽到她們兩個的動靜，外公走了過來。

敲了三下門，門被推開。

注意到兩人通紅的眼，外公一愣，走過來說：「還在想？妳不要擔心了，許放那小子厲害得很，不會出事的。」

林兮遲點點頭，輕聲說了句「知道了」，起身到洗手間去洗了把臉，出來後折回房間裡，開始換衣服。

林兮耿很警惕，過來攔著她：「妳還想過去？」

林兮遲搖頭：「沒有，我去找許叔叔和許阿姨，他們應該也很擔心。」

林兮耿遲疑地鬆開手，這次沒再攔著她。

出了客廳，除了林玎坐在角落，拿著手機在看。其餘三人齊刷刷地把視線投了過來，放在她身上。

看著她著裝整齊的模樣，林母愣了下：「妳去哪？」

「許放家。」

林父也問：「許放打電話給妳了沒？」

林兮遲沒回答這個問題，走到玄關處穿鞋。

身後傳來林父的聲音：「我就說軍人這職業不好……」

林兮遲的動作頓住，回頭看，因為心情不佳，說話的語氣都嗆了些：「我覺得挺好的。我忘了跟你們說了，不過我已經跟外公說過了，等許放回來，我就和他結婚。」

場面停滯片刻。

林父有點受不了她這樣近似忽視的態度：「遲遲，妳可想好了。這次他去救災妳的反應都那麼大，要是他出了什麼事情，缺手斷腿的——」

這個話題讓林兮遲瞬間炸了，她突然抬眼，冷著臉說：「什麼缺手斷腿。」

因為她的態度，林父也火了：「我說的是事實！除非妳讓他趕緊轉業，不然我不同意結婚！許家這混小子也太自私了，想讓我女兒毀在他身上嗎！」

聽到這話，林兮遲的表情僵住，視線挪到林玎身上，想起她那時候跟自己說的話。

——「後來爸爸打了個電話給許放，感覺說的話挺過分的。」

以及那晚，許放跟她說的話。

——「妳爸爸讓我等轉業之後再跟妳結婚。」

她深吸口氣，不敢置信地問：「你跟許放也說了這樣的話嗎？」

林父愣住：「什麼話？」

因為這越發劍拔弩張的氣氛，林母在一旁勸和：「你們都少說幾句，遲遲妳不是要去許放家嗎？快去——」

林兮遲的眼睛又紅了，打斷她的話，聲音揚了起來：「我說，你跟許放說了，他以後出任務可能會缺手斷腿這種話嗎？」

林父的嘴唇蠕動著，因她這副模樣，遲遲沒有說出話來。

這完完全全就是默認了。

林兮遲閉了閉眼，單手捂著眼睛站在原地，覺得這件事情可怕又可笑：「你怎麼可以跟他說這種話……」

林母的眼裡也冒出了淚，湊過去安慰她：「妳爸就是著急，他沒有那個意思。妳那時生我們的氣，我們也……」

「你們不要自以為是了。」她別開腦袋，自己用袖子擦著眼淚，「我今年二十五了，我需要你們關心的是十五歲的時候，並不是現在。」

「我一直很尊重你們，我也自認為，我從來沒對你們說過什麼過分的話。」林兮遲的眼睛烏黑又沉，裡頭的情緒破天荒地多了一點恨，「這次我第一次說，也是我最後一次說。」

「你們不要再管我了。」

「我覺得很煩，真的覺得，煩人透頂。」

林母僵在原地。

突然想起很多年前，因為把林玎弄丟，她崩潰了很長一段時間。為了照顧她的情緒，丈夫收養了當時才一歲大的林兮遲。

可哪有母親認不出自己孩子，哪能用別的孩子來代替自己的孩子。

林母更受刺激了，立刻尖叫著讓他把孩子帶走。

那時候，林兮遲剛學會走路，居然沒被她的歇斯底里嚇到，睜著一雙大眼睛，咿咿呀呀地笑，柔軟的小手抓住她的手指，像是在安撫。

像是上天派來的小天使。

這麼多年來，她的很多快樂都是從林兮遲身上獲得的。與其說是他們收養她，給了她很好的環境，不如說是她把他們帶出了困境。

可不知從什麼時候開始。面對她的時候，林兮遲好像不喜歡笑了，每天也沒有開心的事情想要跟她分享，跟她的距離變得越來越遠。

她好像真的又做錯了事情。

是像多年前因為大意，將林玎丟失那樣。

是做再多，都無法挽回的事情。

拿著自己的東西，林兮遲走出了門外，迅速地跑下樓。她捏著手機，邊往前走，邊用袖子把不斷向外掉的眼淚擦掉，忍著嗚咽。

下一刻，手機響了。

是陌生號碼。

林兮遲的呼吸一滯，懇切地，帶著乞求地接起了電話。她的聲音帶著鼻音，發著顫，彷彿怕打擾到對方一樣，很輕很輕地問了一句：「許放嗎？」

那頭的氣息頓住，很快便道：『哭了？』

社區裡的道路很安靜，除了她看不到其他人。

聽到這個聲音，林兮遲的眼淚再也無法克制住，一顆一顆向下砸。她彎腰蹲在地上，毫無形象的，像個孩子一樣嚎啕大哭了起來。

許放從來沒有聽她這樣哭過。

她從來都是小聲抽泣，克制地掉著眼淚。

就連喝醉酒的時候都不會像現在這樣肆無忌憚地哭出來。

許放不知所措地安慰著：『怎麼了？妳哭喪呢？我昨天被石頭砸了一下腦袋，就出了點血，沒事情。妳哭個屁啊……我，我手機不知道丟哪了，而且這邊訊號很差……』

半晌後，林兮遲開了口。

「屁屁，我、我之前跟你說過，你要是不早點跟我結、結婚，我還有好多選擇……」她一抽一噎著，眼淚掉到水泥地上，呈現出深色的印子，「我騙你的，我沒有別的選擇了。」

她用手掌抹著淚：「我沒有了……」

「你要好好保護自己，不要受傷，不要缺手斷腿，不要讓自己疼。」她一個一個地說著，完全按著自己內心深處的想法說：「如果發生了不可避免的事情，也沒有關係。我會照顧你一輩子的，我會一輩子對你好的……」

這樣的離別和等待不是不委屈。

只是因為，你也是我唯一的選擇。

林兮遲這樣哭，讓許放沒事都像是有事了一樣。

周圍哭泣和哀嚎永不間斷，撕心裂肺的聲音令人格外壓抑。

但聽到她的聲音她的話，許放的壞心情莫名被沖淡了些。他低下眼，唇角輕扯：『沒見過世面，這點事情就哭鼻子。』

林兮遲吸了吸鼻子，小聲說：「你不打電話給我，我打電話給你你也沒接，我都挑閒置時間打的。」

『這邊沒有閒置時間。』許放輕嘆一聲，『接下來我無法每天打電話給妳，但我找到機會一定會打給妳的，不要哭了。』

林兮遲頓了下，抽泣聲漸漸止住：「你的腦袋傷的嚴重嗎？」

『真沒事。』說著，他突然問，『對了，妳沒事跟我表什麼白。』

想起剛剛林兮遲的話，許放忍不住笑，扯到傷口，眉心不由自主地皺了下：『什麼會照顧我一輩子，還一輩子都會對我好？』

林兮遲倒也沒覺得不好意思，緩緩地站了起來，從口袋裡拿出衛生紙把眼淚擦乾淨：「你也跟我說『我愛妳』了，我要禮尚往來。」

『……』許放有點不自然地咳嗽了兩聲。

「屁屁，我以後不擔心你了。」林兮遲想了想，紅著眼說：「你都說了你不會有事，那我就不擔心了，你不要騙我。」

『嗯，我馬上要掛電話了。』說了這句，許放語速快了一些，『妳乖乖待在家裡，跟外公和林兮耿過節。去吃點自己喜歡吃的東西，做點自己喜歡做的事情。然後，再過一段時間我就回來了。』

他突然笑了一下：『我會毫髮無損地回來，這是我對妳的承諾。』

『我對妳做出的承諾，從來沒有一件沒做到。』

『從前是如此，以後也會是如此。』

這場救援持續了將近一週，直到確認所有百姓安全撤離之後，軍隊派出的支援部隊才返回駐地。

許放的假條在三月中旬的時候批了下來，他的結婚報告也在一月初頭的時候就通過。按照部隊規定，利用探望父母一併回家結婚的假期，一共三十天。

這個時間雖然不算太長，但完全出乎了林兮遲的預料。

算是一個意外之喜。

林兮遲本以為最多就一週的時間。

她還計畫好了，什麼時間去登記，要不要利用這一個星期匆匆擺個酒席，再花幾天的時間搬家。

結果居然有一個月的時間。

許放回來那天，林兮遲特地先去找了許叔叔和許阿姨，跟他們一起到高鐵站接他回來。

A縣突發災難，以及許放這突如其來的簡訊，也將他們二老嚇了一大跳。直到他們接到了許放的電話，聽到他安全的消息，才漸漸放下心來。

三人在出站口等待。

沒過多久，許放走了出來。

林兮遲第一個注意到他，連忙跳起來，對著他擺了擺手。

許放背著一個很大的背包，往他們的方向走來，依次給了他們一個擁抱，林兮遲排在最後。

抱許父和許母的時候，他都只抱了一秒就分開。

輪到林兮遲，許放俯身抱住她。她原本以為他也會抱一下就鬆開，結果他就定在那不動了。

她愣了，沒反應過來，任由他抱著。

「這臭小子真肉麻，回家再抱好像就吃虧了一樣。」

直到耳邊響起了許父的聲音，林兮遲才有些不好意思地掙脫開。

許母瞥他一眼：「你年齡大了不懂浪漫，還不讓人家年輕人浪漫一下？」

「……」

當晚兩人住在許家。

先前兩家人已經互相見面過，即許父、許母和林兮遲的外公，也都清楚他們要結婚的事情。

許父和許母本就把林兮遲當半個女兒看待，這下完全把她當成自家女兒了。

二老拉著他們說了很久的話。

說著說著還罵起了林兮遲的爸媽，但覺得不太合適，很快便收住聲，拍了拍林兮遲的手背，慈愛地說：「好孩子。」

林兮遲覺得有點好笑，又覺得有點感動。

良久後，二老回房睡覺，林兮遲跟著許放回了他的房間。

一走進去，林兮遲立刻關上門，急切地開始脫許放身上的衣服，神情倒是一本正經的，沒帶其他旖旎的想法。

許放沒反抗，懶洋洋地笑：「這麼急不可耐？」

聞言，林兮遲抬頭看了他一眼：「……我就看看你有沒有受傷。」

「沒有。」許放自覺地撩起衣服下擺給她看，「就腦袋上有，當時縫了幾針，但現在都差不多好了。」

聽到這話，林兮遲連忙把他的腦袋拉下來，湊近看，用指尖輕碰。

傷口差不多癒合了，留了一道疤痕。

「怎麼會傷到？」

許放沒瞞著，用掌心搓了搓腦袋，如實把當時的情景告訴她。

「哦，救了個小孩。」林兮遲眨了眨眼，突然笑了，「原來是個光榮的傷口。」

因為她的笑聲，許放莫名也扯起了嘴角，用指腹摸了摸她的眼角，提議道：「明天去吧，就明天。現在太晚了。」

突然扯開話題，林兮遲沒懂：「去哪？」

沒回答她的問題，許放直接把她抱了起來，放到床上，俯下身，貼上她的唇，動作急促而粗野，倒多了幾分他剛剛所說的「急不可耐」的意思。

良久後，他含糊不清地說：「戶政事務所。」

因為要結婚的關係，外公早就幫林兮遲將戶口名簿取來。

隔日一早，兩人回了林兮遲租的那個小房子，帶上各自的證件，確認齊全之後，便動身到戶政事務辦理結婚手續。

終於拿著結婚證書從裡面出來的時候，林兮遲第一個浮起的念頭就是——苦盡甘來。

但其實未來還有要分別的時候，那些難熬的時間其實沒有澈底過去。

可看到他們兩個並列在上面的名字。

林兮遲突然覺得過去，以及接下來的那些難過的時光，好像都不值得一提了。

她彎著唇，走在前面，來來回回地看著證書。

許放跟在她後面，心情也很好，剛想把結婚證書拿過來放好的時候，前面的林兮遲刹住腳，回頭問他：「屁屁，我要不要把這個東西撕掉。」

「……」許放的表情一僵，立刻搶了過來，語氣十分不痛快，「撕個屁，要不要我先把妳撕了？」

林兮遲無辜地收回手，還很有理地小聲道：「我是這樣想的。」

許放扯著她的手往前走，沒看她：「不用說，我不想聽。」

「就是。」林兮遲自顧自地說完，「法律不是會保護軍婚嗎？就是現役軍人的配偶要求離婚，須軍人同意那個。」

「我說了不想聽。」

「我感覺對我有點不公平。」

「……」

「然後我之前上網查過，辦理離婚必須帶結婚證書過去，那我們把結婚證書撕掉了，不就無法辦離婚了嗎？」

「……」就妳歪理多。

許放把結婚證書塞進口袋裡，冷著臉不理她。

過了一下，許放還是主動問道：「我要不要去見見妳爸媽。」

「……」林兮遲的好心情瞬間沒了，嘴唇動了動，「不用了。」

許放看著她，沒有說話。

「我們現在結婚了呀，我把我的戶口遷到你的戶口上面了，然後我就不是林家人了，我是許家的……」林兮遲說不下去了，突然有點沮喪，「我不想讓你見他們。」

許放想了想，跟她說：「他們打電話跟我道歉了。」

聞言，林兮遲猛地抬起頭，很認真地說：「對不起就三個字，誰都會說。」

「……」

「我以前一直是這樣想的，如果沒有他們領養我，我現在可能無法像現在一樣過的那麼好。」林兮遲抿了抿唇，輕聲道：「可是其實不是這樣的。他們領養了我，不管有沒有血緣關係，我就是他們的孩子。我不應該把自己放在低下的位置。」

「我尊重他們，他們也應該尊重我，以及我的愛人。」林兮遲看向許放，「可是他們沒有。」

她從十五歲就從家裡搬出來，到如今已經過了十年的時間。

在這不知不覺過去的年年歲歲裡，已經悄然無息地將林兮遲對他們濃厚的愛意磨沒了。時間能夠改變一切。

過去的那些年，讓林兮遲明白，痛罵、痛斥、痛恨這些帶著仇恨的情感，遠遠不及被忽視來得可怕。

「所以就不用見了。」林兮遲不疼不癢地說：「我們辦婚宴的時候，他們應該會過來的，到時候就會見到的。」

許放也不提了，轉了個話題：「我們什麼時候辦婚宴，四月七號？」

林兮遲的注意力立刻被轉到這上面：「這個是什麼日子？」

「黃道吉日，宜嫁宜娶。」

「……」林兮遲的神情變得古怪，「你還信這個。」

許放倒也沒覺得不自在：「嗯，找人查了很久。」

「……」

「還有。」

「還有什麼？」

「過段時間我會交工作調動申請表，平調到溪城軍區機關。還有辦理家屬隨軍。」

林兮遲愣住：「溪城嗎？」

「嗯。」許放摸了摸後腦勺，不太確定道：「可能還要聯絡一下那邊，如果調動成功的話，應該就沒有在基層那麼忙。」

「比如說。」

「辦理隨軍之後，如果家在軍隊駐地，可以每天都回家。」

見林兮遲愣住的模樣，許放又補充道：「軍區機關比基層的工作時間規律，不過不一定能調動成功……」

林兮遲猛地抱住他，興奮得想跳起來，眼睛彎成一個小月牙，「真的嗎！」

許放頓了下，也笑了，不再繼續解釋，「真的。」

很久前，林兮遲就幻想過聽到這個消息時的場景。

她想像中的一直是，如果她聽到了這個消息，一定會感動得想哭出來。

可是她沒有。

林兮遲高興無比，此時只想尖叫，開心到想用自己的小身子把許放抱起來轉一圈。

她突然覺得。有付出就會有收穫，她付出的東西，不是像丟入海水中的石子，無聲而無息。

所有的等待，一定都會有回報。

一定會有。

林兮遲現在住的房子已經到期了，房東想把房子賣掉，所以沒有跟她續約。而他們買的那間房子，才裝潢完一個月，此時也無法入住。

因為林兮遲上班的地點在這附近，許放乾脆在這個社區裡租了另一個房子。空間比這間大一些，兩房一廳，附裝潢，所以房租也相對貴了一些。

這天，兩人開始收拾行李。

林兮遲在這住了一年多的時間，東西零零散散的，並不少。而許放回溪城後，大多數時間都是住在這裡，他的東西也不少。

兩人各自收拾自己的東西。

許放收拾得很快，要的東西丟進行李箱裡，不要的扔掉，沒過多久就把整個客廳的東西都收拾好。他又進廚房看了一下，把林兮遲買的電器拿出來，放進紙箱裡。

注意到林兮遲還在收拾房間的東西。

許放乾脆到浴室裡，把兩人的洗漱用品都拿出來。

結果林兮遲還沒好。

許放洗了個手，走了進去，想幫她一起收拾。

此時林兮遲坐在房間的地上，把衣服一件一件疊好，放進行李箱裡。神態很認真，動作卻慢的很。

許放把她拉了起來，抬了抬下巴，示意她去把梳妝檯的東西整理好，而後蹲下來幫她疊衣服。

林兮遲走到梳妝檯前，把桌上的化妝品一點一點塞進化妝包裡，翻了翻抽屜，把裡面的東西拿了出來。

梳妝檯下的空位還放了好幾個盒子，林兮遲乾脆坐了下來，翻了幾下，然後把裡面的東西全部倒出來。

此時，許放幫她把衣服疊好了，走過來蹲在她旁邊。

地上凌亂不堪，很多小東西。大多都因為過了很久，缺了零件。什麼都有，耳機線、筆蓋、手錶的腕帶、小風扇……還有幾個本子。

許放的目光被那最上面的本子吸引，眼明手快地拿了起來，翻開第一頁。

——攻略PP計畫。

林兮遲的目光下意識看向他，注意到他手中的東西，她突然愣了一下，然後立刻朝他撲去：「不行，這是我的祕密，你不准看！」

許放把手舉得很高，理直氣壯道：「妳跟我哪來的祕密。」

聽到這話，林兮遲的動作停住，一副若有所思的樣子：「好像也是。」

許放手依然高舉著，繼續往下翻，看著她寫的內容。

很快，林兮遲又朝他撲去，像是反應了過來：「但我不想給你看啊！」

許放已經看到了她寫的那個「送一箱水」，他的嘴角一抽，冷漠地吐槽：「誰教妳這麼攻略人的。」

林兮遲的注意力被他轉開了，很驕傲地說：「不對嗎？我還不是攻略成功了。」

許放瞥了她一眼，沒說話，繼續往下翻。

林兮遲也不介意讓他看了，還湊過去縮在他的懷裡，跟他一起看。

翻到其中一頁的時候，許放的動作頓了一下，然後繼續向後翻。

又翻了好幾頁。

然後看到她的牽手和接吻計畫。

——今年結束前牽手，十年內接吻。

許放：「……」

他不太敢相信自己的眼睛，重複看了好幾遍，順帶注意到被她劃掉的「三年」和「五年」。

許放低眼看她：「寫這東西的時候妳幾歲，十八？」

林兮遲點點頭。

「寫了這話，妳還敢說我保守？」

「……」

許放翻完了整本，得出一個結論：「要不是我喜歡妳，妳攻略的第一天，我跟妳連朋友都沒得做。」

林兮遲傻了：「有這麼嚴重？」

本來還想繼續吐槽，但看到她這副模樣，許放忍不住笑出了聲，低頭親了親她的臉，「傻子。」

以為許放終於要繼續收拾東西的時候，他突然又翻開了那個本子，翻到剛剛頓住的一頁，放到她面前給她看。

——下樓梯的時候，許放偷偷親了我的手。一定，肯定，絕對不是我的錯覺。

林兮遲莫名覺得有點羞恥，立刻合上本子，含糊不清地說：「別看了，快收拾東西吧……都……」

下一刻，許放握住她的手，嘴唇在她的手背上落下了一吻。隨後他看向她，漆瞳像是帶著笑意：「好像確實不是錯覺。」

過了那麼久，林兮遲已經不記得當時是什麼感覺了。

她心頭一顫，突然懂了他的含義，有點好奇了：「屁屁，你什麼時候開始喜歡我的呀？」

許放垂下眼瞼，像是在思考，很快便抬起眼，回道：「不記得了。」

「反正，很久了。」

是真的很久了。

他的眼睛漆黑又亮，卻又清澈乾淨，將她整個人都映入其中。像是一團墨，帶著往事的漩渦，一點點地向她席捲而來。

暗戀，難以被察覺，卻又處處是痕跡。

是跨年夜時，他在她家樓下無聲無息地等待，不回答她任何的話，只是重複地提醒著她此時的時間；是聽到她在談論喜歡的男生類型時，聽到不喜歡的答案，不動聲色地過去撞她的肩膀，打斷她的聊天內容，等著她的指責；是替她處理好一切，為了她收斂脾氣，一而再再而三地收起自己的底線；是某次在教室午睡醒，抬頭一看，他那不知凝望了她多久的目光。

那些回憶，當時不覺。

如今回想起來，每一點每一滴，每一分每一秒，那所有不經意的時光。

似乎，全部。

都比奶油味還要甜。

——《奶油味暗戀》正文完——

番外一　耿耿×學長

一、

高三生的暑假只有半個月，八月初就開學，月底休息一週後，又跟其他年級一起在九月份返校。這一個月開始複習高一高二的重點，然後又考試。

每天反反覆覆做同樣的事情。

連假之前，學校替高三生安排了一場月考。

就連按往常來說，要放滿七天的長假，也只放了三天的時間。老師還安排了一大堆作業，這三天時間全用來寫題目，時間都不夠用。

在這麼繁忙的學業任務中，林兮耿還是拋下了手邊的一大疊試卷，選擇到S大找林兮遲。

她過去其實沒有什麼要做的。

一來是想過去看看S大的環境，給自己動力；二來，當然這也是林兮耿的主要目的，想過去勸一下林兮遲，讓她及時回頭，不要吊死在許放這棵中看不中用的樹上。

抱著這樣的念頭，到了S大之後，林兮耿被許放帶到飲料店。

她捧著林兮遲給她的飲料，一口一口的喝著，目光死死地放在前檯，看著許放一直盯著林兮遲。

心想著：一點都不配，完全不配。

唔，兩人長相還算配吧。

畢竟許放哥長得高，然後，顏值也還行吧，這種事情不能昧著良心說，畢竟認識這麼多年了，許放哥這唯一的優點也不能忽視。

但這頂多是外貌相配。

至於其他方面——許放簡直是癩蛤蟆想吃天鵝肉！

就這麼連著在心裡吐槽了十多分鐘。

直到許放提著飲料離開了，林兮耿才把這事情拋之腦後，從書包裡拿出一本練習冊，旁若無人地開始寫題目。

因為選的位子就在空調旁邊，短時間坐在這還好，時間一長，就冷得人渾身哆嗦。

林兮耿實在受不了了，她想換個位子，但周圍完全看不到一張空桌。又找了一番後，她在偏中間的位置，看到一張僅坐著一個男生的桌子。

林兮耿把練習冊塞回書包裡，走了過去。

經過男生的同意，林兮耿坐在他對面的位子。

她抱著飲料杯，喝了口飲料，借著這個空隙，林兮耿把目光放在對面的男生身上，帶著不易察覺的打量。

男生的膚色很白，細碎的髮絲垂在額前，挺立的鼻梁上方，架著一副金絲眼鏡。眼形微揚，瞳色偏淺，五官曲線硬朗分明，但看起來又十分溫和。

不知是沒察覺到，還是完全不在意這樣的注視。

從頭到尾，男生的目光一直放在手機上，神態漫不經心又冷淡，偶爾會動動眼皮，拿起一旁的飲料喝一口。

但沒看過她一眼。

林兮耿也沒把注意力放在這上面太久。

桌子的空間太小，還擺滿了甜點和飲料，完全沒有多餘的位置讓林兮耿寫題目。她乾脆打開手機背單字，卻覺得手上的飲料杯有點礙事。

林兮耿抬頭看了男生一眼。

他戴著純黑色的耳機，手指在螢幕上滑動著，明顯深陷遊戲之中。

林兮耿也不好打擾他，糾結了幾秒後，決定把盤子的位置挪動一下。但盤底像是黏了東西，她用了點力都挪不動。

過了半分鐘，林兮耿有些鬱悶了，乾脆往自己的方向挪了挪，這次倒是挪動了。

林兮耿剛鬆了口氣，餘光看到似乎有人在看著她，她抬了頭，對上了男生的視線。

「妳不介意嗎？那個。」男生單手支著下巴，看著她，眉眼略帶春意，指了指她面前的那個盤子，輕輕笑了下，「我吃過的。」

「……」

林兮耿愣了，下意識往下看，注意到自己還放在盤子邊緣上的手，「啊」了一聲：「抱歉，我就想——」

說著，她半舉起手中的飲料杯：「挪個位置放一下飲料。」

男生的眉眼一抬，沒說什麼，唇角勾勒出小小的弧度，主動挪了下桌上東西的擺放，幫她挪出一塊位置。

林兮耿朝他點點頭：「謝謝。」

此時，男生的手機平放在桌上。

林兮耿突然注意到上面的內容，順口問：「你玩的是最近新出的手遊嗎？」

「嗯。」

林兮耿又看了幾眼，沒多問，低頭繼續背單字。

就這麼和諧相處了一段時間。

把今天的單字量背完，林兮耿放下手機，伸了個懶腰。

抬眼一看，男生還在玩遊戲，她莫名也來了興致，想下載那個遊戲，但林兮耿沒有那麼多流量。

她猶豫片刻，開口問道：「你知道 wifi 密碼嗎？」

男生眼也沒抬，流利地吐出一串數字。

數字沒有什麼規律，大概是這家店的電話號碼。

林兮耿有點驚訝他居然能背下來。

她沒想太多，迅速連上，但網速極慢。

看著這個進度，林兮耿覺得下載一天都下載不完。突然有點沮喪，取消了下載。

男生瞥了她一眼，淡淡道：「連不上？」

「連上了，不過有點慢。」

「妳要下載什麼？」

「就你玩的那個遊戲。」

話音剛落，男生把自己的手機放到她面前，微微側著腦袋，一雙桃花眼天生含著情，「妳玩吧。」

突然就把手機給她一個陌生人，林兮耿覺得有點受寵若驚：「啊？」

「玩吧。」他像是有些疲倦，聲音懶散，「剛好讓我休息一下眼睛，不然我控制不住。」

「……」林兮耿突然有種惺惺相惜的感覺，「我也是，我以前一天到晚都在玩遊戲，然後成績一直往下掉，後來我就不敢在手機裡下載遊戲了。」

男生沒說話，整個人往椅背靠，拿起桌上的一瓶水灌了幾口。

林兮耿突然覺得這個人太好了。

讓她坐在這，挪位置讓她放飲料杯，告訴她 wifi 密碼，還借手機給她玩遊戲。

性格實在太好了，長得也很好看。

就是看他這麼喜歡玩遊戲，成績應該不行。

這就有點可惜。

但至少比許放哥多了個性格好的優點。

林兮耿拿起他的手機，螢幕上恰好是遊戲畫面。

注意到她的動作，男生的眼睫微揚，拖著腔道：「以前玩過？」

林兮耿搖頭：「沒有。」

聽到這話，男生便跟她說了操作方法，慢條斯理的，說出來的內容言簡意賅，聽起來很舒服。

林兮耿感激地點點頭：「好的，謝謝你。」

她不好意思拿別人的手機那麼久：「我玩一局就還給你。」

男生輕笑一聲：「不急。」

林兮耿也沒認真玩，心思都放在這個潛力股上面。她的腦子飛快地運轉著，但向來心直口快，沒繞什麼彎就把腦海裡的話說了出來，「對了，你成績怎麼樣？」

「什麼成績。」

明年就要升學考的高三生林兮耿下意識道：「升學考。」

男生的表情沒什麼波動：「忘了。」

哦，通常這種都是，考得太差了。不想回答，乾脆說自己忘了。

這麼看，他可能不是S大的。

林兮耿突然有點後悔。

感覺不應該問的……可能戳到他的痛處了……

但感覺真是各處都很優異，非常適合林兮遲。

她正想道個歉，男生又道：「七百多吧。」

「……」

林兮耿：？

林兮耿的腦袋立刻低了下來，裝作正在認真打遊戲的模樣，手心卻緊張得冒汗。

在心裡默念著：千萬，千萬不要禮尚往來地問我我考了多少分啊。

但男生似乎沒這種想法。

他抬起手，用手掌揉了揉後頸，隨後拿起盤子上的鐵製小勺，慢條斯理地挖著那塊蛋糕，餵進嘴裡。

過了五六分鐘。

林兮耿舔了舔嘴角，只覺得手裡的遊戲頓時變得索然無味，覺得自己太墮落了，才考多少分就敢在這裡玩遊戲。

林兮耿想了想，問：「你考什麼卷？」

男生：「R省卷。」

哦，那跟她一樣。

林兮耿：「你今年大幾？」

聞言，男生抬眸看了她一眼，嘴角微彎，似是在笑，極其有耐性。

「大一。」

大一。

哦，那就是二〇一一年升學考的，跟她姐同屆。

二〇一一年升學考的，文組沒有考到七百分以上的學生，而理組只有一個。

對於這件事情，林兮耿的印象很深刻。因為這唯一一個七百分的，是從他們學校出來的，溪城一中還為此大肆宣揚過，只差沒敲鑼打鼓。

跟林兮遲同班，叫張立。

林兮耿沒有見過，只是聽老師說過很多這個學長的事蹟，也曾聽過林兮遲跟她吐槽：「這個人完全就是魔鬼，魔鬼！成績那麼好還天天早上五點就到班裡讀書！」

此時，根據自己的分析，林兮耿有點肯定對面的這個男生，就是跟自己同一個高中的，張立。

二〇一一年R省理組狀元。

為了確定自己的答案，林兮耿想了想，又問：「理組狀元嗎？」

男生放下勺子，像是注意到她的問題格外多，單手撐著下巴，淡棕色的眼泛著璀璨的光，輕輕應了一聲，「嗯。」

林兮耿的眼睛微張，有種見到了傳說中的人物的激動感。她把手機還給他，格外自來熟地跟他問好，「張學長，你好。」

男生接過手機，聽到這話時，他的眉眼稍挑：「張學長？喊我？」

林兮耿頓了下，覺得自己肯定沒有猜錯，立刻點點頭。

男生笑了：「我姓何。」

「……」

哦，所以她記錯了嗎？叫何立？

林兮耿也沒糾結太久，立刻改了口：「何學長。」

感覺自己突然這樣喊他好像有點奇怪，她便補充道：「我也是溪城一中的，我姐跟妳同個……」

還沒等她說完，男生漫不經心地打斷了她：「我不是溪城一中的。」

「……」林兮耿有點茫然，愣了幾秒後才小心翼翼地說，「但二〇一一年的理組狀元就是溪城一中的呀。」

「二〇一一年？」男生眉梢微揚，平靜道：「我二〇一〇年考的。」

「……」

那怎麼才大一？

似是想起她剛剛問的話，男生靠回椅背上，桃花眼微瞇，拖腔帶調地「啊」了一聲，語氣不甚在意：「我留級了。」

「……」

林兮耿：？？？

聽到他那句話，對面那女孩立刻安靜了下來，模樣像是受了驚。長髮及腰，臉蛋小巧白淨，倒是少見的素面朝天。皮膚白裡透紅，眼角上挑，瞳色很淺，氣質偏妖，但外向活潑，還話多自來熟。

何儒梁微哂，輕輕搖了搖頭，低頭看向手機。

手機螢幕已經自動暗下，何儒梁按了電源鍵解鎖，沒有密碼，直接進入剛剛的遊戲畫面。上面還顯示著林兮耿剛結束一局的成績。

何儒梁的眼睫微不可察地動了幾下，隨後抬起眼，喉結滾了滾，問了句：「第一次玩？」

林兮耿愣了一下，垂眸看到他手機上的內容，連忙點頭。她不知道他是什麼意思，猶豫幾秒又道：「沒認真玩⋯⋯」

「⋯⋯」

「怎麼了？」

何儒梁：「⋯⋯」

沒什麼，就是第一次玩，還沒認真玩，隨便玩玩，便把他艱難地打了一個星期的記錄破了。

本想繼續打遊戲的何儒梁瞬間沒了興致，垂下眼，把手機扔到一旁。

林兮耿坐在他對面看他。

細碎短髮，頭髮不知是染過還是天生就這樣，顏色偏棕。褶皺很明顯的雙眼皮，眼形內勾外翹，盯著人看的時候像是在放電，鼻梁上的金絲眼鏡為他平添了幾分書卷氣。

長得真好看。

看他的穿著和氣質，還有手機的牌子，應該家境也不錯。而且還是升學考狀元，現在唯一的敗筆就是留級了。

但性格好啊，至少不會欺負她姐。

許放哥從小就欺負林兮遲，以後在一起了還得了。

林兮遲到底是怎麼喜歡那個許放的？她是不是有受虐傾向啊！

林兮耿越想越氣，她突然用指節叩了叩桌子，玻璃桌發出清脆的聲響，引來了何儒梁的注意。

他抬眼，眼神略帶疑惑。

林兮耿抿著唇，一副氣勢洶洶的模樣，盯著他看了好幾秒後，突如其來地冒出了句。

「你有女朋友嗎？」

「……」

二、

對於何儒梁來說，假期這種日子，就是用來待在宿舍裡打遊戲的。但昨天宿舍被查出用了違規電器，今天宿舍停電一天。

大夏天的，實在太熱。

猶豫再三，他決定在外面找個有空調的店待一個下午。

然後就遇到了這女孩。

一切都很順理成章。

拼個桌，有緣見了一面，陌生人間的聊幾句，再分開，之後可能不會再見面。

就是一場萍水相逢。

但在她說出那句話之後，好像一切都不太一樣了。

在那一刻，何儒梁居然被她的動作、她的眼神、她的那句話，這缺一不可的三樣東西——撩到了。

何儒梁的喉結滑動了兩下，半闔著眼，嘴角勾起，氣息悠長地呵笑一聲，散漫道：「沒有。」

但之後的發展，又和他想像中的不太一樣。

這女孩聽到他給出的否定答案，明顯慶幸地鬆了口氣。但接下來的時間裡，她沒跟他要聯絡方式，反而是，一直在誇此時在前檯工作的林兮遲。

「那個女生是不是很漂亮？」

「唉，真的太好看了，我一個女生看了都挪不開眼。」

「性格好像也很好。」

「天哪，如果我是男的我就去追她了。」

何儒梁用勺子挖著蛋糕，越聽越覺得不對勁，正想打斷她的時候，林兮遲過來了。

她的表情略帶驚訝，先是瞥了林兮耿一眼，而後才看向他，友好地打了聲招呼：「何學長。」

何儒梁把嘴裡的話收了回去，淺淺頷首。

見狀，林兮耿有點傻眼：「你們認識啊？」

此時何儒梁也看了過來，但林兮耿似乎完全不為自己剛剛狂誇林兮遲一頓的行為感到尷尬，反而對他使了個眼色，像是在暗示什麼。

「……」

隨後，她抬頭看向林兮遲：「我們要走了嗎？」

「嗯。」林兮遲低頭看了看手機，「去吃晚飯。」

接下來幾天。

就算宿舍沒有停電，何儒梁依舊把下午的時間都放在這家飲料店。

不過他再也沒遇到那天那個女生。

做什麼都覺得索然無味。

飲料不好喝了，蛋糕不好吃了，就連平時最喜歡的遊戲，好像也沒那麼好玩了。

這種狀態保持了三天。

何儒梁終於忍不住傳訊息給林兮遲，按照自己的猜測問：『那天那個女生是妳妹？』

他得到了肯定的答案。

也知道了。

活了二十年，第一次動心。

對象是一個比他小四歲，僅僅只有十六歲的——未成年。

這種不想荼毒幼小花朵的想法，僅僅維持了不到兩個月的時間。

十一月中旬某日，何儒梁跟部門裡的人一起到Z大看籃球賽。

他坐在林兮遲旁邊。

此時比賽已經開始了。

何儒梁的目光放在籃球場上，林兮遲突然跟他說了一句話：「學長，我出去一下。」

他下意識轉頭，突然注意到她的手機螢幕。

來電顯示：耿耿。

備註下面還附帶著一串手機號碼。

耿耿。

何儒梁不知道那天那個女生叫什麼名字。

卻曾聽過林兮遲跟葉紹文說，她的名字出自白居易的《長恨歌》——遲遲鐘鼓初長夜，耿耿星河欲曙天。

她取其中的「遲」字，而她妹妹取其中的「耿」字。

何儒梁沒說話，心裡有了猜測，桃花眼狹長，眼角習慣性地上揚。他的記性好，向來過目不忘。

但這一次，他竟然怕自己會背錯。

把這串號碼看了兩遍之後，何儒梁才收回視線，微微勾起了嘴角，「去吧。」

回溪城還不到一個月的時間，林兮耿便從林兮遲的口中得知，她和許放正式在一起了，在許放生日那天。

本來在林兮耿去S大之前，這兩人至少要等個十年八載才能互通心意。

結果她一過去，讓林兮遲回頭是岸的想法沒做成，反而讓許放占了個大便宜。

林兮耿後悔得想吐血。

高三學業繁忙。

林兮耿漸漸把這件事情拋之腦後，連帶著把那個跟她在同一張桌上待了幾個小時的男生也忘得一乾二淨。

十一月份。

是林兮耿過得很不開心的一個月。

家裡發生了不好的事情，她的成績下滑，把頭髮剪短至肩，在父母的責怪下搬到外公家。每週不用再聽到林玎的歇斯底里，儘管如此，她依然靜不下心念書。

煩躁之下，她打了通電話給林兮遲。

雖得到些安慰，但之後便多了件奇怪的事情。

因為住宿，也因為高三，林兮耿用手機的時間並不多。但每次一看，都能看到一個源港市的號碼打電話給她，並且次數還不少。

有一次她拿著手機的時候，那邊剛好打過來，她就接了。

但無論她說什麼，那邊都不說話。

次數多了，林兮耿覺得煩，直接拉黑。

再後來，這人似乎還換手機號繼續打給她，卻依然不說話。

林兮耿至少拉黑了三四個號碼。

最後一次接到這種電話，是寒假的某一天，她在寫理科卷的時候。

這個學期末的考試是溪城第一次模考，林兮耿考得很差，每天焦慮得不行。然後在她想如何解題的時候，又接到了這通電話。

林兮耿深吸口氣，還是憋不住火，像是找到了發洩的途徑，瞬間就爆發了：「你到底是哪位？」

『……』依然沒說話。

「算上這個，第八個號碼，你真是有空。」林兮耿氣的把筆摔到桌上，冷笑著，「說是巧合我也不信了，我真是服了。前七個號碼，我都對你很和藹可親吧？我都是問了幾句之後直接把你拉黑的吧？我沒說什麼過分的話吧？」

「你怎麼對我的，我今年六月份就升學考了，我現在還排年級一百多！我都想跳樓了你還來占我的時間！」林兮耿越說越氣，眼都紅了，「這個，溪城的號碼。好，你現在給我出來，有本事就出來，我能揍死——」

下一刻，那頭輕不可聞地說了一句話：『考得不好嗎？』

林兮耿以為自己聽錯了，還沒來得及問。

很快，那頭清了清嗓子，正式開了口，聲音有點熟悉，但林兮耿記不起是在哪聽過了。是個男生，聲音一本正經的，還有些緊張，可能是還沒調整好情緒，裝的一點都不像：『您好，有興趣貸款嗎？』

「……」

沉默幾秒。

「沒有！別再打電話給我了！」

說完之後，林兮耿憋著火，掛了電話。

過了幾天。

林兮遲在床上拆快遞，說是部長前幾天跟部門裡的所有人都要了家裡的地址，寄的新年禮物。

又過了一天。

林兮耿也收到了一個快遞。

箱子巨大，快遞員把箱子搬上三樓，氣喘如牛，汗如雨下，看起來像是要沒了半條命。

收件名：耿耿。

光是把快遞箱從客廳推到房間裡，都費了林兮耿一番功夫。

她拿工具刀把箱子拆開。

打開一看，裡面是從高一到高三的複習資料，還有許多書和練習冊，國數英物化生六科全齊。筆記寫的詳細而整齊，概括了會考的題型，下面還有例題。

是細心而又耐心的成果。

把快遞箱裡的最後一本書拿出來。

林兮耿發現最下面還壓著一張紙條。

上面寫著一行字，俐落而遒勁，十分好看。

——不要跳樓。升學考加油。

拿著這張紙條，林兮耿盯了好半晌，費力地思考著這差不多十公斤重的書是誰寄來的。她看著這陌生的字跡，猜想了幾個人選，很快都被否決掉。

隨手把紙條扔到一旁，她拿起物理的筆記來看。

這筆記看起來水準還挺高的，解題思考清晰明瞭，還舉一反三。整理起來很麻煩，這人的耐心也是夠好。

像是男生的字。

草草地翻了幾本，林兮耿突然有種天上掉餡餅，無故找到寶藏的感覺，連著幾天的壞心情一掃而空。

林兮耿抱著感激的心情，想拿著這神聖的筆記去讀書的時候，突然瞅到剛剛被她放在一旁的紙條。

「升學考加油」這句，她可以理解成是一個陌生而又好心的人給她的祝福，但前面這個「不要跳樓」是什麼意思……

她沒事為什麼要跳樓。

她姐都說了，考不好大不了重讀，她為什麼要跳樓。

想著想著，林兮耿突然想起了前些天的那通電話。

當時她實在氣急，想到什麼就說什麼，甚至還提出叫對方出來幹架的想法，其中她還口不擇言地說了一句：「我都想跳樓了你還來占我的時間！」

跳樓這兩個字，她好像只在這通電話裡提過。

「……」

林兮耿的寒毛一豎，不知是她的錯覺還是別的原因，她頓時覺得房間裡靜得可怕，周圍傳來陰森森的氣息，像是有人在暗中窺視她。

她把紙條捏成一團，丟到箱子裡。

不是吧，這人怎麼知道她的地址的？

這就有點恐怖了。

雖然之前在電話裡叫他出來幹架，但她肯定不會出去啊，怎麼可能打得過。

現在這個人知道她的號碼，又知道她住在哪裡，還知道她叫耿耿，說不定連她長什麼樣，在哪個高中上課都知道。

她是不是遇到變態了啊……要不要報警啊……

但報警了的話，這些筆記是不是就要上交了啊……

她不想啊……

而且這個人好像只打電話騷擾她，也沒做別的事情，關鍵是寄了這麼齊全的複習資料給她，大概是一個跟她年紀相仿的——她的追求者。

認識她的，並且對她有意思的，應該就是同年級的？偷偷暗戀她的學霸？

但之前的號碼都是源港市的，最近才變回溪城。

林兮耿想不通了。

猶豫片刻，她把對方從黑名單裡拉了出來，傳了簡訊過去。

把書寄出去後，何儒粱房間的書架被清空了一半。

那些複習資料大多是他連夜趕出來的，他高中的時候記的筆記並不多，因為他都記得，也都會。所以筆記對他來說，一點必要都沒有。

寫完之後，他一年都不想再碰筆。

但想到對她有一點幫助，何儒梁又覺得很值得。

房子裡暖意十足，何儒梁穿著短袖短褲，坐在書桌前。頭髮蓬鬆凌亂，少見的沒有戴眼鏡，膚色蒼白，眼睛下方染著一層青灰色。

略顯憔悴，是休息不足的表現。

他低眼看手機，習慣性地點進通訊錄裡，遲疑著要不要打個電話給她。

很快，何儒梁想起了前些天，她在電話裡憤怒地指責，以及像個社會大佬一樣想約他出去打架的架勢。

「……」

不敢打。

那女孩炸毛起來……有點凶啊。

還沒等他有進一步的動靜，電話響了。

何儒梁垂眸一看，慢悠悠地接了起來。

于澤的聲音從電話那頭傳來：『收到你寄的東西了，這什麼啊？溪城的特產？』

「嗯。」

『不是，你沒事怎麼突然想送禮了，還以我的名義……』于澤說：『部門的人剛剛都跟我說收到了，我跟他們說是你寄的吧。』

「收到就好。」何儒梁喃喃低語，「沒事，就這樣吧。」

掛了電話，再看手機時，就發現進來了一則未讀簡訊。

何儒梁點開一看，是那串熟悉的號碼。

耿耿：『快遞是你寄的嗎？』

沒想到會收到她的簡訊，何儒梁頓時有些緊張。

過了好幾分鐘才回覆了一個字：『嗯。』

耿耿：『……』

耿耿：『是這樣的，我這人不是很喜歡占別人的便宜，你這個筆記確實很全面，我確實也很想要。但無功不受祿，你把你的地址傳過來，我寄回去給你。』

她這麼長一段話，何儒梁只看到了那一句「我也確實很想要」。

他的眼尾揚起，眼裡帶著璀璨的光，回覆道：『那就給妳。』

三、

這個回答，林兮耿自動理解成——要我的地址嗎？那就給妳。

得到這個回答，她鬆了一口氣，但表情也瞬間苦了起來。

林兮耿拿起那厚厚的筆記，猶豫著要不要去影印一份的時候，那頭又傳來簡訊：『短期內不會再打擾妳，升學考加油。』

「……」

林兮耿：？？？

林兮耿：『哥們，你道別的太早了。』

林兮耿：『你還沒給我地址。』

之後傳過去的話，像是石沉大海，不再有回應。

看著地上散亂的書籍，林兮耿的表情有些茫然和不知所措。過了一陣子，她突然抱起那疊筆記，放回快遞箱裡。

然後又拿出來。

再放回去。

就這麼反覆了三四次後。

林兮耿終於受不住誘惑，再次把筆記從快遞箱裡拿出來，拿出手機，再次傳了一則簡訊給那個行為變態但腦子卻十分好的人。

耿耿：『謝謝。』

因為有這些筆記的幫忙，以及寒假時林兮遲幫她輔導，林兮耿的成績不再一路下滑，漸漸有了向上的趨勢。

在R省第一次模擬考時，她再次擠進了年級前二十。

那個人也確實如他自己所說，沒有再打電話給她。

林兮耿對此倒沒什麼感覺，沒有失落，也沒有慶幸。唯一有的情緒，大概是好奇對方到底是誰。

出升學考成績那天，林兮耿在補習班兼職，不在家。

是林兮遲幫她查成績。

成績比她想像中的還要好很多。

原本對於她來說，遠在天邊的S大，在這一瞬間近在咫尺，伸手就能碰觸到。

那天，林兮耿收拾好東西，從補習班回家，莫名有了傳簡訊給那個人的衝動。

而她向來不是會克制自己衝動的人。

林兮耿拿出手機，飛快地打了一串話。

耿耿：『你好，不知道你還記不記得我。半年前你寄了筆記給我，給了我很大的幫助，今天升學考成績出來了，是比我想像中更理想的成績。很謝謝你。以後如果你有需要幫忙的地方，我能幫到的話，一定會幫你。』

等傳出去後，林兮耿才發現自己好像沒有自我介紹。

但對方連她的家庭地址都知道，應該知道她的名字吧。

林兮耿也沒在意。

那頭卻意外的回覆得很快：『想報考什麼大學。』

林兮耿誠實答：『S大。』

過了幾分鐘。

那頭回覆：『挺好。』

反應比預想中的冷淡。

林兮耿也沒太在意，只覺得過了那麼長的時間，對方對她的那點小心思早就因為時間的流逝而被沖沒了。

之後便是填報志願。

按著自己的興趣和林兮遲給的意見，林兮耿的第一志願填的是S大的心理學系。

錄取結果在七月中下旬出來。

當時林兮遲也放暑假了，看到她的錄取結果後，拍了照，很興奮地上傳動態：『我！妹！要！來！S！大！了！』

林兮耿覺得她這種炫耀的行為很丟人。

等林兮遲去洗澡後，林兮耿便悄悄地拿了她的手機，準備把那則動態刪掉。

打開一看，已經有幾十則留言了，一半是在說「恭喜」，還有一半——

于澤：『我看到了什麼？』

葉紹文：『何學長點讚了。』

張三：『怎麼肥四，何學長居然不打遊戲來逛動態？』

李四：『我跟何學長認識一年了，他從來沒點過我的讚：）。』

溫靜靜：『認識兩年也沒被點過讚的路過。』

林兮耿有點好奇這個何學長是何方神聖。

但點讚的人頭密密麻麻，她不知道是哪個，直接作罷。

現在有這麼多留言和這麼多讚，林兮耿不敢刪了，心不甘情不願地把手機放回原處。

很快，林兮遲從浴室裡出來，拿起手機看了一眼。

「……這群人。」林兮遲似乎是覺得有些好笑，「有毒，都知道何學長看動態還那麼多話。」

林兮耿躺在床上，聽到這話，好奇道：「何學長是誰？」

「就我們學校一個因為打遊戲曠考留級的學長——哦，妳還記得嗎，妳見過他，就妳連假來的那次，跟妳坐同一張桌的那個男生。」

過了大半年了，林兮耿不太記得那個男生的模樣，只記得金絲眼鏡，桃花眼，長得好看。

但如果他再次出現在自己的面前，她應該能認出來。

「啊，那個啊。」想起那個升學考狀元，林兮耿頓時有點恨鐵不成鋼，「他還一直打遊戲啊，他不會又要留級了吧。」

「沒有吧，他們調侃而已。」林兮遲想了想，「好像還是有在玩，但沒之前那麼迷了，而且我聽部長說，他這次期末考又拿了系第一。」

「……他有讀書嗎？」

「我不知道啊。」林兮遲用毛巾擦著頭髮，「反正只知道，他這次參加考試了。」

林兮耿：「……」

這個我也知道。

因為軍訓的關係，S大新生比其他年級要早半個月去學校。

林兮耿提前一週就收拾好行李，整整兩個行李箱，一個大一個小，拿著很吃力。被林兮遲和許放送到門口，她便興高采烈地跟他們道了別。

報到日。

S大門口搭了好幾個帳篷，擋去毒辣的陽光，裡面或站或坐，穿著各色的系服，是每個系迎接新生的志工。

林兮耿一手一個行李箱，往前推。

她還沒走幾步路，面前就出現了一堵人牆，擋住她的去路。

林兮耿抬頭。

面前站著一個高大的男生。

金絲眼睛，熟悉的桃花眼，狹長上揚，眼瞼低垂，依然能看出那雙眼皮的褶皺，淡棕色的瞳仁，是自帶溫柔的顏色。

她張了張嘴，還沒來得及說話。

面前的男生緩緩勾起嘴角，弓下身子，問她：「哪個系。」

林兮耿連忙道：「心理系。」

「啊。」他接過她手裡兩個行李箱，然後又被林兮耿拉回一個，「那跟我過來吧，我帶妳去報到。」

「好的，謝謝學長。」

林兮耿拖著小行李箱，跟在他後面。

走到接近帳篷的位置，聽到有個男生在喊：「何儒梁！不要告訴我這個又你們系的？」

何儒梁看了過去，面色不改：「是啊。」

林兮耿也看了過去，注意到那個說話的學長身上穿的制服是心理系的。

她一愣，有一點反應不過來。

在高鐵上，因為林兮耿想自己去報到，林兮遲囑咐過她，進校門後，會有同系的學長或學姐帶她去報到。

同系的。

何儒梁雖然是志工，可卻沒有穿著系服。此時穿著短袖長褲，林兮耿看不出他是哪個系的。

還沒等她問出口，何儒梁回頭看她，似乎不覺得哪裡有錯，「走吧。」

林兮耿只好跟了上去，但怕是剛剛自己說的小聲，讓他聽錯了字眼，不大肯定地問了句：「學長，你也是心理系的嗎？」

何儒梁的腳步半點沒停，低應了聲，繼續往前走，「嗯。」

聽到這個肯定的答覆，林兮耿才放下心來。

林兮耿被何儒梁帶著去報到繳費，出示各種資料，辦好手續後，又被他領著去到自己所在的宿舍。

路上。

林兮耿主動跟他搭腔：「學長，你還記得我嗎？我們見過一面的，就去年連假的時候，在學校外面的那家飲料店。」

何儒梁斂著下顎，笑了：「記得。」

「沒想到那麼巧！」林兮耿覺得很神奇，「剛好跟你同個系，你是什麼組呀？我選的是應用心理學。」

何儒梁一頓，沒回答，反問道：「妳叫什麼名字。」

「啊，我忘了自我介紹了。」林兮耿不好意思地撓了撓頭，「我叫林兮耿，前面兩個字跟我姐一樣的，然後耿是耿直的耿。」

他低著眼，含在嘴裡重複了一遍：「林兮耿。」

聲音繾綣而溫柔，略帶啞意，像是貼在耳邊說出來的。

「對，就這名字。學長你呢？」

何儒梁勾起唇角，慢悠悠地說：「我叫何儒梁。」

又走了一段路，覺得氣氛太過沉默，林兮耿又主動開了口：「學校好大。」

「嗯，以後妳可以買輛自行車，方便一點。」

林兮耿走在他旁邊，往四周看，看到什麼就說什麼：「感覺S大好多好看的哥哥和姐姐。」

「還行。」

「心理系的男女比例多少呀。」

「一比一吧，差不多。」

「那帥哥多嗎！」林兮耿興奮道，注意到他看過來的目光才稍微收斂了些，十分生硬地接了一句，「我就問一下……」

何儒梁盯著她看了好幾秒，淡聲說：「不多。」

林兮耿頓了下，思考著怎麼圓場的時候，他又繼續說：「金融系的倒是不錯。」

「……」

學長你其實是金融系的吧。

又繼續往前走，林兮耿突然看到迎面走來一個男生，是她的高中同學。在這裡看到自己的高中同學，就像是看到失散多年的親人一樣。

林兮耿高興地跟他擺了擺手。

男生跟她打了聲招呼，走到他們面前。

注意到何儒梁，他也打了聲招呼：「何學長。」

林兮耿有些好奇：「你們認識啊？」

「也沒有。」男生撓了撓頭，「我今早就過來了，是何學長帶我報到的。」

聞言，林兮耿愣了幾秒：「你也是心理系的嗎？我怎麼記得你跟我選的不一樣。」

「不啊，我金融系的啊。」

安靜幾秒後，兩人同時望向何儒梁。

何儒梁微挑眉，垂下眼瞼，看著林兮耿，神態漫不經心：「妳剛剛說妳是什麼系的？」

林兮耿眨了眨眼，耐心地重複：「心理系。」

聞言，何儒梁的眼睫一動，像是才反應過來，「啊，抱歉。」

桃花眼微彎，像是帶著笑，臉上看不出任何抱歉的情緒。不知是不是林兮耿的錯覺，她似乎聽出了一些理直氣壯——「我聽錯了。」

林兮耿想了想。

這一路上，她說自己是心理系的次數，沒有十次，也至少有個七八次了。而且剛剛辦理入學手續的時候，上面也寫了她的科系。

如果此時，她真的相信何儒梁到現在都不知道她是心理系的——這不就等於沒有帶腦子來學校嗎。

等男生走後，氣氛沉默了下來。

像什麼都沒發生過似的，何儒梁拉著大行李箱繼續往前走，邊說著：「走吧，外面太曬了。」

林兮耿愣愣地應了聲，連忙跟上。

糾結幾秒後，林兮耿覺得自己好像沒有憋著不問的理由，乾脆直截了當地問：「學長，你真聽錯了？」

何儒梁眼也沒抬，很認真地答：「嗯。」

「……」

行吧。

他好心帶她去報到，還幫她拿行李，帶她去宿舍，如果她還這樣堅持問下去，一點臺階都不給對方下，這好像太過分了。

似乎是察覺到她完全不信的情緒。

何儒梁的眉心動了動，及時地承認了自己的謊言：「沒聽錯。」

「啊？」

「心理系應用心理學。」

林兮耿連忙點頭：「那你剛剛……」

還沒等她說完，何儒梁突然打斷了她的話，「挺好的科系。」

「啊？」說到這個，林兮耿眨了眨眼，正經了起來，「我也覺得挺好的，我和我姐商量了很久之後才敲定這個。」

何儒梁淡笑一聲，很快，他低著下巴，收起嘴角的弧度，回頭看她。

眨眼之間，何儒梁臉上的情緒已經蕩然無存。眼神溫和卻有種天生自帶的冷意，說出來的話無波無瀾，「上了大學也不要鬆懈，好好讀書。」

突然受到學霸的教育，林兮耿的心一緊，連忙點頭，「一定，一定。」

林兮耿只當他這句話是給自己的溫馨提示。

想表達的含義大概是：妳看吧，我之前拿了升學考狀元，但我不好好讀書，我被當了，我被留級了，我一下子嘗到了從天堂掉進地獄的滋味，我在學校出名了，我丟死人了。

所以她千萬不能鬆懈。

她要好好讀書。

直到這一天結束，把宿舍整理好，林兮耿躺在床上準備入睡之時，才猛地想起被自己遺忘的事情。

所以何儒梁今天到底有沒有聽錯？

四、

報到後的第一天。

上午是新生入學教育，林兮耿在禮堂裡聽著催眠一樣的話，靠著帶有軟墊的椅背，幾乎要睡著。

下午去體育館領取軍服，迎接明天到來的軍訓。

怕學生都擠在同一個時間去領衣服，學校幫各系安排了不同的時段領取軍服。

心理系是在下午四點到四點半之間，按班級次序，每人依次到體育館裡，找學生會幹部領取兩套軍服。

只要跟分發軍服的學生會幹部說出自己的身高，他們會按照尺寸表，直接分發軍服給他們，不合適的可以回來換。

體育館內被分成十條隊伍。

每次進五個班級，一個班排兩條隊伍。

林兮耿排在中間的位置。

站在旁邊的室友在跟她說話，林兮耿順著人流往體育館裡走。裡頭的空氣雖然悶，但比在外面站著遭受毒辣陽光的洗禮好多了。

她下意識往體育館內掃了一圈。

體育館裡擺放了幾張桌子，身後密密麻麻地堆放著軍服、軍帽、皮帶等。站在附近的學生會幹部大多都穿著會服，顏色圖案不統一。

有些是校學生會，有些是系學會。

但胸前都統一掛著吊牌。

林兮耿的目光停在偏角落的一張桌前，那邊站了三個人，二男一女。三人都穿著深藍色會服，衣服上印的字跡十分清晰，是校學生會。

何儒梁就坐在最旁邊的位子，眼睛半瞇，目光繞著周圍。單手放在桌上輕敲，雙腿微曲，交疊搭在桌子下邊的橫桿上。

另兩個人站著，跟前面排隊領軍服的學生說著話。

唯有何儒梁一副像是在看熱鬧的樣子，懶散而無所事事，像是上級長官過來巡視。

林兮耿正想收回視線時，何儒梁突然看了過來，撞上她的目光。

林兮耿微愣，不太確定他看的是不是自己。

對視三秒過後，林兮耿遲疑地對他點了點頭，算是遠距離跟他打了聲招呼。

也不知道他有沒有看到。

何儒梁沒做出什麼反應，很快便垂下了眼瞼，站起身，跟旁邊的男生說了幾句話，就往另一個方向走去。

林兮耿也沒在意，把注意力放回跟幾個室友的聊天內容上。

隊伍不算長，而且分發軍服的學生幹部效率很高，沒過多久就排到了林兮耿。

她的嘴巴微啟，話還沒說出來，突然發現剛剛還遠在幾十公尺外的何儒梁，在此刻變成了負責他們這一條隊的學生會幹部。

何儒梁把登記表推到她面前，聲音清潤明朗：「填一下資料，姓名，學號，班級，所在系別，身高和鞋碼。」

林兮耿點點頭，提起筆，迅速往上填。

何儒梁垂睫，掃了一眼：「身高一六三，鞋碼三十七。」

說著他起身，到後面拿了兩套軍服，用透明的塑膠袋包裝著，還有一雙三十六碼的鞋子。

「兩套M碼的衣服，不合適可以回來換。鞋子尺碼偏大，所以拿了三十六碼的給妳。」

林兮耿接過：「謝謝學長。」

她抱著衣服出了隊伍。

幾個室友正在隊伍外等她：「耿耿，妳拿什麼碼的衣服？」

「M碼的，妳們呢？」

「我們也是。」其中一個室友說：「不過小珺高，她一七三，拿了XXL的。」

四個女生嘰嘰喳喳地說著話，到食堂解決了晚飯。

出了食堂，就快到宿舍的時候，林兮耿翻了翻手中抱著的軍服，突然發現何儒梁給她的兩套軍服，不是同一個尺寸的。

上面那件是M碼，下面那件是XXXL碼的。

室友一七三都才穿XXL碼的，更別說林兮耿還比她矮了十公分。

她的腳步一頓，跟室友說了一聲之後，自己拿著那套給錯的軍服，往體育館的方向走。

此時才剛過五點，還有學生陸陸續續領取軍服。

林兮耿走進體育館裡，發現此時正在排隊的學生大多是男生。她回到剛剛的隊伍，看到何儒梁還在時，猶豫地走了過去。

隊伍很長，林兮耿想著自己自己換個尺寸，應該花不了多少時間。

她走到最前端，喊住何儒梁：「學長。」

何儒梁把手中的東西遞給面前的男生。

聽到聲音，他看了過來，問道：「怎麼了？」

林兮耿把手中的衣服遞給他：「我剛剛是在這條隊領的軍服，但是你好像拿錯尺碼了，這個是加大碼，我穿M碼的。」

何儒梁半瞇著眼，看了看上面的尺碼，往衣服堆的方向走：「妳等等。」

本以為就是十幾秒的事情。

結果，等了幾分鐘後，何儒梁依然在那邊翻找著。

林兮耿隱隱能聽到旁邊有幾個男生在說：「怎麼這麼久啊？」

「不知道啊——」

恰在此時，何儒梁回來了。他看向林兮耿，淺棕色的瞳仁泛著細細的光，帶著歉意：「M碼好像沒有了。」

林兮耿不想耽擱太久，連忙說：「沒關係，大——」

大碼的也行。

這句話還沒說出來，何儒梁又道：「現在後面等的人太多，妳留一下妳的聯絡方式，我等等去問問其他人還有沒有M碼。如果有的話，我今晚送過去給妳。」

林兮耿不太想麻煩他，想把話說完。

下一刻，何儒梁直接把他的手機遞了過來，螢幕上顯示的就是添加好友的畫面：「妳打一下妳的帳號。」

隨後，他把注意力放在正在排隊的男生上：「同學，先填一下資料。」

林兮耿頓了下，只好默默地輸入了自己的帳號，戳了下添加到通訊錄，然後遞給何儒梁：「好了。」

何儒梁接過，淡淡道：「嗯。」

林兮耿想了想，還是補充了句：「如果有M碼的話，你跟我說一聲，然後我自己過來拿就好。謝謝學長。」

「好。」何儒梁像是忙的不可開交，眼也沒抬一下，「先回去吧。」

等林兮耿走後。

何儒梁起身去拿衣服給那個男生，眉眼微垂，想起剛剛的事情，他的嘴角突然彎了起來，順手拿了一套M碼的軍服放進抽屜裡。

晚上七點過後，林兮耿收到了何儒梁的訊息。

何儒梁：『妳現在在哪？』

林兮耿：『宿舍。』

何儒梁：『那下來吧。』

林兮耿剛洗完澡，此時頭髮還半濕。她不想讓何儒梁等太久，套了個外套直接往樓下衝，沒多久就下了樓。

何儒梁就站在宿舍前，身材高大挺拔，單手拿著一套衣服，另一隻手拿著手機，不知道在看什麼。

她小跑著過去，微喘著氣，喊他：「學長。」

順著聲音，何儒梁抬了眼，把手裡的軍服給她。

林兮耿連忙接過，站在原地幾秒後，猶豫著問：「你是只幫我一個人送嗎？」

何儒梁的長睫低垂，眼尾揚起，因為兩人身高的差距，他似乎還弓下了身，很平淡地「嗯」了一聲。

聞言，林兮耿又感激又覺得有點不好意思，指了指旁邊那家飲料店：「真的麻煩你了，我請你喝杯飲料吧？」

何儒梁往那邊看了一眼，漫不經心地點頭：「好。」

兩人走了過去。

點了兩杯飲料之後，林兮耿一摸口袋，才發現她根本沒帶學生卡下來。

注意到她窘迫的神情，何儒梁輕笑一聲，眼神帶了點玩味，拿出自己的學生卡，在機器上刷了一下。

林兮耿小聲道：「抱歉，我等等還給你。」

何儒梁也沒多在意，隨口一應：「沒事。」

兩杯飲料分開裝，林兮耿那杯打包帶走，何儒梁的則直接拿著喝。他懶洋洋地撕開吸管的包裝，輕輕用吸管的尖端在飲料封膜上戳了一個小洞。

然後用力按。

裡面的飲料順勢往外擠，溢出來，流到他的手上。

何儒梁的腳步停了下來。

餘光注意到他的動靜，林兮耿看了過來，愣了：「啊，怎麼弄出來了。」

何儒梁把另一隻手上拿著的飯卡遞給她：「幫我拿一下。」

林兮耿下意識接過。

何儒梁：「有衛生紙嗎？」

林兮耿摸了摸口袋，搖搖頭：「我沒帶……」

聽到這話，何儒梁稍稍側身，露出身後的背包：「妳幫我拿一下，我背包裡面應該有衛生紙。」

「好。」林兮耿把手裡的飯卡放進口袋裡，騰出一隻手拉開他的背包拉鍊，把裡面的衛生紙拿出來給他。

看著她的動作，何儒梁的眉眼一動，斂著下巴笑了下。

解決完後，兩人各自回了宿舍。

林兮耿把飲料和衣服都放在桌子上，想把外套脫掉的時候，突然摸到口袋裡有個薄而硬的東西。

她有點疑惑，伸手拿了出來。

一看，是何儒梁的學生卡。

因為林兮耿明天還要軍訓，何儒梁直接讓她明天帶著卡出門，他在她軍訓的時間過去找她，不會占用她的時間。

林兮耿同意了。

隔天，林兮耿到籃球場那邊軍訓。

那裡的熟人倒是多，除了林兮遲在紅十字會當志工，還有一個預料之外的人，他們系的副連，許放。

林兮耿從不覺得許放會放水，所以這事情對她來說，其實無關痛癢。

但她從來沒想過，許放訓練人起來，真的像是在帶兵一樣，彷彿不把他們的精力榨乾，就渾身不舒服。

僅僅過了半個上午，林兮耿覺得天要塌下來了。

聽到哨聲後，林兮耿抱著水瓶去找林兮遲，邊喝水邊把口袋裡的學生卡遞給她：「何學長等等可能會過來，然後妳幫我把這個還給他。」──

林兮遲垂眸看了一眼，愣愣道：「妳怎麼會有他的飯卡？」

林兮耿累得連話都不想多說，臉頰被曬得紅撲撲的，髮尾被汗水打濕，她輕輕喘著氣，疲憊道：「下次跟妳說。」

再之後，接下來的半個月軍訓生活。

林兮耿沒再跟何儒梁有任何交談，每天都被太陽和軍姿折磨得死去活來。但她幾乎每天都能見到他路過籃球場。

早上十點，下午三點，晚上九點。

這三個時段，他每天都會過來，待一陣子就走。

何儒梁像是認識全校所有人。

他認識她的姐姐林兮遲，也認識她的副連許放，認識她的助教，認識來當志工的大部分人。

他像是很閒。

大概是因為還沒開始正式上課，他沒有事情做。

過來這邊，大概是為了找人聊天，也可能是覺得看他們受苦十分有意思。

跟她沒有任何關係。

林兮耿站在這，忍受著頭頂的暴曬，以及教官的謾罵聲。偶爾看向那邊的時候，每次都能撞上何儒梁那雙略帶笑意的桃花眼。

對視一秒後，又分開。

時間久了，林兮耿漸漸有種錯覺。

感覺他像是空氣一樣密布在她周圍，滲入她的骨子裡。
就算他每次過來這邊的目的不是為了見她，林兮耿仍然有種，被他時時刻刻盯著的感覺。
她第一次有這種這麼自作多情的感覺。
這是一種很奇異的感覺。
她覺得這個趨勢不太妙。

不僅是軍訓的時候如此。
就連軍訓結束後，林兮耿仍有這樣的錯覺。
社團招生時，她被室友扯去一起參加了話劇社。第三次去參加社團活動，她突然發現何儒梁也在場，並且還認識她們的社長。
上選修課的時候，林兮耿偶爾還會碰到何儒梁，一抬頭就看到他坐在自己旁邊。跟她打了招呼後，他還能跟坐在她後面的男生，她左邊的女生打招呼。
偶遇的次數多到數不清，像是無孔不入。
兩人之間的交集變得越來越多，關係也從陌生人變成了普通朋友，然後再繼續加深，變得熟稔了起來。
林兮耿不是遲鈍的人，心裡漸漸有了猜測。
這種情況，要麼是她喜歡何儒梁，因為希望，所以覺得他時時刻刻都在注意自己；要麼是何儒梁真的喜歡她，所以經常出現在她面前。

不管是哪種可能，都讓林兮耿覺得很不可思議。

但不管如何，林兮耿都覺得，自己肯定是栽了。

因為不管是哪種可能，這樣的錯覺，導致的結果是——她放在何儒粱身上的關注度，似乎……多得不可思議。

煩惱了一週之後。

林兮耿傳訊息給林兮遲，想跟她傾訴自己的少女心事。

在電話裡不想多說這件事，林兮耿委婉地表達想跟她一起吃飯。

但她不說，林兮遲也不知情，很自然地把許放也帶上了。

然後，林兮耿的心情更沮喪了。

吃完飯後。

注意到話依然很少的林兮耿，林兮遲頓了下，把許放喊去買飲料，以此把他支開：「妳怎麼了？」

林兮耿抿了抿唇，悶悶地說：「我感覺我好像看上了一個男孩子。」

林兮遲瞪大眼，好奇道：「誰啊？你們班的？話劇社的？」

「都不算吧……」林兮耿有一點緊張，「就是，條件很好，長得好看，成績好，性格好，家裡還有錢那種。」

林兮遲想了想，很認真地說：「也不一定這麼好，可能是妳情人眼裡出西施吧。比如我以前覺得許放長得慘絕人寰，現在不一樣了。」

「……」林兮耿皺了皺眉，下意識替何儒梁說話，「不是，我以前也覺得他條件很好，不然我也不會想著把妳介紹給他了。」

「啊？誰啊。妳什麼時候介紹人給我認識了？」

「我想介紹的時候，才發現你們兩個認識呀。」林兮耿說：「我當時覺得許放哥實在不行，完全不行，這個很行，完全行，然後我就……」

她還沒說完，視線一轉，突然注意到不知在林兮遲後面站了多久的許放。

林兮耿立刻閉了嘴：「……」

林兮遲沒注意到她的異常，突然想起來了：「不會是何儒梁吧？」

與此同時，許放走到林兮遲旁邊，把手上的飲料貼在她的臉上。聽到她「嘶」了一聲之後，才拿遠了些，冷著一張臉，盯著她看。

林兮遲沒跟他計較，皺了眉，繼續跟林兮耿說：「妳是不是對男孩子有什麼誤解。」

「……」

「何學長的話，都二十好幾了吧。」

「就剛好二十啊……」

「妳確定嗎？」林兮遲似乎不大樂意，一臉無法認同，「妳確定要找一個比妳姐年齡還大的男生當男朋友？」

「……」找個比妳年齡大的怎麼了。

「妳在煩什麼。」林兮遲湊過去，小聲地跟她說：「唉，反正雖然我對他不是很滿意，但是根據我的觀察，何學長肯定是喜歡妳的。」

「……」妳的情商我不是很敢信啊。

注意到許放的動靜，林兮耿的眼一動，提示她：「許放哥走了。」

「啊？什麼。」林兮遲回頭，看著許放的背影，不敢相信地問，「我靠，他什麼時候生氣的？」

「……」

林兮遲還茫然著，訥訥道：「這世上怎麼會有這麼能生氣的人。」

林兮耿：「……」

林兮遲的腳還黏在原地，完全沒有要過去追許放的趨勢，繼續跟林兮耿聊天。

話題倒是變了，開始吐槽許放：「我跟妳說，我昨天跟許放一起吃飯，他當時把筷子伸了過來，我以為他要夾我的菜去吃，我伸手護著——然後他就生……」

她的話還沒說話，許放在那邊不耐煩地喊了一聲：「還不過來？」

「……」林兮遲止住話，訕訕道：「那我走了啊。」

林兮耿原本惆悵的心情頓時全無，被他們弄得十分無言以對，擺擺手：「快走吧。」

「妳不要不開心了，我跟妳賭，何儒梁不喜歡妳的話，我把頭砍下來送給妳。」

「快滾！」

下一刻，林兮遲小跑過去，追上許放的腳步，揪住他的手：「屁屁。」

許放連眼神都沒給她一個，也沒出聲。

「我之前偷偷觀察過，我覺得何學長肯定喜歡耿耿啊。」林兮遲回憶了一下，認真地說：「他追人的方式跟我挺像的，都挺厲害。」

「……」

「怪不得耿耿會動心。」

「……」

「可我覺得，他們不太適合。何學長的年齡有點大，而且他之前為了遊戲曠考，這點不怎麼好。」林兮遲皺了皺鼻子，「我覺得他有點配不上我們耿耿。」

聽到這話，許放終於開了口：「有點？」

這話像是在附和她的話，讓林兮遲的氣勢立刻漲了起來：「我是想委婉一點，你懂嗎？其實是很不配，非常不配！我妹是全世界最好的！何儒梁算個屁！」

許放的眼睛黑漆漆的，不帶情緒地盯著她。半晌後，他突然笑了，輕飄飄道：「妳妹也這樣跟妳說我？」

林兮遲：「……」

他怎麼知道的？

許放極度不爽，黑著一張臉，表情又臭又硬，冷聲道：「何儒梁算什麼東西，妳妹還想介紹給妳？」

林兮遲十分狗腿：「算個屁。」

「哦。」許放更不爽了，「他也算個屁？」

「……」

一無所獲。

林兮遲果然是個不可靠的人。

林兮耿鬱悶地到超市買了個雪糕，邊啃著邊想事情，漫步目的地往前走。她踢著面前的小石子，看著它咕嚕咕嚕地向前滾動，然後撞到一個人的鞋尖，又往回滾了幾公分。

她抬頭，正想道歉的時候，突然注意到眼前的人的模樣。

細碎短髮，像是妖孽一樣的桃花眼，被那副眼鏡蓋住了一半鋒芒。

林兮耿愣了一下，想起自己的小心思，莫名有點緊張，主動喊他：「學長。」

何儒梁低眼看她：「回宿舍？」

「沒有，就隨便走走。」

「走吧。」

「啊？」

「我也隨便走走。」

「哦……好。」

林兮耿站在他旁邊咬著雪糕，沒有出聲。

大概是因為天色太暗的緣故，也可能因為這清涼的風，又或許是因為周圍飄散過來的桂花香氣，林兮耿再度想起了林兮遲那不可靠的話。

在此刻，她莫名對那話有了一點點的希冀，也因此，冒出了一股突如其來的勇氣：「學長。」

「嗯？」

「如果你喜歡一個人，你會怎麼做？」

何儒梁的腳步頓了一下，很快就恢復正常。他偏了偏腦袋，像是在思考，那雙平時看起來不太正經的眼，此刻都多了幾分認真，「在她面前找存在感。」

「存在……感？」

「嗯。」他的聲音帶了笑，低而啞，「不管用什麼方式，我要先讓她記住我。」

林兮耿覺得自己的心臟跳得極快，她抿了抿唇，內心的情緒難以形容：「那她現在記住了嗎？」

話題不知不覺就變成了，他真的有個喜歡的人。

何儒梁的眉眼輕挑，拖著腔道：「算記住了吧。」

林兮耿突然覺得手裡的雪糕真的太難吃了，難吃到讓她想回去投訴那個商家。她垂下眼，自虐般地繼續問：「那記住了之後呢。」

「要先等等。」

「等什麼？」林兮耿愣了下，突然反應過來，很認真地說：「等她來追你嗎？學長，你這樣不太對，守株待兔，跟坐以待斃沒有任何差別。」

何儒梁也愣了，很快，他低著眼，輕笑出聲：「不是。」

「……」

周圍有風聲，嘩嘩響。

他的聲音沉溺其中，像是大海的聲音。

清晰地，一字一頓地，傳入她的耳中。

「我在等她成年。」

五、

喜歡一個人的時候。

內心會變得敏感起來，原本察覺不到的小細節，會一一觀察到，也會對那些原本沒有任何深層含義的舉動，有了無限遐想。

因為渴望。

但事後冷靜下來，能很清晰地明白過來。

他的每一句話，他的每一個表情，他的每一個動作，原來真的沒有多餘的意思，都是錯覺。

那些都是你想要的東西，而想要的東西不一定真的會給你。

可有時候，喜歡一個人，因為不由自主地放在他身上的那麼多關注，所以能比其他人更清楚地感受到那個人對自己的感情。

你會發現那不是錯覺。

你的喜歡他能感受的到。

他的，你也能。

林兮耿慢悠悠地呼了口氣，覺得自己忐忑不安的心情頓時放鬆了大半，她伸手撓了撓頭，含糊不清地說：「我好像沒成年……」

「是嗎。」何儒梁從口袋裡拿出一包衛生紙，扯出一張，放進她的手心裡，「擦擦手，雪糕融化了。」

聞言，林兮耿回過神，走到垃圾桶旁把雪糕扔了進去，用衛生紙擦著手上沾到的殘漬。

何儒梁站在她身後，垂睫看著她的舉動，淡聲道：「那妳今年多大。」

與此同時，他低下了頭，鋪天蓋地的氣息襲來，像是將她完全籠罩。林兮耿很清楚他完全沒有碰到自己，但這個距離，似乎近在咫尺。

近得令人心慌。

她往另一側挪了一步，故作鎮定地說：「十八。」

距離遠了些，林兮耿感覺自己的心跳速度比剛剛正常了不少，又補充道：「過完今年生日十八歲，年底生日。」

何儒梁的眉眼稍抬，也往她的方向走了一步。

越來越近。

林兮耿覺得自己都想直接動手了。

讓他停在原地別動，給她一個良好的呼吸環境。

讓她不至於緊張成這副模樣。

但何儒梁也僅僅是走了一步便停了下來，他的眼尾揚起，又密又長的眼睫毛，襯著那雙淡棕色的瞳仁，在夜裡像是散發光芒。

他的語氣漫不經心而又溫和，依稀帶著很淺的笑聲。

「啊，那好像確實是沒成年。」

之後一切的發展，都像是理所當然，也像是心照不宣。

兩人之間的聯絡越來越多。

每天會傳訊息聊天，偶遇到了會一起吃飯，也會約好一起出去玩。

相處方式，讓林兮耿自己表述的話。

她覺得是，友情以上，戀人未滿，只差戳破這層曖昧的屏障。

何儒梁說在等待，而她則是，在糾結是跟他一起等待，還是主動出擊。

雖然覺得每天這樣也很美好，但就是想幫他冠上一個名分，讓他完完全全，澈澈底底地屬於自己。

可林兮耿發現，她的勇氣好像沒有那麼多。

她也會擔心，那看似很小，但實際可能機率很大的事情——何儒梁可能不喜歡她。

直至跨年夜那晚，林兮耿發現了一件事情。

這像是一個推動力，讓事情澈底變化。

社聯舉辦了化妝晚會，申請的場地在文化廣場，報名後交十幾塊錢就能參加。雖說是化妝晚會，但根據林兮耿室友的話——其實等同於一場大型聯誼會。

林兮耿沒什麼興趣，卻被興致勃勃的室友拉著一起報名。

後來，何儒梁知道後，也報名參加了這個晚會。

兩人約好當天在文化廣場見面。

本來約定的時間是晚上八點，但是林兮耿沒有考慮到她們化妝需要那麼長的時間。快到約定的時間，她連衣服都沒換上。

幾個室友還十分高興地往她臉上塗抹著東西。

怕何儒梁等太久，林兮耿猶豫再三，傳了幾則訊息給他。

等了幾分鐘，卻沒等到他的回覆。

林兮耿乾脆打電話給他。

因為加了好友，林兮耿沒有存何儒梁的號碼，兩人都是傳訊息溝通，完全沒有打電話的必要。此時林兮耿翻了翻，從何儒梁的個人資料裡找到了他的手機號碼，撥了過去。

這次何儒梁接得很快，似乎有點訝異：『怎麼了？』

「學長，我現在還沒好，可能會比較晚。」林兮耿快速地跟他解釋著，「八點應該過不去，你如果已經到了，就找個地方坐一下？或者看看有沒有認識的人，跟他們一起玩也行。」

『沒事，不急。』他的那頭有人群的嘈雜聲，像是已經到了晚會現場，話裡習慣性地帶著淺淺的笑聲，『我不跟別人玩。』

林兮耿的心臟一跳，聲音有點結巴：「那、那我儘量早點過去。」

掛了電話，林兮耿站了起來，著急地問：「好了嗎？」

室友往她唇上抹著口紅，在嘴角處弄了點血漿，滿意地點點頭：「真好看。可以了，妳去換衣服吧，然後我們就可以出門了。」

她們整個宿舍的造型是之前商量著定好的，都化吸血鬼妝。

迅速換了衣服，林兮耿往鏡子前一照，也覺得有意思。

此時，鏡子裡的女生穿著純黑的裙子，臉蛋蒼白，本就上挑的眼角被眼線筆勾勒的更加嫵媚。深紅色的眼影，大紅色的唇，嘴角處還用血漿弄出了痕跡。

林兮耿的動作很快，沒過多久就準備妥當。

換上了鞋子，裹上了大衣，站在一旁等待幾個還在弄細節的室友。

林兮耿百無聊賴地翻出手機。

上邊還顯示著最近通話的頁面，最頂上的是剛剛和何儒梁的通話記錄。

她隨手點進去看。

本以為會空蕩蕩的，只有一個記錄。

神奇的是，映入眼中的畫面卻密密麻麻的。但之前的記錄，大多都是未接來電，有幾個接通了，通話時間也沒超過一分鐘。

時間是在去年的十二月份到今年的一月份。

林兮耿的表情茫然，往上拉，看著那串號碼，越看越覺得眼熟。

她的瞳孔一縮，突然想起了什麼，不敢置信地打開了手機黑名單，翻了翻。

總共七個號碼。

和她所想的一樣，何儒梁的號碼在第一個。

聯想起去年在飲料店見面的那一次。

再之後，他不知從何拿到自己的號碼；在寒假的時候，得到他那費心準備的複習資料；填完志願之後，曾經聽到林兮遲說，不再那麼癡迷於遊戲的他；最後，在S大與他碰面。

一切像是順理成章，但好像又都是他蓄意已久的精心準備。

之前覺得那個人很煩，但得知他和何儒梁是同一個人之後，林兮耿的心情變得竊喜，也有些急迫而難耐。她沒再等下去，跟室友道別之後，匆匆往外跑。

外頭很冷，寒風像是刀片一樣，從頰邊颳過。

林兮耿喘著氣，往前跑。

就快到目的地的時候，她突然停下了腳步，開始提心吊膽。她從大衣裡摸索出手機，撥打了那唯一一個沒被她拉黑的溪城號碼。

最後確定一下。

嘟嘟嘟——響了三聲，那邊接了起來。

林兮耿沒說話，那邊也沒有說話。

兩邊都處於沉默狀態。

林兮耿默不作聲地往前走，走到廣場門口，突然小聲地，第一次喊他的全名：「何儒梁？」

何儒梁不再保持沉默，突然笑出了聲，聲音微啞，還帶著小小的窘迫，『被發現了啊……』

林兮耿在廣場的角落找到他。

人來人往的，周圍的聲音雜而亂，有起鬨聲，也有歡笑聲。何儒梁就站在一張桌前看手機，除了臉上多了個遮住上半張臉的黑色面具，跟平時沒有差別。

林兮耿走過去站到他旁邊，何儒梁看了過來。

兩人視線對上。

林兮耿還是第一次這樣直接的對上他的眼睛，中間沒再隔著一層鏡片。他的眼睛天生是淺棕色的，因這黑夜顯得暗沉了些，睫毛又密又長，眼形內勾外翹。

像在攝人心魂。

他不說話，唇角勾著，雙眸一直盯著她，帶著探究。

林兮耿被他看的臉熱，不由自主地挪開視線，小聲道：「你不戴眼鏡能看清嗎？」

何儒梁輕笑：「戴了隱形眼鏡。」

「你怎麼戴著這個面具？」

「不好看？」

「還行，就是看得不太習慣。」林兮耿伸手想去碰，因為不知道說什麼，沒事找事地說：

「要不然摘了吧……」

下一刻，何儒梁抓住她的手腕，制止了她的動作，「等一下，妳知道有個活動嗎？」

「啊？什麼活動。」

與此同時，附近傳來一對男女的對話聲。

林兮耿順勢望去。

一個女生站在男生面前，語氣略帶緊張，手指絞成一團，問他：「你要摘下我的面具嗎？」

林兮耿的注意力被那頭吸引。

她看著男生把女生面具摘下，然後兩人往別處走。

她沒太懂，愣愣道：「這是在幹什麼？」

「他們應該去交換聯絡方式了吧。」何儒梁用手指扯了扯面具邊緣，淡淡道：「讓對方摘面具，是今晚這個晚會——」

他低下頭，貼近她耳邊，用氣音道：「示愛的方法。」

林兮耿差點被這話嗆到，她連忙後退兩步，慌亂地解釋道：「我不知道，我沒聽說啊……」

想到剛剛自己想去摘下他面具的舉動，林兮耿覺得自己的指尖好像在開始發燙，目光不知不覺又放到他的面具上。

心裡突然想起之前她跟何儒梁說的話。

——「守株待兔，跟坐以待斃沒有任何差別。」

他之前總打電話給自己，還寄東西給她，還有現在這些親密的舉動。

這應該就是喜歡了吧。

應該沒有猜錯吧。

那她主動一點好像沒哪裡吃虧。

也沒什麼好等的，嗯。

那就一步一步來，先鋪墊幾句話好了。

林兮耿清了清嗓子：「學長，之前的電話都是你打給我的嗎？」

何儒梁很乾脆地承認了：「嗯。」

回想起之前自己在電話裡罵了他一頓的事情，林兮耿有點尷尬：「那你怎麼都不說話呀……」

「不知道說什麼。」

「那你……」

他垂下眼睫，面不改色地說：「但想聽聽妳的聲音。」

林兮耿的心臟猛地一跳，愣愣地看著他，原本在腦海裡準備好的話頓時忘了一乾二淨。

很快，何儒梁又開了口，聲音沙啞低醇，湊近在她耳邊，像是蠱惑一般：「想不想把我的面具摘了？」

林兮耿揚頭看他，大腦一片空白。

就這麼頓了十幾秒後。

她還沒來得及答話。

何儒梁突然用指尖抓了抓臉，眼神有些不自然，背書似的說了一段話，「你好，不知道你還記不記得我。半年前你寄了筆記給我，給了我很大的幫助，今天升學考成績出來了，是比我想像中更理想的成績。很謝謝你。以後如果你有需要幫忙的地方，我能幫到的話，一定會幫你。」

等他說完之後，又過了十幾秒。

林兮耿「啊」了一聲，終於反應了過來，訥訥道：「這好像是我傳給你的……」

「記起來了？」何儒梁俯身湊到她臉前，語氣帶著懇切，「那現在幫我個忙。」

「什麼。」

「把我的面具摘了。」

「……」

過了幾秒，何儒梁揚起眉，輕聲問：「不幫？」

林兮耿呼吸一滯，立刻抬起手，緊張地回答：「幫、幫的。」

「懂我什麼意思？」

「應該懂……」

她站在光下，白皙的臉蛋，一雙眼清澈卻帶著媚意，嘴唇紅豔誘人，像是落入凡間的妖精，看到了就挪不開眼。

何儒梁自認不是自制力強的人，不然也不會因為遊戲曠考而留級。

大一剛入學的時候，他還是活得像高中一樣，每天除了讀書就是讀書。到後來，被室友拉進了打遊戲的圈子，突然在一團無趣中找到了唯一的樂趣，自甘墮落地過了一個學期。

然後遇見了她。

想讓她看到好的樣子，所以努力把自己拉回了正軌。

等待了一年的時間，已經耗去了他全部的自制力。

何儒梁抬起手，用指腹蹭了蹭她的臉頰，認真地說：「就是喜歡妳，也不想再等了。」

終於聽到想要的答案，林兮耿的嘴角彎了起來，低低地應了一聲。

何儒梁的指尖慢條斯理地向下挪：「介意嗎？」

林兮耿一愣：「什麼。」

「還沒成年，早戀。」何儒梁笑了一聲，聲音低了下來，誘惑似地說：「不過，跟我早戀的滋味應該還不錯。」

「……」

林兮耿完全說不出話來，覺得自己整個人都要爆掉了。

何儒梁的指腹停在了她的唇上，輕輕蹭了一下，眼裡閃過一道暗光，輕舔著下唇，問道：「今晚是吸血鬼？」

林兮耿連忙點點頭，指了指自己嘴角的位置：「這裡是血漿。」

何儒梁單手扣住她的後腦勺，嘴唇貼在她的耳邊。

又是那帶著笑的清潤聲音。

「真想讓妳吸吸我的血。」

林兮耿：「……」

別、別撩了……腿都要軟了嗚嗚。

番外二　年少時的你

一、

夏日的早晨，空氣帶著點濕意，夾雜著桂花和青草的香氣，清爽乾淨。不遠處的月季花從灌木裡冒出頭，開得正好。

陽光被縱橫交錯的枝葉割裂成林林總總的形狀，光點隨著風在水泥地上搖搖晃晃。

從家裡通往學校的路上，有陽光，有輕輕的風，有成片的樹蔭，有青草的香氣，堆砌出令人心曠神怡的一天。

林兮遲拿著校卡進了校門，將單車停在車棚裡。她把腦袋上的鴨舌帽摘了下來，用手背擦了擦額間的汗。

時間算早，周圍還靜悄悄的，偶爾能見到幾個學生走進教學大樓裡的身影。

林兮遲在原地站了一下，從書包裡偷偷拿出手機，點亮螢幕。

沒有任何訊息進來，也沒有來電顯示。

她瞅了時間一眼，還不到六點半。

忍不住吐出兩個字眼：「廢物。」

二、

高一的課業壓力沒有另外兩個年級的緊迫。

林兮遲沒有選擇住宿，六點半到校，教室裡大半的位子都是空的，只有幾個學生坐在桌前看書，氣氛安靜又沉。

林兮遲又拿起手機看了一眼，還是沒有任何訊息。

她沒再把注意力放在這上面，拿起桌子上的水瓶，走出教室，到走廊的盡頭裝水。再回教室的時候，坐在她斜後面的蔣正旭也到了。

林兮遲喝了口水，坐回位子上。

蔣正旭頂著一副還沒睡醒的模樣，抓了抓腦袋：「許放呢？」

林兮遲的動作一頓，沒說話。

「你們又吵架？」

「也不算吵。」林兮遲轉過頭去跟他說話，「我昨天跟他說，讓他每天早一點起來。我六點起床，六點二十分什麼都弄好了。然後他六點半才起來，我還要等他二十分鐘。」

「他說他起不來？」

「他說。」林兮遲抿了抿唇，突然冒了火，「他不想。」

「……」

「他就想六點半再起床，然後我說那我以後自己去學校，他說不行——」林兮遲越說越氣，猛地拍了拍桌，「我靠。」

「……」

「他還說，如果我覺得不公平的話，也可以六點半起床。」林兮遲深吸口氣，咬牙切齒道：「那我今天還等個屁，我絕對不等。我今天話就撂這了，我再等他一起來學校我就是狗。」

「……」

與此同時，林兮遲的抽屜裡響起手機的震動聲。她頓了下，轉了回去，默不作聲地看著來電顯示。

林兮遲的氣勢頓時沒了一半，她不敢不接，猶豫了幾秒就接了起來。

屏著氣，她沒說話。

電話那頭傳來許放的聲音，他的語氣十分不耐煩，尾音稍稍揚起，說出來的每個字都帶著很明顯的起床氣，『還沒醒？』

原本林兮遲還帶著點惱火。

然而，許放這個語氣，像是當頭澆了一盆水，把她的火氣全部熄滅。

林兮遲忽然有些心虛，她咽了咽口水，想不到該說什麼，只好裝模作樣的、做作的、猶疑的「呃——」了幾聲。

那邊沉默了下來，像是在等待她的下文。

教室的窗戶大開著，清晨的風輕輕吹，濃密的樹木沙沙作響，蟬鳴發出嘶啞的聲音。平時細小的聲音，此刻因為安靜，在兩人的耳邊放大了無數倍。

林兮遲正想隨便胡謅點什麼，身後的蔣正旭在此時湊了過來，「林兮遲，妳在挨許放的罵？」

林兮遲想捂住話筒的時候已經來不及了。

許放明顯把這句話聽得一清二楚，也明白了當前的情況——林兮遲放了他鴿子。

他的呼吸一沉，冷笑了一聲。

林兮遲被這聲冷笑嚇得渾身哆嗦，下意識辯解：「是……是我爸，他催我起床呢……叫、叫我……」

蔣正旭還在一旁看著熱鬧：「我怎麼就成妳爸了。」

許放狠狠嘖了一聲，立刻打斷林兮遲的話，『那妳現在立刻給我出來。』

林兮遲瞬間噤了聲。

電話那頭傳來他稍重的呼吸聲，隱隱還能聽到他來回踱步的聲音。

林兮遲幾乎可以想像到他現在的模樣。

眸子又黑又沉，嘴角緊緊抿著，毫不掩飾自己氣急了的模樣，暴躁地在原地走來走去。

隨後，他怒極反笑，沒再多說一句便掛了電話。

三、

放下手機後，林兮遲苦著臉，義無反顧地決定跟蔣正旭絕交。她剛剛就不應該跟他傾訴。

蔣正旭這人明顯跟許放同個陣營的。

唯有她一人在此孤軍奮戰。

林兮遲鬱悶地翻出課本預習。

蔣正旭一點都不愧疚，坐在後面安慰她：「不用怕，許放也就那脾氣嚇人，他又不會動手打妳。」

聽到這話，林兮遲才稍稍放下心，「也對。」

四、

林兮遲知道許放的騎車的速度很快。

但沒想過他能那麼快。

平時他們兩個一起上學，按正常速度，需要二十分鐘。但這次，距離許放掛電話，只過了不到十分鐘的時間，像是把火氣都撒在車子上。

許放走進教室，腳步大而快，額前滲出細細的汗，將他的瀏海稍稍打濕。深黑色的瞳仁冒著寒氣，表情十分不虞。

他穿著藍白色條紋校服短袖，領子上的兩個扣子扣的嚴嚴實實，只露出一截白皙硬朗的脖頸。

林兮遲不敢看他，低著頭，假裝在認真看書。

距離越來越近。

許放的腳步停在她的桌前，持續了好幾秒後，他突然低下腦袋，很慢很慢地在她耳邊冷笑了一聲：「等著。」

「……」

五、

許放走到她後面坐下，把書包扔到桌子上，力道稍重，在班裡弄出不大不小的聲響。他把雙腳交疊架在桌子前的鐵桿，整個身子向後靠，腦袋微微向下垂，細碎的瀏海遮擋住他眼中的情緒，周圍像是泛著陰鬱的黑氣。

感受到他的氣息，林兮遲猶猶豫豫地往後看。

恰好撞上他的目光。

許放臭著張臉，冷冰冰地看她。

林兮遲立刻露出了十分友好的笑容。

他的表情依然沒有變化，板著張臉，像個大爺似的。

林兮遲的笑容維持了幾秒，發現沒有什麼效果之後，也來了氣，不想再給他好臉色。

她轉頭，在便利貼上寫了一行字，撕下來折成一團，然後丟給許放。

這似是主動示好的舉動讓許放的表情緩和了些。

許放單手支著腮幫子，表情慵懶，慢悠悠地把紙團拆開，瞇著眼看著上面的話——

你知道你是個傻子嗎？

不知道，我告訴你啊。

傻子。

不必回。

「……」

許放忍著把把她罵一頓的衝動，把紙團捏成一團，狠狠地扔進抽屜裡。

六、

連著冷戰了兩節課。

林兮遲覺得足夠了，下課鐘一打便轉頭看向許放，語氣像是賞賜一樣，「屁屁，我決定跟你和好。」

許放站了起來，轉了轉脖子舒緩著肌肉。

聽到這話，他看了過來，就這麼定了幾秒後，倏地扯了下唇，「想得美。」

七、

問題好像突然變得嚴重了起來。

結果他們一個早上都沒怎麼說話，就連平時完全不注意其他事情的學霸隔壁桌都注意到他們兩個之間的異樣，好奇地問：「你們怎麼了？」

此時已經快到下課時間。

林兮遲的心情懨懨的，不想過多地解釋，便隨口道：「昨天他跟我借錢，我沒借，他到現在都沒理我。」

「……」

話音剛落，林兮遲感覺到許放的腿一伸，放到她的椅子下面，然後用力地蹬了一下。

她回頭。

許放低著眼，懶懶散散地靠在椅背上，沒看她。

林兮遲皺了眉，把椅子往前挪了些。

下一刻，許放腳一勾，把她連人帶椅子往後拖。

「吱啦」一聲——

有幾個同學被吸引了注意，但很快就挪開了視線。

林兮遲又回了頭，壓低著聲音問道：「你要幹嘛？」

他依然垂著眼，不看她，也一言不發。

八、

下課鐘響後。

林兮遲默默看了他一眼，覺得自己這次再跟他說話，他肯定不會理自己。她輕哼一聲，收拾好東西，打算去食堂吃飯。

此時周圍的人都差不多走光了，教室裡就剩他們兩個人。

林兮遲剛走了兩步，身後響起了椅子拉開的聲音，她聽到許放起身的動靜，以及他走過來的腳步聲。

林兮遲正想轉頭的時候，脖頸處突然傳來一陣溫熱和將她向後扯的力道。

許放彎著手肘，語氣不帶任何溫度，一字一頓地說：「不是叫妳等著？」

「……」林兮遲想把他的手臂扯開，用了全身的力氣都做不到，也不爽了，「都過了五小時了，你還在生氣？」

許放：「放我鴿子妳還有理了？」

林兮遲：「你死活六點半才起也有理？」

許放：「罵我傻子？」

林兮遲：「我跟你示好你不理我，還想我給你好臉色？你做夢！」

許放：「說我跟妳這個窮鬼借錢？」

林兮遲：「你還說我想得美呢。」

兩人越吵越凶。

說到最後，許放扣著她脖頸的力道加重，另一隻手狠狠地掐住她的腮幫子，見她有反抗的意圖，便騰出一隻手，單手抓住她兩隻手的手腕。

林兮遲簡直要氣炸，「許放！我聽到許叔叔說的話了！」

「哦。」

「他不是讓你收斂脾氣嗎！你收斂個屁！」林兮遲用力跳著，想把他的手甩開，「你現在越來越過分了，你連女生都打，你還要不要臉！」

她邊轉頭跟他說話，邊奮力反抗著。

杏眼瞪得很大，張牙舞爪的模樣，像是想把他撕碎。

有一瞬間，兩人之間的距離變得極近。

她的鼻尖蹭到他的臉頰上，只要輕輕抬頭，就能親到他的下巴。

許放的呼吸一滯，力道也鬆了下來，耳廓開始發紅。

林兮遲的雙手瞬間掙脫開，她鬆了口氣，以為許放聽進去她的話，正想回頭繼續教育他的時候。

許放再度扣住她的脖頸，硬邦邦地說：「說什麼東西。」

林兮遲背對著他，注意不到他滿臉不自然。

這轉變有點莫名，也有點快。

林兮遲愣了：「啊？」

「我打的是女生？」

「……」

九、

結果這場持續了一個早上的冷戰也沒有什麼作用。

之後的時間裡，許放照例每天早上六點半起床。如果發現林兮遲沒等他，先去學校了，他有一百種方法來折騰她。

最後改變他固定的起床時間的原因，是高二剛開學，林兮遲從家裡搬到了外公家的時候。

聽到奶奶說的那些話之後的那段時間。

林兮遲覺得原本過得很快的日子，好像突然變得很慢很慢。

每天睜開眼的時候，覺得陽光好像沒有平時那麼燦爛了，去找許放一起玩的時候，好像也沒有那麼快樂了。

僅僅只是幾週的時間，卻漫長得像是過了幾個世紀。

林兮遲這突如其來的搬家，毫無預兆。

許放為此問了她好幾次，一直得不到答案，後來也生氣了。

又是一場冷戰。

大概算是他們維持得比較長時間的冷戰。

雖說是許放單方面的，但雙方的心情都受到了影響。

再之後，是許放用行動來跟她示好。

後來的每日，林兮遲打開家門，從三樓往下看。

靜謐的老舊社區，早上有蟬鳴，有陽光，有被風吹而搖曳著的樹枝。在這些景色之下，少年站在公寓前的路道，站姿懶散，像是睏到了極致。

偶爾仰頭，看到站在樓層上看他的林兮遲。

他會皺著眼，十分不爽地催促她：「快點。」

林兮遲不會因他的態度而感到不悅。

只覺得，在這盛夏的浮躁裡。

當看到他的身影時，世界好像就變得安定了下來。

十、

外公家的面積不算大，兩房一廳，二十五坪左右。

在林兮遲搬進來之前，她所住的那個房間是一間小書房。用處不算大，大多數時間都是閒置的，久而久之，就成了雜物間。

林兮遲搬得匆忙，房間也沒怎麼裝潢，只是把裡頭的家具換了，再買了張新床。幾坪的房間，一張床，一張書桌，一個衣櫃，別無他物。

乾乾淨淨的，不算花俏，但看著也舒服。

之後的各種裝飾，都是她生活的痕跡。

林兮遲不愛收拾，而且房間的空間較小，看起來更顯凌亂。

外公訓斥了她很多次，但林兮遲依然屢教不改，還厚顏無恥地聲稱不喜歡讓其他人進她的房間，會將她的東西弄亂。

所以每週末的兩天閒置時間，她不會讓許放過來，而是主動去許放家，跟他一起念書。

十一、

許放家是一間別墅。一樓是客廳，二樓則是主人房以及許放的房間。

許放的房間朝南，光線十足，空間還大，有獨立的洗手間。他有點潔癖，東西雖然擺放得七零八落，但房間裡總是一塵不染，窗明几淨。

兩人的關係好，林兮遲又大大咧咧慣了，去他房間從來不敲門。每次都是直接推門而入，通常是先聞聲再見人。

遠遠的就能聽到她的聲音。

聽到之後，許放也沒有什麼大的反應。

要麼是把在打遊戲時，歪得像快軟泥的身子稍稍坐端正一些；要麼是把因為睡姿而撩到胸前的上衣扯下去；要麼就翻過身，裝作一副還沒睡醒的模樣。

一個沒心沒肺，一個滿肚子心思。

卻也異常和諧地度過了這麼多年。

十二、

意外出現在某一日。

那天，林父打了一通電話給林兮遲，主要是徵詢她的意見，問她以後想不想去國外讀大學。

換做是以前，父母問她這個問題，林兮遲第一個浮起來的念頭是——他們在為她的未來做打算。

可如今的她，卻只剩下了「他們想要拋走她這個包袱」的想法。

因為這個，林兮遲心情不太好。不想待在家裡胡思亂想，她拿上講義，臨時決定去找許放一起讀書。

進了許家，跟許父和許母打了聲招呼，林兮遲一步一步往樓上走。安安靜靜的，不像平時那樣，還沒進房間就興高采烈地喊著許放。

而許放昨晚跟人打遊戲熬夜了，不知道林兮遲會過來，他的穿著隨意。此刻只穿著一件短褲在床上睡覺，全身裸露在空氣中，半張臉埋在枕頭裡。

林兮遲推門而入的時候，許放像是感受到了什麼，恰好睜開雙眼醒來。

場面靜止了幾秒。

林兮遲默不作聲地轉頭，很平靜地關上了房間的門。

許放的反應很快，立刻扯過旁邊的被子蓋在身上，睡意在頃刻間全無，暴躁地對她發火：「林兮遲，妳不知道進別人房間要敲門嗎？」

林兮遲愣了下：「我以前也沒敲門。」

「……」許放被她這理所當然的語氣噎到，深吸口氣，試圖跟她講道理，「我每次去找妳都會敲門。」

「你可以不敲啊。」林兮遲把書包放在書桌上，很認真地說：「我又不像你這樣，總會有見不得人的時候。」

許放冷笑：「以後我要鎖門了。」

沒把他這話放在心上，看他被自己氣到了，林兮遲心情反倒好了起來，搖了搖頭，說：「兒大不中留。」

「……」

十三、

許放的脾氣來得快，去得也快，很快就把這件事情拋之腦後。

可之後每一次，林兮遲還是聽進了他的話，來找他都會敲門。一開始許放還會喊一聲「進來」，次數多了，他就懶得理她了。

然而，如果他不回應，林兮遲就繼續敲，敲四下，再不開就五下……直到聽到他不耐煩地讓她直接進來。

許放覺得這種行為，比起以前，像是多了一種疏離感。

林兮遲不明白他這種小少年七曲八折的暗戀情緒，但對於他這種喜怒無常的反應很習慣。盯著他看了幾秒後，只是來了一句：「今天又發病了。」

「……」

十四、

許放覺得自己不可能在提出讓她以後過來都要敲門之後，又再次提出讓她像以前那樣，直接推門進來就行的要求。

但這種相處方式，比起他們以前，實在過於生疏，讓他有些不爽。

所以之後，林兮遲過來的時候，如果敲門了，許放就刻意地擺出一副冷臉，希望她能識時務一點——以後不要再給老子敲門了！

但神經大條的林兮遲根本發現不了，只覺得許放可能是打遊戲打到失去理智。

再後來，許放咬咬牙，終於想到一個辦法。

接下來的一段時間裡，林兮遲過來的時候——許放不但沒鎖門，他連門都沒有關。

十五、

每週週二下午的最後一節課是班會課，結束後，便是一週一次的大掃除。

這個大掃除安排的人員，是按照學號排的。每次十五個學生，以此輪流下去。

林兮遲和許放的學號差得很遠，所以他們大掃除的時間從來沒有輪在同一週。每次都要等對方弄好了，再一起回家。

又是輪到許放大掃除的一週。

林兮遲不想浪費這個時間，乾脆坐在位子上背課文。

過了一下，站在她前面第二張桌上擦風扇的許放突然停下動作，喊她：「喂，林兮遲。」

林兮遲抬頭看他。

許放：「過來幫我洗個抹布。」

林兮遲坐在原地沒動，歪頭思考了下：「不幫。」

「……」

許放沒事找事似的：「妳不幫我我還要爬下去洗，再爬上來。」

「那我幫的話，」林兮遲理直氣壯，「我也要走過去洗，洗完還要去洗手，然後再回來看書，我還比你多一個步驟。」

許放沒再說話，靜靜地看著她。

又是這種用眼神迫她的樣子。

林兮遲突然來了氣，重重地把課本拍到桌上：「你就不能好好擦風扇嗎？我都忘了我背到哪了。」

「……」

「而且你瞪我幹什麼，我今天又不用大掃除，我為什麼要去洗抹布。」林兮遲覺得他這人特別雙標，氣得半死，「我上上週大掃除的時候你幫我了嗎？」

聽到一半，許放收回了視線，默不作聲地跳下桌，到旁邊的水桶洗抹布。

林兮遲不依不饒地站了起來，走到他旁邊：「你看一下別人，哪有人擦個風扇像你這麼多話，哪有人擦個風扇還要別人幫忙洗抹布……」

許放忍不住打斷她的話：「喂，妳夠了啊。」

林兮遲閉了嘴，睜著一雙圓眼看他，惱火的情緒似乎還在。

本以為他要罵過來，林兮遲已經在內心準備好怎麼罵回去的時候，許放重新跳上桌，聲音低了下來，聽起來含糊不清的，「也不用這麼生氣吧。」

十六、

自從分組之後，林兮遲花在讀書上的時間越發的多。

兩人這學期的位子離得很遠，林兮遲坐在第四組的第二排，許放坐在第一組的最後一排，所以她不知道他上課是什麼模樣。

只知道，高二上學期的期末考試，許放差一名就掉出了前段班。

因為這事情，林兮遲開始關注許放的成績。偶爾上課的時候，會回頭看他在做什麼，像是無聲無息出現在班級門口的班導師。

除了文科課，別的課他都有聽。

但林兮遲還是為此訓斥了他一頓。

畢竟還有學業測試，到時候沒過，又要花時間考一次。

這就浪費了很多時間。

林兮遲這些話，許放只是左耳進右耳出，聽了就過。

他完全沒有一點點著急的心情。

除非林兮遲抓著他讀書，否則除了老師安排下來的作業，別的內容，他一點都不會碰。

十七、

溪城一中就是考場，林兮遲和許放的學業測試都被安排在本校。那天，是許父開車送他們兩個去學校的。

路上，林兮遲一直囑咐許放：「你記得每個空都要填，不會的就猜，反正全部都是選擇題，而且考到C就可以了……」

許放不理解她為什麼這麼放不下心，但不想影響她考試的心情，只能耐著性子應著，頻頻點頭。

到後來，許放覺得，可能是林兮遲自己心裡沒底，才這麼緊張。

他也開始安慰她：「沒事，就一場小考，過不了大不了再考一次。」

聽到這話，林兮遲直接炸了：「絕對不行！許放！你能不能有點志氣，我們學校去年一個沒過都沒有，你要是不過，你想想一下那個畫面有多丟人！」

「……」

許放不敢再刺激她。

十八、

結果如他所料。

出了考場，許放在跟林兮遲約定好的地點等她。很快就看到她的身影，以及她泛紅的眼眶。

許放傻了，走過去站在她身前，垂頭看她。他的喉結滾了滾，不知道該怎麼安慰她，只能說：「現在成績還沒出來……」

林兮遲揉了揉眼，抓住他的手臂說：「屁屁，我剛剛睡著了。」

許放的眼神一滯，不敢置信道：「妳睡著了沒寫完？」

聞言，林兮遲愣了下：「怎麼可能，我半小時就寫完了。」

「……」那哭什麼？

許放猶疑著問：「妳不會寫？」

「我怎麼可能不會。」林兮遲被他弄糊塗了，接著把剛剛的說完，「我夢到你考試的樣子了，你是不是沒寫完。」

聽到她的話，許放才鬆了口氣：「我寫完了。」

「我剛剛夢到你在學校裡出名了。」林兮遲的心情還很低落，用手背揉了揉眼，「夢到你不會寫，然後在考場裡嚎啕大哭，被趕出考場了。」

許放：「……」嚎啕大哭？

「屁屁，你不要哭。」林兮遲抬頭，踮腳拍了拍他的肩膀，「考不到C就算了，我們還有機會，我幫你補習。」

許放：「……」

他真沒聽錯。

十九、

真正知道林兮遲搬家的原因，是在高二升高三的那個暑假。

那是開學的前一天。

那天下午，兩人複習到一半，林兮遲突然去了趟廁所。

許放在書桌前坐了一下，把數學試卷上選擇題和填空題都做完了，林兮遲還沒回來。他有些納悶，乾脆去廁所看了一眼。

沒有人。

許放也沒想太多，只覺得林兮遲是回家拿東西。他下了樓，到廚房拿兩瓶牛奶出來，順便翻了翻櫃子，翻出兩包洋芋片。

他走出廚房，突然注意到玄關處的門沒有關好，此時半開著。

隱隱能聽到一個女生的尖叫聲。

許放頓了下，想起突然消失的林兮遲，呼吸一頓，連忙跑了出去。

此時，對面的門也大開著。

許放正想進去看看的時候，聽到了林玎的話：「林兮遲！妳給我記住了，妳是多餘的，妳是被領養的！要不是我爸媽妳現在還不知道在哪——」

接著，林兮遲從裡面走了出來，關上了大門。

將裡面的聲音與外面隔絕開來。

許放半蹲在院子的樹叢後面，露出大半個身體。

可林兮遲像是完全沒注意到，也沒把視線放過來，只是靜靜地站在原地。過了好半晌才反應過來，重新進了他家。

在這麼陽光明媚的一個下午。

許放真真切切地感受到她的難熬和無助。

他突然想起之前對林兮遲的追問，看到她不想回答的表情，他也完全沒有收斂情緒，反而更加生氣。

為此，他還跟她冷戰了整整三天的時間。惹得她在第四天早晨，像是哭了一個晚上，紅腫著一雙眼來到學校。

她過得那麼不好。

他沒有發現，反而也成了傷害她的人。

有比他更差勁的人嗎？應該找不到了吧。

二十、

高三開始後，許放一改過去兩年的鬆散和懶惰，每天五點就起床，五點二十分騎車出門，到林兮遲家樓下背課文。

等到六點鐘，準時看到她的身影。

這成了他每天的日常。

背書，等林兮遲，讀書，去林兮遲家念書，然後回家。

他的成績其實不算很差，畢竟高中三年一直待在前段班，考上個國立大學對他來說，不算太困難。

但林兮遲想去S大。

她的成績，也一定可以考上S大。

許放第一次感受到時間的緊迫，像是塊石頭壓在他的胸口上，讓他喘不過氣來。

他開始覺得後悔了。

之前是覺得，如果她要報考S大，那麼他就選個源港市的大學。儘管不能每天都見面，但至少，每週他能過去找她幾次。

可自從知道林兮遲家裡的情況之後，許放突然不想這樣了。

他想跟她一起去S大，希望她想要依靠的時候，他能隨時出現在她身邊。

他希望是這樣。

可這是在他能力之外的事情。

二十一、

距離升學考越來越近。

林兮遲反而沒有先前那麼緊張，每天在固定的時間寫試卷，還能騰出一些時間跟同學聊聊天，算是放鬆一下。

炎熱的夏日，外頭在下雨，空氣悶躁難耐。

下課時，班裡像往常一樣，開窗通風。空調被關掉，頭頂的風扇「吱呀吱呀」地響，教室裡算熱鬧，卻也不算太吵。

隔壁桌突然跟她聊起了班裡的男生，不知不覺就聊到了許放。

都知道林兮遲和許放的關係好，算是形影不離。而且都是半大的孩子，對這種事情的八卦和好奇心格外多。

所以，私下有很多人會談論他們兩個。

隔壁桌笑咪咪地，半開玩笑著問：「如果許放喜歡妳，妳會怎樣？」

林兮遲傻眼，只覺得她這個問題格外不可理喻：「不可能的。」

隔壁桌卻對此來了興致，不依不撓地問：「我就說如果啊，如果。」

「……」

林兮遲偷偷往後看了許放一眼，此時他整張臉都埋在臂彎裡，只露出細碎的短髮，一動不動。周圍的吵鬧聲完全影響不到他，彷彿已經睡著了。

擔心會被他聽到這種話，林兮遲真的覺得很尷尬。她壓低了聲音，說出自己此時的內心想法：「那我可能會很尷尬吧……」

兩人沒再繼續這個話題。

隔壁桌：「唉，隔壁班的李周齊有點帥。」

林兮遲：「那是誰？」

隔壁桌指了指外面：「就現在路過我們班門口的那個，走在最前面的那個。」

林兮遲看了過去，小聲道：「還好吧。」

「這個還好？」隔壁桌瞪大眼，覺得她實在是高要求，「行吧，那妳說說，妳喜歡什麼類型的？」

「啊，我？」林兮遲搖搖頭，「我沒想過這些。」

「那妳現在想想。」

林兮遲也來了興致，托著下巴，細細地想：「長相的話，我喜歡有雙眼皮的男生，最好戴個眼鏡，笑起來很可愛的那種。性格，希望脾氣好一點……」

她的話還沒說完，身後突然響起了椅子向後推的聲音。

然後她的肩膀被人狠狠一撞，林兮遲下意識抬頭，撞上了許放漆黑深邃的眼。

她莫名其妙：「你撞我幹嘛？」

許放抓了抓腦袋，像是剛被吵醒了一樣，語氣惡劣無比，「吵死了。」

二十二、

午休時間，住校的學生都會回宿舍小憩一下。

林兮遲和許放，還有幾個非住校生只能待在教室裡午休。當然也有些學生不回去睡覺，也待在教室裡。

這大概是除了上課和自習，教室裡最安靜的一段時間。

林兮遲把手中的試卷做完，看了黑板上寫著的「距離升學考還有十七天」一眼，慢吞吞地趴在桌上，睡了過去。

周圍隱隱能聽到窗簾被拉上的聲音，眼前一片漆黑。

不知過了過久，林兮遲睜開眼，迷迷糊糊地與許放的視線對上。

一時間，她以為自己還沒醒來，小聲地說：「屁屁，你沒睡覺嗎？」

他沒回答。

林兮遲疑惑道：「你在看我嗎？」

下一刻，許放從一旁扯過一張試卷，蓋到她頭上，語氣帶著被戳穿的惱意，「睡妳的覺。」

二十三、

升學考成績出來的那天。

林兮遲特地去了許放家，跟他一起查成績。

查許放的成績時，林兮遲比查自己的還要緊張。她屏著氣，快速地輸入了許放的准考證號和出生年月。

等待——網站卡了足足三分鐘。

成績出來了。

許放考得比林兮遲想像中的要好一些。

她興奮地拍了拍他的肩膀，立刻站了起來：「我去跟許叔叔和許阿姨說！他們肯定很開心！」

許放扯了扯嘴角，沒動。

林兮遲愣了，原本激動的心情也失了大半：「你不開心嗎……」

「沒有。」許放揉了揉她的腦袋，勾唇笑了，「挺好。」

二十四、

填報志願時，林兮遲又抱著升學考志願書往許放家跑。

她早就有目標了，此時不用考慮太多，多是幫許放想：「你想報考什麼大學呀？你這成績很多學校都能上。」

許放躺在床上，懶洋洋地說：「Z大吧。」

「Z大——」林兮遲翻了翻志願書，很不是滋味地說，「哦，好像蔣正旭也選了這個，你們一起嗎？服了，他怎麼老跟你一起。屁屁，我才是你最好的朋友，你要永遠記住這一點。」

「……」

林兮遲：「要不然我也報Z大……」

許放立刻看了過來，毫不客氣道：「妳有病？」

「……我就說一下。」林兮遲繼續翻志願書，突然發現S大有個國防生的分數線：「咦，這個怎麼這麼低，屁屁你可以選這個誒……」

很快，林兮遲反應了過來：「哦，國防生。算了，這個好像很辛苦的……Z大有什麼科系啊，我怎麼翻半天找不到Z大。」

許放抬眸看她：「什麼國防生？」

林兮遲沒再提那個，開始看科系：「沒什麼。屁屁，你選什麼科系比較好？藥理學？或者化學工程……」

許放默不作聲地傾身，從床頭的櫃子裡翻出自己那本志願書。一頁一頁地翻，然後看到了S大國防生的分數線。比普通生的低了將近五十分。

他的成績剛好能上去。

二十五、

當天晚上，他和父母商量了一番。

一向任何事情都支持他的父母，破天荒地猶豫了很久。

最後還是同意了他的選擇。

二十六、

國防生錄取結果出得很快。

許放沒有告訴林兮遲，直到她的錄取結果出來了，問他的錄取結果時，許放才跟她說了自己填報了國防生的事情。

看著林兮遲愣愣的表情，許放只覺得壓在心頭的那塊石子——終於被挪開了。

二十七、

他會一輩子陪著她的。

那麼長時間的陪伴，他不相信她會永遠察覺不到他的感情，他不相信她不會喜歡上他。

從小到大，從以前到現在。

他會讓自己成為林兮遲生命中不可或缺的一部分。

他會讓她離不開他。

從現在到未來。

他會一直陪著她，然後，這大概是最漫長而又最迫切的等待。

不知道要等多久，但他有足夠的耐心，他會一直等。

她一直都發現不了也沒有關係。

只要不是別的答案，等到七老八十也無所謂。

只要不是別的答案，他就能一直等。

等林兮遲喜歡上許放。

番外三　和你未來的每一天

一、

許放的工作調動結果在九月份的時候順利下來，等工作崗位穩定後，他向上級申請了家屬隨軍。

因為家就在軍隊駐地，而且軍區機關上班時間穩定，之後他便每天都能回家。

對於兩個人來說，這像是上天的恩賜。

林兮遲有了每天想要快點回家的盼頭，也不用再因為他的工作而擔驚受怕。而許放也不再需要從電話裡猜測她的情緒，跟她不再需要再過聚少離多的日子。

某日，林兮遲一個同事跟她說了個消息，讓她突然記起了結婚前跟許放提出想要養狗的要求。

那時候許放的態度很強硬，完全不同意她的要求。在她死纏爛打半天，軟硬皆施後，才得到他不甘不願地點頭。

同事家養了一隻母柴犬，這兩天生了四隻小狗。先前她看林兮遲這麼喜歡他們家的柴犬，便打了個電話，問她有沒有領養一隻的意向。

這個消息讓林兮遲始料未及，她興高采烈地應下，轉頭回了房間。

見許放靠在床頭玩手機，她爬了過去，半個身子壓在他身上，笑咪咪道：「我們要有狗了。」

許放眼也沒抬，騰出一隻手捏她的臉，語氣漫不經心卻意有所指，「我早就有狗了。」

林兮遲腦袋一偏，把他的手扯開，鼓了下腮幫子：「外面有？」

聞言，許放把手裡的手機扔開，看向她：「家裡有。」

「哦。」林兮遲又往上爬了爬，伸手想去揪他的臉，碰到鬍渣又縮了回來，認真說：「我在外面有。」

許放低下頭，用下巴處硬硬的鬍渣去蹭她，「說什麼屁話。」

「本來就是！我剛剛不是跟你說了嗎！」林兮遲被他弄得忍不住笑，「小陳家的柴犬生了，剛剛問我要不要領養一隻。我同意了，過一個多月我就去抱回來。」

許放臉上的笑意僵住，瞬間坐直起來。盯著她看了好一陣子後，重新拿回剛剛被他扔在一旁的手機，表情略顯不悅。

「你幹嘛？」林兮遲趴在他旁邊，雙手托著腮，很不高興地說：「這是你之前答應我的，你想反悔？」

許放承認得很乾脆：「對。」

「……」

他這麼乾脆俐落，一時間，林兮遲差點以為自己才是那個不守承諾、出爾反爾、令人作嘔的人。

很快，她反應了過來，瞪大眼：「你還很理直氣壯。」

「哦。」許放垂眸看她一眼，「對不起，我反悔了。」

「……」

許放這種口頭上的反抗根本沒有什麼作用。

接下來的時間，家裡漸漸多了不少養狗需要用的東西。

林兮遲買來後，美滋滋地把玩了一下就隨處安放，然後等待許放忍無可忍地把這些東西收拾好。

許放跟她說了好幾次東西不要亂放，態度一次比一次嚴肅，但林兮遲的態度總是漫不經心的。

最近這一次，許放再次教訓她的時候，林兮遲正躺在沙發上看手機。聽到這話，她默了幾秒後，學著他之前的語氣：「哦，對不起，我亂放東西了。」

然後彎著嘴角繼續看手機，沒有任何要過來把東西收拾好的動靜。

許放：「……」

許放的嘴角一抽，走過去把她拎起來，冷笑道：「沒聽到我說話？」

林兮遲頓了下，神情古怪：「我剛剛不是回你了嗎？」

許放氣樂了，默不作聲地盯著她看。

空氣靜止幾秒。

林兮遲抿了抿唇，推開他的手，盤腿坐到沙發上，板著一張臉，一副要跟他講道理的模樣：

「屁先生，是這樣的。你是不是以為我們家家規，有一條叫——只許屁屁放火，不許遲遲點燈。」

「……」

「你做夢。」林兮遲哼了一聲，又重新躺回沙發上玩手機，「敢欺負我，我有一百種方法讓你後悔。」

許放沒出聲，開始把被她扔在客廳四處的東西收起來放好。

室內瞬間安靜下來，跟剛剛形成了鮮明的對比。

這樣的安靜讓林兮遲有些不自在，忍不住回頭看他，卻只能看到他打開電視櫃的背影，高大而挺拔。

不知是不是她的心理作用，總覺得他的情緒落寞低沉。林兮遲突然有點後悔，悶悶地放下手機，琢磨著怎麼哄他。

還沒等她想好，收拾好東西的許放突然折了回來，俯身抱起她，一言不發地往房間的方向走。

林兮遲傻了：「你要幹嘛？」

「欺負妳啊。」許放把她放到床上，低頭用小尖牙咬了咬她脖頸處的軟肉，啞著嗓子悶笑，「我倒要看看妳怎麼讓我後悔……」

之後，許放依然對養狗這件事情保持著十分抗拒的態度，林兮遲依舊買了許多關於養狗的東西，放在家裡每個角落找存在感。

一個多月後，林兮遲到同事家去領來自家的小柴犬——許放送她去的。

二、

對於養狗這件事情，許放之所以抗拒的原因，其實很簡單。

他知道林兮遲喜歡狗，養了狗之後，原本花在他身上的時間，一定會分去大半在這隻狗上面。他會很不高興。

果然，事情也如他所想的那樣。

小柴犬被帶回來之後，林兮遲取名字取得乾脆俐落，完全沒有半分猶豫，像是理所當然一樣，喊牠「放放」。她彷彿看不到許放的黑臉，每天就坐在放放的旁邊看牠，甚至不放心讓牠獨自在家，連上班都要帶牠一起去。

在多次受到林兮遲的冷落後，許放極其不爽，開始處處找碴。

許放：「那隻狗今天又在房間廚房拉屎。」

是指責的語氣。

林兮遲正揉著放放的腦袋，沒聽出他的指責，隨口應道：「你記得收拾。」

「……」許放額角抽了抽，按捺著脾氣繼續道：「妳晚上別把牠放房間睡覺，牠睡覺會叫，很吵。」

「哪有，我沒聽過啊。」

「我今天穿的衣服上全是狗毛。」

林兮遲湊過來，從茶几下方翻出一卷膠帶：「我幫你弄掉。」

許放冷著的臉總算緩和了些。

下一刻，林兮遲瞪大眼，在他身上四處尋找著，終於在上衣的下擺處找到一根狗毛。她的動作停了下來，總算意識到他是在沒事找事。

「屁屁。」林兮遲抬頭看他，「我怎麼覺得我一個月總有的那一次——」

她的尾音拉長，後面的話沒說下去，聽起來意味深長。

許放的眉眼一抬，淡聲道：「什麼東西。」

「就是女人一個月總有的那一次。」林兮遲伸出手指，戳了戳他的腹肌，「我感覺我的那一次，每個月都跑你那去了。」

許放：「……」

她是在說他無理取鬧吧？

林兮遲感慨：「這種事情還能轉移的嗎？」

「……」

漸漸地，林兮遲察覺到許放對放放的態度似乎越來越不友善。

就比如說，有時候讓他去幫放放餵晚飯，都要催半天，他才心不甘情不願地去。

她有些惆悵，感覺是一個家庭裡容不了兩隻狗。

有時候憂鬱起來，林兮遲還會一臉痛心地看著他，非常認真地提醒他：「屁屁，你要記住，你是人，不是狗。」

許放：「……」

神經病。

林兮遲從不擔心許放對放放會永遠保持這樣僵持的相處方式。她堅信，狗這麼可愛的生物，一定能軟化所有心腸冷硬的人，包括許放。

但時間長了，她這個堅定的想法，不由得開始動搖了。

許放好像確實是如他自己所說的那樣，真的非常討厭狗這種生物。

看著許放對著放放的撒嬌當作空氣一樣，毫無表情，連一根頭髮都沒有變化，林兮遲對接下來的日子有些不知所措。

直到有一天。

林兮遲在房間睡午覺，醒來卻不見許放。她起身，揉著眼，赤腳往客廳的方向走，微涼的腳掌陷入毛茸茸的地毯之中，悄無聲息。

從這能聽到放放的叫聲，還有許放略顯低沉的呢喃聲，聲音有些嚴肅：「別吵，你那個傻主人在睡覺。」

放放又「汪」了一聲，像是在應他的話，接下來便沒了聲響。

林兮遲的腳步停了下來，好奇地聽著他們接下來的動靜。

又傳來窸窸窣窣的聲音，像是許放正在拆什麼東西的包裝，隨後，他低著聲音道：「看我做什麼，你那傻主人不讓你吃這東西。」

「汪！」

「別叫。」

「……汪。」

「別看我行嗎。」

「……」

「你這樣看我我怎麼吃。」

「……」

「行行行，給你吃——」說完，許放飛快地補充了句，聲音惡狠狠地，「你敢告狀我就把你送人。」

「……」

「你這是聽懂了？」許放像是傻了，「你是神仙狗？」

「汪！」

林兮遲的嘴角忍不住翹了起來，重新抬腳往前走，看向客廳。

男人正坐在電視前方的地毯上，低著眼，沒有注意到她。陽光透過落地窗灑了一地，在他身上暈染了淺淺的光暈，看起來溫暖而生動。

小柴犬正趴在他腿邊，低頭吃力地咬著一塊小肉乾，時不時抬頭看向他，眼睛圓而大，濕漉漉的，顯得有些委屈。

許放勾起唇角，摸了摸牠的腦袋：「行了，把你送走我老婆會把我揍死。」

下一刻，他的眉眼一動，突然注意到站在一側的林兮遲。頓了幾秒後，許放嘴角的笑意收起，眼睛微垂，面無表情地站了起來。

林兮遲平時沒察覺到，此時這麼一看，突然覺得他的反應刻意而不自然。

許放沒動，就站在她附近，嘖了一聲：「管好這隻狗，老是隨便咬東西吃。」

林兮遲眨眨眼，突然覺得他這個樣子格外可愛。她走過去站在他面前，鹿眼彎成月牙狀，湊過去親他。

「知道了。」

三、

春節過後兩天，兩人迎來了結婚後過的第一個情人節。

連著七日的休息，令節後的醫院格外忙碌。接踵而來的兩日加班，讓林兮遲忙得暈頭轉向的，完全忘了這個節日。

直到下班後，看到動態上一大堆秀恩愛的人，捧著花前來接同事去約會的對象，以及街道上成雙成對的人，林兮遲才忽然記起來了。

啊，今天是情人節啊。

一時間，她的心底不免有些羨慕這些脫單的人。

這個念頭剛起來兩秒，林兮遲突然反應過來，今年和往常不一樣。

今年的許放，是切切實實的在她的身邊的。而不是像過去幾年那樣，要麼她忙著實習，要麼他在部隊裡，連見一面都難。

但過去那幾年，就算許放沒有時間回來陪她，也會托人把事先買好的禮物送給她，更別說這次許放人就在這了。

想到這，林兮遲打了個電話給許放，有點期待接下來的驚喜，嘴角情不自禁地翹了起來。很快，許放接起了電話，聲音平穩，帶著淺淺的氣息：『喂。』

林兮遲抬腳往家裡的方向走：「屁屁，你知道今天是什麼節日嗎？」

許放沒出聲。

林兮遲眨了眨眼，堅持不懈地重複了一遍。

許放『嗯』了一聲，說話的語氣很平常，尾音習慣性地拉長，懶洋洋的，像是完全沒把這個節日看在眼裡：『情人節啊。』

說完這四個字，電話裡安靜了下來。

林兮遲還在等著許放繼續說接下來的話，可他卻半個字都沒再說。她頓了一下，很古怪地問了一句：「你沒話跟我說了嗎？」

許放輕笑一聲：『還要說什麼。』

「……」林兮遲的心情莫名有些悶，她抿了抿唇，沒再繼續提，隨口問，「你在幹什麼？」

『跑步。』

林兮遲認真聽了聽，確實聽到了他的呼吸聲，比正常時候要急促一些，還能聽到鞋子拍打地面的聲音。她有些無語，瞬間認清了事實，只好鬱悶地踢了踢眼前的石子，冷聲道：「你有病，十點多了跑什麼步。」

許放的聲音吊兒郎當的：『我鍛煉身體啊。』

「……」林兮遲氣得直接掛掉了電話。

與此同時，身後傳來了跟剛剛電話裡節奏差不多的腳步聲。還沒等林兮遲回頭，她就被扯進一道溫熱的懷抱之中，伴隨著男人鋪天蓋地的氣息。

「掛什麼電話啊——」

林兮遲下意識仰頭，瞬間看到男人流著汗的臉頰，晶亮的黑眼。她還生著氣，直接推開他繼續往前走，陰陽怪氣地說：「您怎麼鍛煉身體鍛煉到這來了？」

許放把手機塞進她的手裡，淡淡道：「路過。」

「……」林兮遲把手機塞回他的手機，瞪著眼道：「那你趕緊過吧，給我你的手機幹什麼，我不缺手機。」

許放沒接，理直氣壯道：「我累了。」

林兮遲：「……」

拿個手機能累死你！能要你老命！你就是想氣死我！

但他的財產就等同自己的財產，林兮遲也狠不下心把手機砸了，只能咬咬牙，十分不高興地垂下眼。然後，瞬間看到了螢幕上的內容。

因為許放剛剛在跑步的原因，螢幕上顯示的是他用的一個運動軟體，上面會顯示運動軌跡，跑的公里數和時間。

此時，林兮遲這麼一看，就注意到上面的軌跡顯示的是 0710，總計時間 00:52:00，全程公里

13.14。

0710、520、1314。

她的視線一頓，抬頭看向許放，恰好對上他的視線。

因為剛運動過，男人的眼睛還冒著點濕氣，臉頰和耳後一片泛了紅。只看了她一眼，他便挪開視線，看向別處，抬手摸了摸腦後勺。

林兮遲的那點怒火瞬間蕩然無存。

又走了幾步路，許放突然攤開手掌，沒看她，語氣略沉，自以為非常不動聲色地說：「我的手機。」

林兮遲「哦」了一下，乖乖地把手機還給他。

冷場幾秒。

許放垂眸看著螢幕上的內容，用餘光注意了下她的反應，微微皺了眉，不太肯定她有沒有懂上面想表達的內涵。

那話實在是太肉麻了，他真的無法說出口。但她沒懂的話，又讓他有些不爽，而且她剛剛好像還因為電話的事情在生他的氣……

許放的腮幫子動了動，側頭看她。

恰好林兮遲也抬了頭，指了指他的手機，小聲道：「屁屁，你能不能把那個圖截給我。」

許放嘴裡含著的話瞬間咽了回去，沒出聲，別過腦袋，表情略顯不自然。直到林兮遲又催促了一次，他才回過神，像是十分不在意地點了點頭，「嗯。」

圖傳送成功後，兩人繼續往前走。

許放沒說話，林兮遲也沒主動出聲，只是一直看著手機，不知道在擺弄什麼。

快到家門口的時候，林兮遲突然揪住他的衣角，笑咪咪地把手機遞到他眼前：「屁屁，我剛剛把你表達了會愛我一生一世的那張圖上傳動態了。」

許放的腳步一頓，看著她留言區下方一堆熟人的調侃，他惱羞成怒地板了臉。正想把她扯進房子裡教訓一頓的時候，又聽到她十分突兀地接了一句。

聲音很低，像是蚊子在叫：「我也是。」

「……」

片刻後，許放垂下眼，走到前面去開門，身子背對著她。他的喉結滑動了兩下，嘴角慢慢地勾了起來，聲音平靜淡然。

「聽到了。」

四、

又一年生日。

吃完許放做的晚飯，拆完許放送給她的禮物，鬧了許放好一陣子後，林兮遲看著電視機上的零食廣告，突然有點嘴饞。

她仰頭看著天花板，冥思苦想了半天後，靈光一閃：「屁屁，今天放放沒有在家裡拉屎，我決定吃個東西慶祝一下。」

許放低眼打著遊戲，沒出聲。

他這副這麼認真的姿態，讓林兮遲更有了想要騷擾他的衝動。她打開手機，歪著頭問：「你說我是點炸雞，還是點燒烤吃？」

許放眼也沒抬，像是沒聽到一樣。

這樣完完全全的忽視，讓林兮遲越挫越勇，她把腳搭在他的腿上，像是過動症一樣，單手掐住他的臉：「你給我點建議。」

這下許放終於有了動靜，懶懶散散地抬起眼，淡聲道：「妳餓了？」

林兮遲想了想，誠實道：「沒有，我就是有點嘴——」

「饞」字還沒說出來，許放重新垂下眼，順手把她整個人扯過來塞進懷裡，繼續看著手裡的手機。像是只聽到了前兩個字一樣，他捏了捏她腰上的軟肉，沉吟片刻，很認真地給了她一個建議。

「我建議不要吃。」

林兮遲：「……」

五、

在發生了多次，不管林兮遲怎麼嗆許放，他都要與她計較到底，完全沒有一點為人丈夫的自覺感後——

某一次，林兮遲湊過去將他的手機遊戲關掉，擺出一副要與他徹夜長談的姿態，認真道：

「許放，你以後不要喊我遲遲了。」

「……」許放掀起眼，淡淡道：「我什麼時候喊妳遲遲了。」

被戳穿了，林兮遲絲毫不覺得尷尬，接著自己的話繼續說，像是想要引起他的愧疚心：「你喊我兮兮吧，可憐兮兮的兮兮。」

「哦。」許放這次倒是配合，「兮兮。」

這種配合反倒讓林兮遲有種失真感。

但她還沒來得及產生猶疑的情緒。下一刻，許放又補了一句：「傻兮兮的兮兮。」

「……」

「滿意了嗎？」許放扯起唇角，漆瞳劃過一絲笑意，「整天傻兮兮的。」

林兮遲：「……」

六、

結婚兩年多後，林兮遲懷上了孩子。

之後她像是找到了可以完全嬌縱無理取鬧的途徑，總喜歡黏著許放，惹他發脾氣，成功了之後又像獻寶似地去親他，然後和好，繼續反覆做同樣的事情。

像是一下子從二十八歲掉到了八歲。

許放雖然覺得好氣又好笑，但看她完全沒有什麼妊娠反應，幾乎沒有特別難受的時候，也就由著她去。

有時候看她興致來了，也會忍辱負重地配合她。

某天，許放下班回來。

林兮遲躺在沙發上，順著玄關的聲音望去，抬頭看了看牆上的時鐘，一板一眼地說：「現在是北京時間十八點三十六分，你平時三十五分就回來了，今天遲到了一分鐘是怎麼回事。」

「……」許放看了她一眼，一時間不知道該如何應付她這話，他沒說什麼，轉頭進了廚房，開始收拾著剛從市場買的菜。

林兮遲想去廚房跟他說話，在沙發四周找了找自己的拖鞋。還沒等她找到拖鞋，突然注意到趴在沙發旁邊的放放。

林兮遲若有所思的歪著腦袋，突然蹲在牠旁邊，提高了音量說：「放放，你幫我找找我的拖鞋，我找不到了。」

放放的眼珠子動了動，然後垂下眼皮，沒理她。

「你也找不到嗎？看來是有點難找。」林兮遲很苦惱，轉頭指了指茶几，「那算了，你不用幫我找拖鞋了，你去倒杯水吧。」

「……」放放的耳朵動了下，轉頭把腦袋埋進沙發的縫隙裡。

林兮遲還想說什麼，餘光注意到許放的身影，下意識看了過去。

許放走到房間門口，把地上的拖鞋拿了起來，走到林兮遲面前，蹲下身幫她把拖鞋穿好。接著把她抱起來，放到沙發上後，又到茶几前，倒了杯溫熱水塞進她的手裡。

許放蹲在她面前，深邃漆黑的眼直視著她，眉梢微挑，捏了捏她的指尖，帶著笑意說：「還要什麼？」

林兮遲喝了小半口水，嘴唇晶瑩紅潤，笑咪咪地湊過去親他，「我剛剛的問題你還沒給我回答。」

聞言，許放舔了舔唇角，突然想起她剛剛那個無理取鬧的話。

林兮遲還滿懷期待地，想著他不論怎麼解釋，她都能把話題扯成「許放在她懷孕之後，回家的時間越來越晚」，然後繼續借題發揮。

然而許放根本沒想到這上面去，他略一思索，感覺這麼不正常的話，認真解釋反倒不太正常，只好順著她的腦迴路答道：「我在等妳幫我開門。」

這個回答讓林兮遲始料未及，懵懵地說：「你不是有鑰匙？」

「想妳來迎接我。」

「那你怎麼不按門鈴？」

許放眼睛一抬，思路清晰道：「妳不是知道我三十五分會回來嗎？那我按什麼門鈴，這不是多此一舉。」

「……」

有道理。

七、

林兮遲懷孕八個月的時候，肚子已經像球一樣大了。她幾乎沒有別的症狀，每天依然沒心沒肺的，偶爾會因為體型的變化覺得有些不便，但仍舊每天開心正向。

一日，林兮耿和何儒梁恰好在附近吃飯，吃完便順路上來他們家坐一下。

兩人比許放和林兮遲晚半年結婚，住的地方在他們附近，開車過來大概十來分鐘。林兮耿每週大概會過來兩三次，偶爾會拉上何儒梁一起過來。

林兮遲和林兮耿永遠是這樣。

親暱的像是一對雙胞胎，一碰到面就把自家老公忘得一乾二淨。喜歡跟對方悄悄說一些小祕密，不願意讓許放和何儒梁聽到。

次數多了，許放和何儒梁也就十分自覺，每次都一起到書房裡打遊戲，留寬敞的客廳讓她們談天說地。

兩個大男人在書房裡其實沒有什麼交流，嘴唇都閉得緊緊的。但室內也不安靜，遊戲的音效聲響亮，氣氛卻莫名蕭條。

連玩了好幾局，許放把手機放下，皺著眼說：「九點了，你們該回去了。」

何儒梁抬手推了推眼鏡，桃花眼微微瞇起，帶著淺淡的笑意，沒有半點要起身的動靜：「耿耿不讓我催她。」

許放嘖了一聲，異常不滿：「說什麼能說這麼久……」

下一刻，客廳傳來林兮耿的驚呼聲，尾音發顫，像是恐懼到了極點。

何儒梁立刻站了起來，拉開門往外走。

許放跟在他後面，心底也莫名發緊，然後，他看到了令他一生難忘的一個畫面。

此時，林兮耿正縮在沙發的角落，語調拼命向上揚：「我靠！怎麼會有這麼大的蟑螂！林兮遲妳別過去行嗎！」

而林兮遲走到電視櫃前面，面容平靜，屏著息，眼睛半點不眨，迅速地抓住那隻蟑螂的觸角。拇指大的蟑螂立刻有了動靜，在空中撲騰翅膀，卻因為被她緊抓著觸角而無法掙脫。

聽到兩個男人動靜十分大的腳步聲，林兮遲回了頭，突然眨了眨眼，安撫般地說：「不用怕，我抓住了。」

許放：「……」

林兮耿：「……」

何儒梁：「……」

許放最先有反應，從茶几上扯了幾片衛生紙，包住她手裡的蟑螂，碾死後扔進了垃圾桶裡。他深吸口氣，轉頭進了洗手間裡。

林兮耿坐在原地，呆了半天後，對她豎了大拇指：「林兮遲，真正的勇士。」

林兮遲有點沒反應過來，悶悶道：「許放又生氣了嗎？」

「沒有吧。」因為那隻蟑螂的死去，林兮耿的心情放鬆了些，指了指她的肚子，「可能他剛剛被我的叫聲嚇了一跳吧，妳現在肚子那麼大了，很多事情妳自己要注意一下。」

「我又沒有爬上爬下。」林兮遲很委屈，「我就抓一隻蟑螂。」

林兮耿知道林兮遲不怕這種東西，但也是第一次見到她這樣直接抓。沉默片刻後，林兮耿抬頭看何儒梁：「好像是沒什麼吧。」

「徒手抓——」何儒梁彎著唇，溫和地答，「視覺效果有點震撼。」

「……」

何儒梁拿過一旁的外套，替林兮耿裹上，隨後把她扯了起來，對著林兮遲說：「那我們就先走了。」

恰在此時，許放也從洗手間裡出來，手裡還拿著一個臉盆，裡面放著一條毛巾。他把臉盆放在茶几上，注意到何儒梁和林兮耿的動靜，眼皮一掀，「要走了？」

「嗯。」

「哦，記得關好門，不送。」

許放沒再理他們，把林兮遲扯了過來，按在沙發上，然後抓住她剛剛用來抓蟑螂的手，往臉盆裡泡，一聲不吭，用毛巾擦著她的手。

直到聽到門關上的聲音，他才冷著臉說：「給我泡半小時。」

「……」林兮遲皺了皺鼻子，不甘不願地說：「已經乾淨了。」

許放看了她一眼，沒強迫她，扯了好幾張衛生紙給她擦手，聲音冷硬不帶情緒：「誰讓妳用手去抓的。」

林兮遲很理直氣壯：「耿耿怕這東西呀。」

許放氣笑了：「妳不能拿東西打死？」

他一火，林兮遲就慫了，自認為理直氣不壯：「蟑螂打死很噁心的，我不想打……」

「……」許放被她這傻子的邏輯弄得無話可說，抿緊唇，低頭繼續擦她的指尖。

林兮遲弱弱地看他：「再擦要擦破皮了。」

許放冷聲道：「讓妳長點記性。」

雖這麼說，他的動作卻是停了下來，只是抬眼靜靜看著她。

林兮遲也回看他，眼睛像是兩顆鑲了琉璃的黑珠子，似乎還因為他的怒火有點小心虛，挪開了視線，不自覺地吸了吸鼻子。

許放的火氣瞬間蕩然無存。他吐了口氣，情緒過了又覺得有些好笑，抬起她的手親了親，無可奈何道：「下次別再直接用手了，髒死了。」

林兮遲連忙小雞啄米般地點頭。

「喊我就好。」他補充了一句。

林兮遲一頓，嘴角翹了起來。

「……哦。」

八、

許林小朋友在冬天的一個夜晚降臨到這個世界。

他的眼睛隨林兮遲，又大又亮，還有褶皺很深的雙眼皮，覆著鴉羽一樣的眼睫毛，像兩把小扇子撲閃撲閃，笑起來的時候，心型唇上翹，露出粉嫩的牙齦肉，像是個小天使。

但性子不知是像了誰，總愛哭，眼睫毛上總掛著豆大的眼淚，嘴一扁一張，整個房子似乎都在晃。

而且只喜歡讓林兮遲抱，別人想抱他，喉嚨裡會發出嚷嚷的哭腔，小小的臉皺起，又要開始哭。

就連許放也不例外。

為此，外公專門搬過來住，幫他們照顧孩子。老一輩大概有自己獨有的方式，總之不出幾天，許林小朋友就被他帶的服服帖帖。

當天晚上，許放早早就回了床。

哄完孩子後，林兮遲到客廳裝了杯溫水，跟外公道了聲晚安，回了房間。她坐在梳妝桌前，塗塗抹抹完，也上了床。

見許放躺在床上一動不動，林兮遲眨眨眼，小聲問：「你睡了嗎？」

許放立刻翻了個身，林兮遲順勢躺入他的懷中。

一百五十公分的床對於兩人來說不算寬敞，林兮遲不懂他當時為什麼只對房子裝潢提出了這樣的要求。但現在一想，好像是，自己只要翻個身，就能進入他的懷抱之中。

很近的距離。

許放低頭親了親她的額頭，懶洋洋道：「沒睡。」

林兮遲自顧自地跟他說起今天發生的事情，遇到的小動物，遇到的人，然後便是剛剛哄睡的許林小朋友。

許林，小名許木木。

林兮遲喜歡喊他「木木」，而許放不這樣喊他，總是喊「小孩」。

沉默了半晌後，許放突然很不是滋味地說：「那小孩為什麼不喜歡我，外公才來幾天，那小孩也不哭了，像個馬屁精一樣。」

林兮遲愣了一下，思索了下，猜測道：「木木好像比較像我。」

「嗯？」

「我小時候也不喜歡你。」

「……」許放的的表情不太好看，憋了半天才憋出一句話，「所以妳也把我當成妳爸爸？」

林兮遲把臉埋進他的胸膛裡，悶聲笑，沒有說話。

過了好半晌之後，許放又忍不住問：「妳小時候為什麼不喜歡我。」

「……」

「我小時候惹妳了？」

林兮遲很認真地回答：「你小時候脾氣太差了。」

許放哼了一聲，不說話了。

林兮遲抬起頭，盯著他的眼睛，笑咪咪道：「你不要著急呀，等他長大了就會喜歡了。」

許放一愣，眉目舒展開來，壞心情瞬間蕩然無存，心情愉悅地笑了一聲。

「行吧，我等。」

——他像我。

——我小時候也不喜歡你。

——但等長大了之後，就會喜歡了。

——一定會喜歡。

——《奶油味暗戀》番外完——

——《奶油味暗戀》全文完——

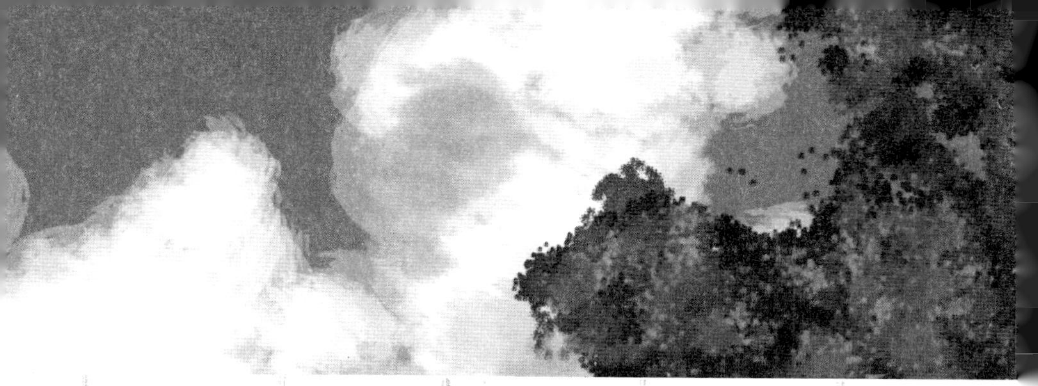

高寶書版集團
gobooks.com.tw

YH 190
奶油味暗戀（下）

作　　者　竹已
責任編輯　吳培禎
封面繪圖　Xuan Qing
封面設計　張新御
內頁排版　賴姵均
企　　劃　何嘉雯

發 行 人　朱凱蕾
出　　版　英屬維京群島商高寶國際有限公司台灣分公司
　　　　　Global Group Holdings, Ltd.
地　　址　台北市內湖區洲子街88號3樓
網　　址　gobooks.com.tw
電　　話　(02) 27992788
電　　郵　readers@gobooks.com.tw（讀者服務部）
傳　　真　出版部(02) 27990909　行銷部 (02) 27993088
郵政劃撥　19394552
戶　　名　英屬維京群島商高寶國際有限公司台灣分公司
發　　行　英屬維京群島商高寶國際有限公司台灣分公司
法律顧問　永然聯合法律事務所
初　　版　2025 年03月

原著書名：《奶油味暗戀》由北京晉江原創網絡科技有限公司授權出版。

國家圖書館出版品預行編目(CIP)資料

油味暗戀 / 竹已著. -- 初版. -- 臺北市：英屬維京群島商高寶國際有限公司臺灣分公司, 2025.03
面；　公分. --

ISBN 978-626-402-207-1(上冊：平裝). --
ISBN 978-626-402-208-8(下冊：平裝). --
ISBN 978-626-402-209-5(全套：平裝)

857.7　　114001965